바람은 언제나 그 길에서

바람은 언제나 그 길에서

초판 1쇄 인쇄   2013년 05월 20일
초판 1쇄 발행   2013년 05월 27일

지은이   이 창 윤
펴낸이   손 형 국
펴낸곳   (주)북랩
출판등록   2004. 12. 1(제2012-000051호)
주소   153-786 서울시 금천구 가산디지털 1로 168,
                우림라이온스밸리 B동 B113, 114호
홈페이지   www.book.co.kr
전화번호   (02)2026-5777
팩스   (02)2026-5747

ISBN 978-89-98666-50-7 03810

이 도서의 국립중앙도서관 출판시도서목록(CIP)은 서지정보유통지원시스템 홈페이지(http://seoji.nl.go.kr)와
국가자료공동목록시스템(http://www.nl.go.kr/kolisnet)에서 이용하실 수 있습니다.
(CIP제어번호 : 2013004989)

바람은 언제나 그 길에서

이창윤 수필집

book Lab

책머리에

창밖의 바다가 오늘도 하늘과 하나가 됐다. 수평선이 없다. 일렁이는 물결도 햇살에 반짝이는 물결도 없다. 다만 비어 있을 뿐이다.

살아갈수록 삶도 비우면 얼마나 좋을까 생각한다. 하지만 세상살이에 비우지 못해 허둥거린다.

풍경들을 모았다. 가끔 내 삶의 흔적을 지우지 못해 미적거렸다. 머리로는 그럴 필요가 없다 하면서도 가슴에 일렁이는 물결을 어쩔 수가 없었다. 내 삶의 조각들이 그냥 버려지는 것 같아 쓸쓸하기에.

그동안 틈틈이 모아놓은 풍경들을 어떻게 할까 고민이 많았다.

늘 그 자리에서 시간만 쫓아가며 그 모양 그대로인 내 넋두리가 조롱거리가 되지 않을까 하는 걱정 때문이다.

그러나 누구에게나 삶은 소중한 시간이다. 그 시간이 쌓여 풍경이 된다. 나는 지나온 나의 풍경을 사랑한다.

나의 인생길에 유턴을 해야 할 때다. 20대 청년이 50대 꼭짓점 역에 오기까지 흔들릴 때마다 하늘에 바다에 넋두리하며 위로했다. 세상살이 바람에 가족은 든든한 버팀목이었다. 그들이 있어 그 길에 최선을 다할 수 있었다. 느리나마 꿋꿋하게 한눈팔지 않으며. 나의 용기를 북돋아준 사랑하는 아내, 아들·딸에게 고마움을 전하며 내

넋두리가 조금이라도 위안이 되었으면 해본다.

지난 시간의 풍경을 안고 세상 속으로 걸어가야겠다. 또 다른 세상을 위하여. 문턱을 넘으려니 가슴이 두근거린다. 견고하기만 하던 내 가슴의 빗장을 열려니 두렵다.

세상은 나에게 세상을 수평으로 보라고 눈(眼)을 주었다. 살며 살아오며 비록 눈을 잃어버렸지만 지금 이 순간 바라보는 세상, 나의 시간은 소중하고 아름답기만 하다. 바다와 하늘과 나, 하나가 된다. 또 다른 세상은 오로지 하나일 뿐임을 깨우쳐 준다.

책이 나오도록 편집과 교정, 디자인에 애쓴 북랩 가족들에게 고마움을 전한다.

2013년 5월

목 차

바람은 언제나 그 길에서

바람따라 물결따라

난 향기를 맡으며

나는 요즈음 난 향기에 푹 빠져 있다. 사무실에 있는 동양란이 어느 날 보니 꽃대가 올라오고 있었다. 며칠 뒤 꽃봉오리 3촉이 맺더니 이내 꽃망울을 터트려 활짝 꽃 피우고 그윽한 향기로 자태를 뽐내고 있다. 고고한 자태만큼이나 향기가 깊다.

일 년 반 전 아내 친구가 나의 책 출간을 축하하며 보내 준 난 화분이다. 그때는 이미 꽃이 만개하여 활짝 웃으며 나에게 왔다. 휘모리장단으로 춤추듯 생동감 있는 잎들이 마음에 들어 나는 가끔 잎들을 만져주고 나에게 와서 고맙다고 말도 건네곤 했다.

그에 화답이라도 하듯이 지금 꽃을 피워 그윽한 향기를 내게 전하고 있는 것이다. 향기를 처음 맡던 날, 나의 입가엔 초승달 같은 미소가 감돌며 난을 보내 준 이의 고마움에 가슴이 뭉클했다. 보낸 이의 마음씨가 그대로 향기가 되어 나에게 전해지고 있기 때문이다.

살아갈수록 세상살이에 휘둘려 고마움을 전하지 못할 때가 많다. 더구나 사소한 것은 그냥 지나쳐버리기가 대부분이다. 난을 보내준 아내 친구는 나의 책 발간이 자신의 일인 양 기뻐하며 축하한다는 전화도 왔었는데 화분까지 보내줬다. 그 마음 씀씀이가 너무 고마운데도 나는 별다르게 고마움을 전하지 못했다.

난 향기를 맡으며 나는 얼마나 고마움을 전하며 살고 있을까 생각하니 얼굴이 붉어진다. 여태껏 고맙다고 전해본 기억이 별로 없는 것 같아서다. 빈 말이라도 고맙다고 건네 본 적이 없다. 승진할 때마다 축하해주고 자리를 옮길 때마다 위로해주고 실의에 빠질 때마다 격려해주는 것을 받기만하며 살아왔다. 어린애들도 자기에게 도움을 주면 고맙다고 인사를 하는데 나는 지인들이 축하를 해주거나 덕담을 보내오는 족족 받기만 했으니. 참으로 부끄러운 일이 아닐 수 없다.

지인들에게 감사함과 고마움을 말하려면 쑥스럽고 얼굴이 붉어진다. 그래서 다음에 말해야지 미루다 보면 지나쳐 버리고 잊어버린다. 이제라도 지난 고마움을 전한다면 별안간 무슨 일이냐고 고개를 갸우뚱 거릴 것만 같아 생각할수록 더욱 자라목 오그라들 듯한다. 나의 꾸미지 못하는 성격 탓이라고만 하기엔 너무 유치하기만 하다.

그동안 살아온 세월이 부끄럽다. 지인들은 나를 얼마나 낯이 두껍다고 했을까. 생각할수록 얼굴이 확확 달아오른다. 나를 지켜봐 준 지인들을 볼 낯이 없다. 더더욱 세상 속으로 걸어가야 할 나이인데 무슨 염치로 걸어야할지 걱정이다.

고마움을 즉시즉시 전하는 사람이 부럽다. 늘 부드러운 마음을 가지고 있기 때문이다. 그들의 따뜻한 마음씨가 난 향기처럼 세상을 맑고 향기롭게 하고 있다. 그들의 웃는 얼굴이 세상을 밝고 부드럽게 하고 있다. 그러기에 감사함과 고마움을 바로바로 전하는 사람은 향기로운 사람이다. 나도 그들처럼 세상의 한 부분이 되고 싶다. 내가 먼저 말 건네고 손 잡아주고 싶다.

난초가 나를 위로한다. 사람은 누구나가 후회하고 살며 그러면서 생의 한가운데로 걸어 나가는 것이라 한다. 그러니 나에게 부끄러워 말라고. 부끄러운 건 창피한 게 아니니 지금부터라도 고마움을 전하며 살라고 다독거린다. 누가 알아주건 말건 때가 되면 꽃 피워 향기를 전하는 자신처럼 세상을 보며 살라 한다.

용기를 내자. 허공을 향해 힘차게 뻗은 난 잎처럼. 조그마한 일에도 고마움을 전하며 세상 속으로 걸어 나가자. 돌아보니 한줌의 햇살, 한줄기 바람, 풀 한포기, 나무 한 그루 어느 하나 고맙지 않은 게 없었음을 알겠다. 그러기에 나를 지켜봐준 지인들의 고마움이 매우 컸음을 새삼 느낀다.

퇴근하여 아내에게 사무실에 난 향기가 진동한다며 자랑했다. 당신 친구가 보내 준 난이 꽃피웠으니 친구에게 고맙다고 전화하라고 했다. 아내가 통화를 끝내고 나에게 전화기를 건네준다. 난 향이 참 그윽하다며 이런 난을 보내 줘 정말 고맙다고 전하니 난을 잘 키워 줘서 오히려 고맙다고 하여 나를 더욱 미안하게 한다. 전화기를 내려 놓으니 마음이 가볍고 즐겁다. 참으로 기분이 좋은 저녁 시간이다.

봄꽃이 전하는 소리

봄에는 작은 것이 더 소중하고 아름답다. 어느 때인들 소중 안하고 아름답지 않으랴마는 봄에 더욱 아름다운 것은 작디작은 꽃들이 추운 겨울을 이겨내고 일찍 꽃을 피우는 모습이 대견하기 때문이다. 맨 먼저 봄을 여는 모습이 신비하기만 하다.

완연한 봄이 왔다고 하기엔 아침저녁으로 냉기가 발걸음을 총총거리게 하고 있지만 숲속에 들어가 보라. 멀리서 바라보는 숲은 앙상한 나뭇가지 사이로 일렁이는 바람에 여전히 겨울잠을 자고 있는 듯하다. 그렇지만 숲속에 들어서면 어느새 자잘한 꽃들을 피워냈는지 소리 없는 요란함이 들려온다고 할까나, 봄꽃들이 활짝 웃으며 맞이한다. 복수초·제비꽃처럼 우리에게 잘 알려진 꽃보다도 이름 모를 꽃들이 지천이다.

봄 햇살 가득 가슴에 담아 꽃들이 하늘하늘 거리며 꽃잎을 활짝 펼쳐 세상을 희롱하고 있다. 하얀색·노란색·자주색·붉은색 꽃들이 삭정으로 변한 겨울 색을 밀어내고 연두색과 초록색의 어울림 경쟁이 한창이다. 작은 것이 세상에 던지는 아름다움! 경이롭기만 하다.

봄바람 따라와 피었을까? 봄 햇살 따라 피었을까? 완연한 봄빛에 활기를 되찾는 숲, "와, 봄이다, 봄!" 소리를 지르며 여기저기서 너도나도 생명의 움트는 고고지성으로 정신이 없다.

어떤 것은 눈에 그대로 들어오고 어떤 것은 조금 몸을 낮춰야 보이며 또 어떤 것은 앉아 풀들 사이에 보물찾기하듯 보아야 만날 수 있는 작디작은 꽃들. 바람도 흔들기엔 너무 작고 화사한 햇살을 받으며 수줍음 타기에도 빈약하지만 세상에 흔들려 지친 나에게 있는 그대로 살라고 그냥 살며시 품어버리는 작은 꽃들이 나에겐 더 없이 크기만 하다.

그 작은 꽃들이 한줌 바람에도 살랑살랑 흔들리며 방긋 웃는다. 상큼한 봄 냄새에 코가 벌름거리고 살며시 눈이 감긴다. 아무리 작고 여려도 이렇게 세상을 따뜻하게 할 수 있다고 소곤거린다. 고개가 절로 끄덕여지고 푸근한 정감이 살며시 안겨온다. 그러면서 가슴 한쪽이 아려온다. 살아오며 얼마나 많이 작은 것들을 외면했던가! 얼마나 많이 버렸던가! 무시하고 외면했던 지난 세월에 그저 고개를 숙일 뿐이다. 외면하고 버림으로써 가족들의 가슴을 얼마나 아프게 했는지 이제는 알 것 같다.

십 칠팔년 전 술을 줄이지 않으면 건강한 삶을 잃는다는 한의사의 말을 무시하고 한 잔을 줄이지 않으면 어떠리? 하다 십년 전 결국은 크게 건강을 잃어 가족은 물론 지인들의 가슴에 큰 상처를 안겨 주었다. 어디 그뿐이랴! 일상에 셀 수 없이 작은 것들을 바람 빠져 나가듯 그냥 넘기길 다반사로 하여 미움과 원망을 좌초하지 않았던가. 그로 인해 참으로 힘들게 살아왔다. 아니다, 아니다 하지만 일찍 하얗고 가늘어진 머리카락과 깊은 주름살들이 말해주고 있지를 않은가. 뒤늦게 후회하면 무엇 하리. 이미 쏟아진 물은 담을 수 없는 법.

지금부터라도 작은 것에도 관심을 갖고 애정을 가져야 하겠다. 사소한 것에도 따뜻한 손길을 넘겨주는 삶이 진정 아름다우리라.

사는 것은 누구나 거기서 거기다. 주어진 삶을 어떻게 받아들이고 거기에 기쁨을 가질 수 있고 감사한 마음을 가질 수 있느냐가 중요하다. 저 작은 꽃들처럼. 칼바람에 흔들리면서도 끝내 봄을 여는 아름다움! 흔들리지 않고 피어나는 꽃이 없다지만 일상에 작은 바람이라도 불어오면 마치 거센 바람이라도 불어오는 것처럼 오두방정을 떠는 나를 돌아보게 한다.

사는데 요란함이 무슨 소용이 있으랴. 숲속에 핀 작은 꽃들이 말한다. 자기를 포장하지 말고 있는 그대로 보여줘야 한다고. 삶이 힘든 건 인정하지 못하고 다른 사람들에게 이를 보여주기 부끄러워하니까 힘든 것이라 한다. 인정받고 싶은 마음에서 작은 것들을 무시하고 외면하는 마음을 버리라 한다. 저울질 하지 말고 사소한 것이라도 최선을 다할 수 있다면 곧 아름다운 삶인 것이다. 내가 누리는 것들이 남들보다 부족해도 가치를 부여하고 만족하면 행복한 삶이라고 말한다. 비교하지 말고 부끄러워하지 말라고 그 꽃들은 매년 나에게 지척에서 말해 왔는데 오십 중반에 들어서야 들려오니 세월이 무상(?)하다고나 할까.

아무리 경제가 어렵고 삶이 힘들다지만 올해도 어김없이 작디작은 꽃들이 봄을 열었다. 모진 한파의 고통을 견디어내고 아름답게 핀 꽃. 세상에 희망을, 용기를, 아름다움을 선사하고 있다. 조금만 더 힘을 내자. 아픔이 없는 아름다움이 어디 있으랴. 나누어 줄 한줌의 미소, 나누워 줄 한줌의 햇살이 있음에 고마워하라고 봄꽃들이 전하고 있다.

청명이 벌모레다. 바람도 적당히 불고 햇살도 화사해서 걷기 좋은 봄날이다. 하루가 다르게 봄빛이 시야를 현란케 하고 있다. 싱그러운 봄 향기에 취하기 위해 가까운 숲이나 들판을 찾아 나서 보는 건 어떨까. 온천지가 싱그러움으로 뒤덮여 있고 어느새 피어 앙증맞게 우리에게 봄을 알리는 작고 작은 꽃들이 활짝 웃으며 반겨 줄 것이다. 작은 꽃들이 던져주는 소리도 듣고 또한 아름다움을 훔쳐보며 바람 따라 햇살 따라 그저 어기적어기적 걷기만 해도 좋을성싶다.

바람이 되고 싶다

햇살이 잠깐 단잠이 든 오후, 마당에 나서니 솔솔바람이 은근슬쩍 내 품으로 들어온다. 이내 싱그러움과 상쾌함이 머리에서 발끝까지 전해진다. 역시 바람은 가늘고 잔잔하게 부는 바람이 정말 좋다. 그 바람이 내 코끝을 약간 간질이니 날아갈 듯한 기분이다. 세상이 참, 포근하다.

바람이 코끝을 간질이다 같이 가자고 유혹한다. 내가 늘 그 자리에 그 모양으로 갇혀 시간만 쫓아가고 있다고 소곤거리며 같이 가자고 말한다. 자유롭게 산 넘고 들 달리는 저들 세상이 좋다며.

바람이 전하는 소리를 들으며 삶은 비울수록 가볍고 자유로운데 살아갈수록 더 쌓으려고만 한 내가 부끄럽다. 쌓을수록 무겁고 구속인데 가버린 시간만큼 욕심으로 나를 가두어 놓기만 했다. 마치 문빗 장을 단단히 걸어 잠그듯. 그 빗장을 풀어내지 못해 가슴속에 박힌 못 하나 지금도 녹슬고 있으니 바람처럼 자유롭지 못해 민망스럽다.

어디 그뿐인가. 바람은 높거나 낮게 때론 강하거나 부드럽게 자신을 세상의 눈에 맞추는데 나는 그러지 못하고 있다. 세상은 나에게 세상을 수평으로 보라고 눈(眼)을 주었으나 나는 일상에 쫓기어 눈을 잃어버린 지 오래다. 그냥 바둥거리며 살아가고 있다. 더욱 부끄러울 뿐이다.

살아오면서 세상에 당당하게 나의 꿈과 희망을 펼칠 수 있으리라 생각했던 삶. 그 삶의 문턱이 이리 높을 줄이야! 그 문턱을 넘으면 바람처럼 자유롭게 나를 세상에 맞출 수 있는데 문턱에서 어정거리기만 했다. 그러다 보니 어느새 내 삶은 하얀 머릿결과 주름살만 남았다. 세상살이에 당당하게 맞서지 못했기에 고개가 절로 숙여질 뿐이다.

내 삶은 어디에서나 늘 '그 자리'에만 연연했다. 내 중심의 생각과 견해로 살았기 때문이다. 삶은 세상과 어울리며 자신이 선택한 길에 최선을 다해야 즐거운 것이다. 근데 나는 나만 생각하고 채우려고만 했기에 그 문턱을 넘지 못했다. 아울러 인정받고 싶은 마음에서 얼마나 많은 것들을 무시하고 외면했던가. 그로인해 가슴 속의 못은 가파르게 녹슬고 있는 것도 모르면서. 그 자리에 대한 애착으로 나는 눈을 잃어버리고 가슴에 빗장만 견고하게 닫기만 했다. 이런 나를 보며 바람이 유혹하는 게 너무도 당연하지 않은가.

생각해보니 좌충우돌이 참 많은 삶이었다. 나만 생각하고 다른 것을 인정하기가 싫었기 때문이다. 남을 배려하는 마음이 부족했기에 본의 아니게 오해를 받기도 하고 고단한 삶을 맞이하기가 다반사였다. 무시한다니, 버르장머리가 없다니, 젠체한다니 하며 내 뜻과는 상관없이 많은 바람을 맞았다. 세상은 어울리며 살아야 하기에 자신의 감정과 행동을 이겨내는 게 필요하다. 나는 종종 나의 감정과 행동을 자제하지 못하여 모두에게 상처만 줬다. 아직도 상대방의 기분에 대해서는 무감각하다. 이처럼 나만 생각하는 치기어린 행동이 가슴에 빗장만 닫게 했는지 모른다.

바람이 되고 싶다.

바람이 되어 살아온 세월만큼 걸어 잠근 나의 빗장을 풀고 문턱을 넘어 또 다른 세상 속으로 걸어가야겠다. 바람이 되어 살아오며 쌓인 때로 찌든 몸과 마음을 털어버리고 싶다. 말의 때, 생각의 때, 행동의 때를 털어내고 내가 한 말과 행동에 미안하고 용서 구하며 바람처럼 나를 세상에 맞추고 싶다.

나를 포장하지 말고 있는 그대로 보여 주리라. 사는데 비교하고 부끄러워할 필요가 없는 것이다. 그리하여 지금이라도 세상 어딘가에 숨어 있는 내 삶의 무지개를 만나고 싶다. 땀 흘릴 때 먼저와 시원하게 해주는 바람처럼 나도 먼저 나눠주는 사람을 꿈꾼다. 기분이 울적할 때 먼저 다가와 마음을 상쾌하게 하는 바람처럼 내가 먼저 손을 내밀어주는 사람이 되어야겠다. 내가 먼저 사랑하는 사람이 되면 세상은 아름답기만 하지 않겠는가.

그러고 보니 삶은 지금 이 순간 내가 세상을 얼마나 고마워하고 감사해 하느냐에 따라 행불행이 달라진다. 행복한 삶이란 지금 이 순간에 열정을 쏟고 즐거워하는 것이라 하겠다.

지금은 누구나가 꿈꾸는 행운의 100세 시대를 살고 있다. 비록 지나온 내 삶이 그 자리에만 연연하여 비우지 못해 가슴에 못을 박았을지언정 이젠 시간에 쫓기지 않고 구속하지 않으리라. 가슴 열고 눈 크게 뜨면 세상은 따뜻하기만 하다. 그동안 높기만 하던 문턱을 홀쩍 넘어 나를 세상에 내려놓고 그 세상 속으로 걸어가야겠다. 그리하여 나의 눈을 되찾고 세상을 수평으로 보며 가볍게 살아야겠다.

세상을 부드럽게 보며 편안하게 받아들인다면 솔솔바람은 언제나 내 곁에 있을 것이기에.

자화상

아침저녁 출퇴근하며 바라보는 한강은 언제나 유유하게 흐른다. 막힘이 없다. 흐르는 물결이 넉넉함을 안겨준다. 그 물결 따라 내 마음도 넉넉해졌으면 한다.

지금까지 살아오며 내게도 얼마나 많은 강물이 흘렀는가. 유유히 흐르다가 때론 격렬하게, 때론 소용돌이치며 그렇게 세월에 휘둘리며 흘러왔지만 이젠 넉넉하게만 흐르고 싶다. 결코 짧지도 않은 오십대 중반을 사는데 아직도 격랑을 일으키며 살아야 하는지 참, 곤혹스럽기만 하다.

누구나가 툭하면 나잇값을 하라고 한다. 나이에 어울리는 말과 행동을 하라는 것이다. 강물이 아름다운 건 세월이 지날수록 유유히 흐르며 넉넉함을 안겨 주는 것처럼 그 사람의 됨됨이를 대부분 말과 행동으로 가름하지 않은가. 그러기에 살아갈수록, 나이가 들어갈수록 감정을 다스리며 그 나이에 어울리게 말과 행동을 해야 한다.

그런데 나는 그 말과 행동을 잘 조절하지 못한다. 세상의 이치를 안다는 지천명인 오십대를 살아가고 있는데도 아직도 젊은 날하고 별로 달라진 게 없으니 걱정이다. 감정을 숨기지도 조절하지도 못해 그대로 받아들이며 말하고 행동하기 때문에 먹어가는 나이가 부끄럽고 두렵기도 하다.

나는 원래 숨기거나 꾸미질 못한다. 미묘한 감정의 변화가 그 즉시 얼굴과 태도로 나타나기 때문이다. 마음을 감추려면 얼굴이 빨개지고 가슴이 두근거린다. 화가 나면 금방 감정에 따라 말이 튀어 나가며 목소리도 커지고 몸이 떨린다. 자랑할 일이 생기면 이내 얼굴이 환해지고 마음이 들떠 어쩔 줄을 몰라 한다.

또한 말 수가 없고 법과 원칙, 질서를 잘 지키려 한다. 숫기가 없고 혼자서 모든 걸 하려고도 한다. 그리고 일을 빨리 처리하려다보니 간혹 치밀하지 못하기도 하여 곤혹스러워 할 때도 있다. 너무 직설적이며 유머 감각이 없고 딱딱하다는 소리를 종종 듣는다.

그렇다고 일방적이지도 않다. 내 의견을 펴기보다는 상대방의 말을 귀 담아 들으려고 한다. 또 약속을 꼭 지키고 비밀을 떠벌리지 않으며 신용을 잃지 않으려는 타입이다. 정에 아주 약하며 친분이 쌓이면 내 속내를 먼저 다 털어 놓아 버린다. 이처럼 사람들 관계에선 매우 유순하다. 그러면서도 대인관계에는 요령부득이다. 좋게 말하면 순진한 것이고 나쁘게 말하면 단순하다고나 할까. 이런 순진 단순함 때문에 일상에 쉽게 부대낄 수밖에 없다.

나는 체질적으로 입에 발린 소리를 못한다. 아첨을 떠는 것 같고 능글거리는 것 같아 싫다. 본래가 꾸미지를 못하는 성격이다 보니 말 한마디에 천 냥 빚도 갚는다고 상대방에게 듣기 좋은 말을 하면 좋겠는데 이게 무척이나 어렵다. 그렇다고 돈 드는 일도 아닌데. 그러고 보니 천성은 어찌할 수 없나 보다.

지인들이 가끔 내게 말한다. 말 하는데 왜 그리 인색하냐고. 말만 잘하면 만사형통인데 왜 못하느냐고. 아무리 앞에서 좋은 말을 하려고 하지만 딱딱하고 투박스럽게 말을 하고 만다. 몇 번 시도해 보았지만 속이는 것 같아 가슴이 두근거리고 얼굴이 화끈거려 못했다. 또 쑥스럽고 역겨워서도 더욱 못했던 것이다. 반면에 누구에게나 앞에서 듣기 좋은 말을 잘하는 사람을 보면 부럽기도 하고 오싹 소름이 돋기도 한다.

내가 아는 사람 중에 유난히 이것을 잘하는 사람이 있다. 그 사람을 보면 참말로 신기해 보인다. 어떠한 상황에서도 면전에서 칭찬이 땅 짚고 헤엄치듯 슬슬 나오는 걸 보면 타고난 장기임에 틀림이 없다. 그러기에 넉살떨며 유유자적하게 사는 걸 보면 그렇지 못한 나와 많은 대비가 된다.

그리고 나는 융통성이 없다. 곧이곧대로만 살아가려고 한다. 성품이 싹싹하거나 적당히 타협도 하면서 세상을 둥글둥글 살아가면 좋으련만 천성이 그렇지 못하니 상처를 종종 입는다. 주고받는 재주가 없다. 굼벵이도 구르는 재주가 있다는데 고지식하다. 액면 그대로 받아들이며 눈썰미도 없다. 그러다보니 치기 어린 행동을 종종하여 낭패를 본다. 치기를 무슨 대단한 자랑거리라고 달고 사는지 모르겠다. 지난 시절을 생각하면 부끄럽고 쑥스럽기만 한데, 나이 들어서도 치기 어린 말과 행동을 한다는 건 분명 추한 모습임에 틀림이 없다.

이러다보니 일상생활에 본의 아니게 오해를 받기도 하고 고단한 삶을 맞이하기도 다반사였다. 무시한다니, 버르장머리가 없다니, 거만하다니, 젠체한다니 하며 내 뜻과는 상관없이 많은 바람을 맞았다.

세월 따라 삶의 흔적을 얼굴에 주렁주렁 달고 사는 지금의 나이에 걸맞게 마음에 여유를 갖고 살면 좋으련만 그것이 뜻대로 안 된다.

아직도 상대방의 기분에 대해서는 무감각하다. 그동안 살아온 삶이 공허한 느낌이 든다. 누가 가르치지 않더라도 하늘의 이치를 알만한 나이에 살면서 상대방에게 배려하는 마음이 부족하기만 하다는 말이 아니겠는가.

가끔 나를 생각하면 들판에 외로이 서있는 한 그루 나무가 떠오른다. 새들도 금방 날아 가버리고 비바람에 흔들리며 홀로 세월을 안고 있는 나무를…… 평생을 이렇듯 살 것 같았는데 이젠 강물의 흐름을 배우고 싶어진다. 부드럽고 넉넉하게 살고 싶다. 벼는 익을수록 고개를 숙인다고 했지 않은가. 이제 내 나이가 오십대 중반으로 인생 후반기에 들어선 지금부터는 감정을 다스리며 부드럽고 넉넉하게 살고 싶다. 아직도 예전처럼 숨길 줄 모르고 불끈거리고 치기어린 말과 행동을 하는 것은 아무래도 아닌 것 같다. 나잇값을 못하는 치졸한 인생이랄 수밖에.

지는 석양에 조급하지 않고 흐르는 강물처럼 나도 넉넉함을 안고 유순하게 살아가는 모습을 생각해본다. 가는 세월에 답답하지 말며 강물처럼 막히면 돌아서 가는 여유로움을 안고 사는 모습을 그려 본다. 불쑥불쑥 반항하지 말고 겸손하며 얼굴의 표정을 감추고 그러려니 하며 사는 사람을 생각해본다. 외로이 서 있는 나무가 아니라 나뭇가지가 무성하여 새들이 즐겨 찾고 햇빛을 가려주며 땅을 품는 나무를 그려본다. 부처님처럼 늘 미소를 머금고 사는 사람을 생각하니 발걸음이 자못 가볍기만 하다. 이처럼 행복한 사람이 내 남은 인생의 자화상이라면 너무 사치라고 할까.

소중한 만남

    나는 요즘 인생 중반에 맛보는 인연의 아름다움으로 행복하다. 생각할수록 입가에 잔잔한 미소가 번진다. 꿈에도 생각지 못하던 인연이라 그런지 봄날의 따스한 햇살처럼 나를 포근하게 한다.

    귓병이 재발해 다니던 의원에서 수술하라고 몇 번 말하기에 이왕이면 그전에 수술했던 의사와 의논하여 수술을 할 생각을 하고 있었다. 그러다 어느 날 혹시 전화번호가 그대로인지 하면서 전화를 걸었는데 들려오는 음성. 채 박사 맞느냐고 했더니 그렇다고 하기에 조심스럽게 내 이름을 말하며 기억이 있는지를 물으니 안다고 한다. 뿐만 아니라 최근의 나의 행적까지 알고 있지를 않은가. 반가움에 목소리가 커졌다. 15년이 흘러가는데 기억해준 고마움, 그동안 소식 없이 지내다 불쑥 연락했는데도 반겨주는 마음에 대한 감사함으로 나는 들뜨기만 했다.

    통화를 끝내고 나는 참 많이 부끄러웠다. 나도 채 박사처럼 평소 누구에게나 따뜻하게 했는지 자책 때문이었다. 아무리 많은 시간이 흘렀어도 따뜻함을 잃지 않고 마주 했는지 생각하니 가슴이 아팠다.

    제주에 내려온 지는 일 년 반 정도 됐다고 한다. 나를 당장 만나고 싶었지만 일에 방해가 될까봐 만날 날을 미루며 연락을 하지 않아 오히려 미안하다고 한다. 잊고 있다가 필요해서야 찾은 나를 더더욱 부끄럽게 한다.

채 박사와의 만남은 15년 전 어릴 적부터 달고 살았던 중이염을 수술하면서 의사와 환자로 이루어졌다. 치료가 끝나면서 채 박사에 대한 기억도 멀리 흘러가버린 강물이 되어 버렸다. 돌을 던지면 파문을 일으켰다가 언제 그랬느냐는 듯 아무렇지도 않게 유유히 흐르는 물처럼. 그렇게 나의 기억 저쪽으로 사라졌다.

　생각할수록 매정하기만 한 내가 미울 뿐이다. 나는 단지 환자와 의사로만 생각하고 흘러가는 물처럼 보내기만 했는데 채 박사는 그게 아니었다. 오랫동안 가깝게 지낸 사이도 먼저 연락을 안 하면 언제 그랬느냐는 듯 소원해지는 요즘 세상을 생각하니 채 박사의 마음이 너무 고맙기만 하다.

　지난번에도 그랬다. 내가 서울로 전출명령을 받고 떠난다하자 채 박사가 먼저 만나자고 했다. 식사를 하면서 이런저런 이야기를 나누며 이별의 아쉬움을 나누었다. 근데 식사 후 우리 부부에게 보여준 채 박사 부부의 진솔하고 따뜻한 마음씨에 우리 부부는 크게 감복할 수밖에 없었다.

　자리를 옮겨간 곳은 박사 부인이 운영하는 피아노 교습소였다. 채 박사가 연미복으로 갈아입고 부인의 피아노 반주에 따라 이탈리아 가곡을 원어로 부르며 이별을 못내 아쉬워했다. 전날 밤에 원어로 연습했다고 한다. 그 가곡의 내용까지도 상세히 설명해준다. 오로지 나만을 위한 작은 음악회!

　사람과의 만남을 소중하게 하는 그 정성에 탄복하지 않을 수가 없다. 물론 그날의 송별식은 내 생애 최고의 송별식이었다. 회사의 전출 명령에 따라 몇 번 옮기며 송별식을 가졌지만 그날처럼 가슴을 뭉클하게 하는 송별식은 없었다. 진정으로 나만을 위한 송별의 시간이었다.

돌아오면서 아내는 연신 우리가 무슨 복이 있어 이런 대우를 받느냐고 들떴지만 매우 행복한 표정이다. 흐뭇하고 미소가 떠나지 않기는 나도 마찬가지였다. 채 박사의 진솔하게 대하는 인품과 진정성에 고개가 절로 숙여진다. 평소 필요할 때만 만남을 생각하는 내 꼴이 지금 생각해도 무안하고 쑥스럽기만 하다.

서울에 온 후에도 채 박사가 먼저 소식을 전한다. 더구나 아내가 갑자기 망막 질환으로 앞이 잘 보이지 않아 병원에 다닌다고 하자 마치 친동기간이나 되듯이 전문 의사 소개며 병의 진행 상태를 수시로 물어 온다. 아내는 자신에게 무슨 복이 있어 호강하는지 모르겠다며 웃는다. 다시 한 번 채 박사의 따뜻한 마음이 여전함을 알았다.

고백하건데 나는 채 박사를 만나면서도 마음 한 구석은 닫았던 게 사실이다. 얼굴이 붉어진다. 그런 나에게 아내의 말마따나 무슨 복이 있어 이런 아름다운 인연이 찾아 왔는지 모르겠다. 채 박사가 우리부부에게 베푼 인정과 사랑을 생각하면 이루 말할 수가 없다. 아내는 가끔 그 고마움을 어떻게 갚아야 하나 하며 걱정한다.

채 박사는 또 삶에 열정이 대단하다. 제주말(言)이 좋아 제주에 살러 왔다고 하는 말이 공치사가 아니듯이 의사로서의 직분을 다 하면서 제주말에 미쳐있다. 시간 나는 대로 틈나는 대로 제주말을 채록하여 정리하고 있는데 제주사람보다 더 제주말을 사랑하고 사라져가는 제주말에 대해 가슴 아파한다. 제주말에 시간을 쏟는 열정이 놀랍기만 할 뿐이다.

이처럼 채 박사는 삶에 몰두하는 게 얼마나 아름다운지를 보여주고 있다. 그런 모습을 보며 나는 또 한 번 더 무안하고 쑥스러울 뿐이다. 나도 나를 좀 더 사랑하고 삶에 열정을 쏟았더라면……. 대충 생각만하고 행동하면서 살아온 세월에 민망하기만 하다.

이제 나는 갚을 길 없는 인정 빚 때문에 인생의 빚은 늘었지만 마음만은 즐겁다. 그리고 무엇이 진정으로 주는 사랑이며, 어떠한 것이 진솔한 정이며 삶인지를 채 박사를 통해서 더욱 알게 됐다. 더불어 사람의 향기가 얼마나 아름다운지를 느낀다.

이처럼 고마운 채 박사에게 내가 할 수 있는 일은 가끔씩 내가 먼저 소식을 전하는 일밖에 없다. 그렇게 하면서 나도 나의 삶의 향기가 누군가의 가슴을 훈훈하게 감싸주며 살아갈 수 있도록 더욱 노력해야 하지 않겠는가. 그게 채 박사와의 소중한 만남의 인연을 계속 이어가는 길이 아닌가 생각한다. 그러면서 나도 누군가에게 소중한 만남의 인연이 될 날을 기다린다.

삶, 오늘의 의미

삶은 언제나 바로 오늘, 지금 이 순간에 최선을 다해야 한다. 오늘을 치열하게 사는 삶이 후회가 적을 것이기 때문이다.

저녁을 먹고 거실에 앉자마자 전화가 왔다. 사촌 형수가 돌아가셨다고 한다. 내일 고향으로 돌아가 언제일지 모르나 마지막 남은 시간을 가족들과 보내도록 하겠다는 사촌형님의 전화를 오전에 받았는데 참으로 황당했다.

사람의 일은 아무도 모른다. 더구나 생명은 그 어디에도 보장이 없다. 누가 살고 죽는 일을 예견하거나 장담할 수 있겠는가. 그렇다고 생명이 길고 짧음을 자로 재어볼 수도 없으니 더욱 모를 일이다.

사실 지금도 그렇다. 오전에 전화 받으며 조심히 내려가시라, 마지막까지 희망을 놓지 마시라했는데 이렇게 떠날 줄 어찌 예상이나 했던가. 몸이 피곤하다며 병원에 갔더니 급성백혈병이라고 한지 20여 일. 이렇게 빨리 우리와 이별할 줄 어찌 알았겠는가. 결국 우리의 생명은 늘 바람 앞에 촛불처럼 불안하기만 한 것이다. 그러니 우리는 늘 살아 있음에 고마워하고 감사해야 된다. 산다는 것, 살아있다고 하는 것은 그 무엇과도 바꿀 수 없는 엄청난 축복임을 누가 부인하겠는가.

내게도 살아 있음에 감사하던 그때의 기억이 지금도 생생하다. 사무실에서 갑자기 쓰러져 거의 죽게 된 상태에서 병원으로 실려 갔다. 급성췌장염으로 판명되고 20여일 금식하며 치료를 받고 퇴원했다. 그리고 우여곡절 끝에 6개월 후 10시간을 수술하고 깨어났을 때 빛이 그렇게 아름다울 수가 없었다. 그 아름다움을 느낄 수 있도록 살아 있음에 고마워하고 한없이 눈물 흘리며 감격하던 때를 기억하면 지금도 온몸이 흥분한다.

그때 깨어나지 못했더라면……. 사랑하는 가족은 물론 나를 아끼고 걱정해주시던 분들의 얼굴을 못 볼 뻔 했던 것을 생각하면 지금도 아찔하다. 그러니 항상 오늘 내가 살아 있음에 감사하고 고마워한다.

아침에 눈을 뜨면 '아, 살아 있구나!' 그렇게 기쁠 수가 없다. 사랑하는 가족들을 다시 보고, 어제 들었던 목소리들을 다시 들을 수 있다는 게 너무나 감사할 뿐이다.

내가 어제에 이어서 오늘도 가족, 친구는 물론 지인들과 재잘거리며 일상사와 부대낄 수 있는 것은 분명 축복임에 틀림이 없는 것이다. 누구나가 일상에서 영원히 떠나는 죽음은 생각조차하기 싫은 게 인지상정이 아니겠는가. 그러기에 산다는 것은 어제의 만남을 오늘 새롭게 보며 또 다른 만남을 이루는 것이고, 죽는다는 것은 그 만남들과 한 순간에 영원히 이별하는 것이 아니겠는가.

하여, 늘 오늘의 만남을 데면데면해서는 안 된다. 오늘을 볼 수 있음과 만날 수 있음은 가장 큰 행복이다. 살면서 이보다 더 큰 축복이 어디 있겠는가. 그러므로 지금 이 순간을 감사하고 고마워해야 한다.

고백하건대, 지난 날 나는 볼 수 있음에 감사하고 만날 수 있음에 고마워할 줄을 몰랐다. 그저 당연하게 여기며 살아 왔다. 그 당연시로 얼마나 많은 것들을 무시하였던가. 불끈거리기나 하고 외면하기나 하면서 세상의 고마움을 몰랐다. 그러다보니 무시한다니, 버르장머리가 없다니, 거만하다니의 소리를 듣기도 했다. 그로인해 모두에게 또 얼마나 많은 상처를 안겼는가.

그리하다 급성췌장염으로 생사의 갈림길을 오고간 후 세상의 고마움을 알았다. 병실 창밖으로 보는 세상이 그렇게 아름답기만 했다. 밝게 빛나는 햇살, 한들거리는 나뭇잎, 지나가는 구름의 모습들……. 모든 것이 아름답고 감사하며 고맙기만 했다. 그러면서 당연시 하던 지난날의 나를 생각하며 몸서리치기도 했다. 그때, 항상 감사하고 고마움을 느끼며 살리라 다짐했지만 지내다 보니 가을바람에 새털처럼 꿋꿋하지 못한 것도 사실이다.

오늘 돌아가신 사촌 형수에게도 마찬가지이다. 종손인 사촌형에게 시집와 집안의 이런 일 저런 일 모두 치다꺼리 하던 형수. 살면서 감사하다는 말 한 마디 전해드리지 못했기에 갑작스런 이별은 나를 당혹스럽게만 한다.

사람은 누구나가 죽기 마련이다. 부처님은 사람의 목숨이 숨 한 번 들이마시고 내 쉬는 사이에 있다고 하셨다. 그렇다. 우리는 모두 잠깐 사이의 목숨을 지니고 살고 있다. 그러기에 누구나 할 것 없이 지금 살아 있는 지금 이 순간이 소중한 것이다. 결국 한 호흡 사이에 있는 생명. 그것을 어떻게 하며 사느냐 하는 것은 전적으로 자기 자신의 문제가 아니겠는가.

나는 다시 한 번 삶과 오늘의 의미를 되새겨본다. 어쩌면 삶은 만남과 이별의 연속이리라. 그리고 우리는 자신의 목숨이 바람 앞에 촛불처럼 언제 어떻게 될지 조차 모르며 살아간다고 해도 틀린 말은 아니다. 그러기에 오늘을 보고 있음에, 만나고 있음에 늘 감사하고 고마워하면서 최선을 다 해야 하지 않을까.

나무를 바라보며

골목을 걷다 텃밭의 나무들 가운데 나뭇잎이 다 떨어진 벚나무가 오늘따라 유난히 눈에 들어온다. 겨울 찬바람이 부는 길목에 벌거숭이가 되어 나를 바라보고 있다. 잠시 흔들린다. 그 나무는 지난 가을 태풍 볼라벤으로 기울어진 그대로다. 바로 세워야지 하면서도 차일피일 미루다보니 여태껏 방치되고 말았다.

잊고 있었다. 골목을 오가며 눈길을 돌리면 바로 보이는데 잊고 지냈다. 뭐가 급하다고 앞만 보며 살았는지 나무가 기울어졌음은 아예 눈에 들어오지도 않았다. 태풍이 지나간 처음엔 기울어진 나무가 안타까워 빨리 일으켜 세워야지 했지만 밑둥치가 제법 굵은 나무라 나 혼자서는 힘들어 함께할 사람을 구해야지 하다 곧 잊고 말았다. 그러다 붉게 물든 단풍이 너무 아름답다고 나의 즐거움만 채우다 보니 더욱 나무가 기울어져 있음을 아예 잊었던 것이다. 그런데 오늘 그 나무가 의연한 자세로 찬바람과 노닐며 묵묵히 나를 바라보고 있다.

나무는 기울어졌지만 주변에는 지난 계절을 다한 낙엽이 수북이 쌓여 있다. 주어진 삶에 최선을 다했다고 말하는 것 같다. 기울어져 심한 고통 속에서 혼신을 다했기에 지난 가을 단풍이 그리 아름다웠나 보다. 그런 줄도 모르고 나는 단풍의 아름다움에 감탄만 했던 것이다. 고통 속에 나의 즐거움을 기다린 나무에게 고개가 숙여진다.

나의 즐거움만 찾은 내가 얼마나 미웠을까. 무시하고 외면한 내가 얼마나 얄미웠을까. 일으켜 세운다는 걸 잊고 지낸 나를 생각하니 얼굴이 붉어진다. 오히려 나무는 지나가는 겨울바람에 가지를 흔들며 자책하지 말라며 나를 위로한다. 더더욱 나를 부끄럽게 한다.

사실 나무는 주어진 삶에 최선을 다한다. 비바람을 견디며 꽃피우고 열매 맺고 단풍들기까지 혼신의 노력을 한다. 그리고 다시 새로운 삶을 준비한다. 그래서 나무가 아름답다. 나무가 아름다운 건 시련이 닥쳐도 포기하지 않고 자신이 살아야 할 삶에 최선을 다하고 있기 때문이다.

살아오며 나는 얼마나 많이 포기했던가. 특히 외롭거나 괴로울 때마다 포기를 했다. 지나고 나면 가슴을 치며 후회하고 다시는 그러지 않으리라 하지만 시련이 닥치면 언제 그랬느냐는 듯 포기를 했다. 그로인해 얻은 게 무엇인가. 센머리와 깊은 주름살만 남았을 뿐이다. 고통을 견디며 자신에게 주어진 삶에 최선을 다하고 있는 저 나무에게 부끄럽기만 하다.

알몸으로 비스듬하게 서있는 나무가 오히려 편안하게만 보인다. 더구나 벌거벗은 나뭇가지 사이로 하늘이 참, 맑다. 기울어져 있는 그대로 나무가 보여주는 하늘이다. 비스듬하나 당당하게 겨울하늘에 선 나무가 부럽다. 있는 그대로 자신을 보여주며 세상과 하나가 된 나무가 나의 가슴을 방망이질 하고 있다.

나의 하늘도 나무의 하늘처럼 맑았으면 좋겠다. 삶을 있는 그대로 보여주며 살기가 참, 힘들다. 툭하면 입방아에 오를까 전전긍긍한다.

부족하거나 창피한건 감추려하고 없어도 있는 척, 몰라도 아는 척 하려고 한다. 나도 마찬가지다. 겉으론 아니다아니다 하지만 거친 피부가 말해주고 있다. 지나고 나면 후회하고 가슴 아파했기에 더욱 쓰리기만 하다. 그런데도 아직도 그러고 있으니 한심하지 않은가. 있는 그대로 보여 주지 못해 주저하길 밥 먹듯 하고 있다.

때때로 삶이 힘든 건 다름을 인정하지 못하고, 인정하는 내가 창피해하니까 힘든 것이다. 자신만 인정받고 싶은 마음에서 저울질하고 작은 것을 외면하다보면 끝내 삶은 힘들어지게 마련이다. 자기를 포장하지 말고 있는 그대로 보여줘야 삶은 아름다운 것이다. 저 기울어진 나무처럼.

나는 아직도 삶을 채우려고만 하고 있다. 나이 들수록 삶을 비워야 하는데 오히려 더 쌓으려고만 한다. 쌓을수록 무겁고 구속인데 가버린 시간만큼 욕심으로 나를 채우려고만 하고 있는 내가 한심하다. 삶은 자신이 선택한 길에 최선을 다하는 것인데 무엇이 급하다고 그리도 서둘기만 하고 채우려고만 하는지. 나무는 시간이 갈수록 비우며 채우는데 나는 채우며 고통만 키워가고 있다. 그러고 보니 나무의 나이테는 알차게 들어서는데 나의 나이테는 헛바람에 부풀기만 하고 있음을 알겠다.

직장생활 34년. 생각해보니 좌충우돌이 참 많은 세월이었다. 나만 생각하고 다른 것을 인정하기가 싫었기 때문이다. 그로인해 모두에게 상처만 주었다. 살아가는 데 파도치고 바람 부는 날이 어디 한두 번이겠는가. 사는 일 또한 그와 같다. 크고 작은 상처 없는 삶은 없다. 그런데 나는 나만 상처 받는 것처럼 살았다. 다름을 찾고 틀린 것을 따지며. 삶은 세상과 어울리며 먼저 배려하고 사랑하며 살아야 즐거운 것이다. 근데 나에게 배어있는 생각과 습관으로 그 턱을 넘지 못하고 있다. 이제 또 다른 세상으로 걸어가야 하는데 걱정이다.

　나무를 일으켜 세워야겠다. 다가오는 혹한의 겨울바람을 다시 견디어 내고 새로운 봄에 새로운 꿈을 펼칠 수 있도록. 더불어 나도 또 다른 세상 속으로 당당하게 걸어가야겠다. 저 나무가 새로운 잎과 꽃과 열매와 단풍을 보여주듯 나도 새로운 세상 속에 작은 것들도 소중하게 여기는 모습을 보여줄 꿈을 안고.

나에게 새로운 삶을 안겨 준 건강검진

나는 매일 아침에 눈을 뜨면 '아, 살아 있구나!'하며 그렇게 기쁠수가 없다. 사랑하는 가족들을 다시 보고, 어제 들었던 목소리들을 다시 들을 수 있다는 게 너무나 감사할 뿐이다. 이렇게 나에게 감사할 수 있는 축복을 안겨 준 것은 건강검진이다.

1999년 6월 중순경 직장에서 정기 건강검진을 받을 때였다. 복부 초음파를 촬영하던 분이 서울의 종합병원에서 췌장 정밀검사를 꼭 받아 보라고 권유한다.

당시 나는 급성췌장염으로 입원하여 치료를 받고 퇴원한지 5개월이 된 때였다. 퇴원 후 서울의 종합병원과 대학병원에서 검사를 받았으나 별로 크게 이상이 없다고 하여 그런가 보다 하고 있었다.

그런데 정밀검사라니?

며칠 전까지 우리나라의 유명한 대학병원에서 괜찮다고 했는데 정밀검사를 권고하니 어리둥절할 수밖에. 더구나 시간이 급하다며 하루빨리 정밀검사를 받으라고 간곡히 말한다. 나는 고개를 갸우뚱하면서도 그분의 심각한 얼굴에 한 번 더 종합병원에서 정밀검사를 받아보기로 했다.

건강검진 일주일 후 나는 우리나라에서 최고를 자랑하는 서울의 모 종합병원에 특진을 의뢰하고 갔다. 그동안의 치료 과정과 기존의

CT 촬영 사진을 보더니 지금은 괜찮으며 두고 보잔다. 나는 건강검진 이야기를 하며 정밀검사를 요청했으나 그럴 필요도 없다고 한다. 만약에 정밀검사를 하더라도 이다음에 한 달 정도 입원하여 진행과정을 살펴보면서 그때그때 검사를 하여 종합적으로 판단하는 것이 좋다며 그냥 돌아가란다. 병원을 나서면서도 자꾸 정밀검사를 권고한 분의 심각한 얼굴이 눈에 아른거렸다.

제주에 도착하자마자 초기치료를 담당했던 의사를 찾아갔다. 퇴원 후 대학병원과 종합병원을 찾았던 일과 건강검진 때의 일을 이야기하며 시골병원이라도 좋으니 췌장분야의 전문 의사를 소개해 달라고 간청했다.

내 이야기를 들은 의사가 그렇다면 일주일 입원하여 정밀검사를 받아 보라며 서울의 모 대학병원 의사를 소개하며 소개장을 써주고 병원에 입원할 수 있도록 전화도 해주었다.

소개받은 의사도 지금은 괜찮지만 언젠가는 수술을 해야 할 것이라고 한다. 그러다 입원 후 3일이 지나갈 때다. 갑자기 수술을 하자고 한다. 나는 뭔가 잘못 됐나 가슴이 철렁했다. 수술은 나중에 하자고 했는데 왜 그러냐고 하니, 마침 수술 예약이 취소된 날이 있는데 이왕 입원했으니 수술하는 게 어떠냐고 한다.

나는 하루를 생각했다. 의료 사고가 종종 언론에 보도되었던 게 떠오르며 혹시 수술 후의 의료 사고로 잘못 된다면 하며 두렵기도 했다. 이런저런 생각으로 고민하다 수술에 동의했다.

1999년 7월 16일. 나는 췌장절제 수술을 받았다. 췌장의 머리 부분만 남겨 두고 잘라냈으며, 수술은 10시간이나 걸렸다. 나야 마취주사를 맞았으니 고통을 모르겠으나 가족들의 가슴은 시커멓게 탈 수밖에. 5시간 정도 걸릴 것이라는 수술이 무려 두 배를 넘긴 10시간이 지났으니 얼마나 가슴 조이며 발을 동동 굴리지 않았겠는가. 고향의 부모님은 하루 종일 방안의 전화기 앞에 앉아 이제나 저제나 수술 소식에 입술이 다 탔다고 한다.

아내는 수술 시간이 오래 걸리자 반드시 살아나겠구나 하는 생각이 들더라고 후에 나에게 말했다. 가망이 없었으면 처음 예정했던 시간보다 빨리 끝냈겠지만, 수술시간이 지났다는 것은 그만큼 정성을 다하고 있다는 것이기 때문이며 반드시 좋은 결과가 나올 수밖에 없다며 웃었다.

이틀 후 중환자실에서 깨어난 나는 세상의 빛이 그렇게 고마울 수가 없었다. 평소에는 그냥 환하구나 하던 빛이 생글방글거리며 나에게 온다. 창밖을 통해 보는 세상이 정말 아름다웠다. 밝게 빛나는 햇살, 나뭇잎, 지나가는 구름의 모습을 비롯해 모든 것이 아름답고 감사하며 고맙기만 했다. 그 아름다움을 느낄 수 있도록 살아 있음에 고마워하고 한없이 눈물 흘리며 감격하던 때를 기억하면 지금도 온몸이 흥분한다.

회복 후 담당 의사가 나에게 세상에서 가장 재수가 좋은 사람이라며 웃었다. 그때 수술을 안 했더라면 고향에 산목숨으로 갈 수가 없었다고 말한다. 개복을 해보니 췌장은 흔적만 희미하고 동맥과 정맥이 마구 뒤엉켜 터지기 일보직전으로 예상했던 것보다 매우 심각한 상태였다고 한다. 그냥 닫으려다 실낱같은 희망을 안고 수술했다고 고백을 했다. 그 말을 들으며 온몸에 소름이 돋던 것이 생생하다.

그 때 수술하지 안했더라면. 사랑하는 가족은 물론 나를 아끼고 걱정해주시던 분들의 얼굴을 제대로 한 번 못 볼 뻔 했던 것을 생각하면 지금도 아찔하다. 그러니 항상 오늘 내가 살아 숨 쉬고 있음에 감사하고 고마워한다.

급성췌장염으로 쓰러져서 수술하기까지 5개월. 누구나가 언젠가는 죽음을 맞이하지마는 생명의 귀중함과 아름다움을 그때야 온몸으로 알았다. 그러면서 건강검진 전 괜찮다고 하던 의사의 말에 따라 길거리에 나뒹구는 나뭇잎처럼 그동안 목숨을 방치했다는 생각에 오싹하며 바르르 치를 떨기도 했다.

지금은 일상에 지장이 없을 만큼 건강하다. 비록 만성췌장염으로 정기적인 검사를 받고 있지만 건강하게 세상과 이야기하며 살아가고 있다. 가끔 건강검진 받을 때를 생각하며 나에게 정밀검진을 강력하게 권고한 이름도 모른 그분에게 고마워한다. 그분이 아니었다면 나는 더 이상 세상의 아름다움을 보지도 느끼지도 못하고 있을 터!

하여, 나는 그 후부터 틈만 나면 지인들에게 나의 투병 이야기를 하며 일 년에 한 번 꼭 건강검진을 받을 것을 권유하고 검진하며 들은 이야기들을 흘려듣지 말라고 한다. 그러면 모두가 아프지도 않은데 왜 그렇게 호들갑이냐고 한다.

우리는 건강검진에 대해 너무 소홀히 한다. 그 결과에 대해서도 마찬가지다. '이까짓 쯤이야, 아직은!' 하며 구멍에 바람 빠져 나가듯 그렇게 대수롭지 않게 여긴다. 나도 그렇게 하다 한창 열정을 쏟을 때인 40대에 결국 쓰러졌다.

내가 그때 건강검진을 무시했다면 푸른 하늘과 바람소리 새소리가 그렇게 아름다운 줄 모르고 죽을 뻔했다. 매일 얼굴을 맞대고 부대끼는 소중한 가족들에게 너무 일찍 고통과 슬픔을 안겨 줄 뻔했다. 매일 소식을 전하는 친구, 지인들이 정말 아름다운 인연이라는 것을 지나칠 뻔했다. 어제에 이어서 오늘도 가족, 친구는 물론 지인들과 재잘거리며 일상사와 부대낄 수 있으니 얼마나 고마운 일이 아니겠는가.

그때 건강검진은 내게 인생의 전환점이 됐다. 건강검진은 나에게 생명을 다시 찾는 축복을 주었을 뿐만 아니라 새로운 삶을 안겨 줬다. 딱딱하고 일방적이었던 삶이 수술을 거친 후 부드럽고 여유로움을 가진 삶으로 바뀌었다. 세상을 보는 눈이 수직에서 수평으로 변한 것이다.

나의 급하고 불끈거리던 성격이 많이 느슨해졌으며, 거칠기만 했던 말투도 한결 부드러워지고 있다. 가족들과 즐겁게 보내려고 노력하다 보니 기계적이던 가정에 웃음이 돌고 강물이 흐른다. 거리를 두었던 애들도 마음의 문을 열고 다가선다. 그러다 보니 아내는 제2의 남자랑 사는 것 같다며 얼굴이 환하다. 그런 모습을 보며 나도 덩달아 웃는다. 그러며 다시 한 번 건강검진을 통해 나의 생명을 지켜주고 우리 가족에게 웃음을 줄 수 있도록 해준 건강검진 지킴이들에게 고마워한다.

바람은 언제나 그 길에서

일상에 부는
소소한 바람

골목길

우리 집 골목길은 꽤나 길며, 수령이 3백여 년이 된 거목인 팽나무가 우람하게 서있어 풍치가 있는 곳이다. 몇 년 전까지만 하더라도 대여섯 그루 팽나무가 햇살을 가려 낮에도 그늘이 짙게 들였다. 골목이 변하면서 두 그루가 남아 옛날의 명성을 이어가고 있다.

어린 시절 간혹 밤에 밖에 나갈 일이 있으면 무서워서 후닥닥 뛰어다녔다. 칠흑 같은 골목에 어른들이 들려준 무서운 옛날이야기가 생각나 모골이 송연하기 때문이다. 그래도 나는 이 길을 무척이나 좋아하고 늘 자랑한다. 지금도 어디에 가더라도 우리 집 골목만한 길을 보지 못하기에.

골목은 구멍이 숭숭 뚫린 울퉁불퉁한 돌담길 따라 팽나무가 가지를 거침없이 쭉쭉 뻗어 하늘을 떠받치고 있는 풍경은 누구에게나 정답기만 했다. 그래서 동네 아이들에게는 놀이터로, 어른들에게는 쉼터였다.

우리는 늘 골목에서 재기차기, 구슬치기, 딱지치기, 숨바꼭질을 하며 놀았다. 햇살이 부챗살처럼 들어오는 골목길은 언제나 애들 깔깔거리는 소리, 투정부리는 소리가 끊이지 않았다. 그런가 하면 어른들도 여름철이면 송알송알 맺힌 땀방울을 식히려고 모여들어 한담을 나누기도 하고 장기를 두며 세상사를 나누곤 했다.

그랬던 곳이 지금은 흙길 대신 시멘트와 인터로킹으로 포장되었다. 돌담은 사라지고 나무로 울타리를 하여 길의 흔적을 이어가고 있다. 세월 따라 빛바래진 골목길이 마음을 촉촉하게 적신다.

무엇보다도 서운한 것은 익살스럽기만 하던 돌담이 헐리고 팽나무가 두 그루만 남아 있다는 것이다. 그마저 나뭇가지가 비바람에 견디지 못하여 꺾이고 병충해로 생기를 잃어가고 있다. 싱그러운 녹색의 이파리를 힘겹게 싹틔우고 있어 그 옛날의 자태가 점점 사라져 내 마음을 안쓰럽게 한다. 더구나 도시계획상 도로로 되어 언젠가는 나무가 잘리게 되어 있어 더욱 가슴을 아프게 한다. 거기에다 동네 어린이 누구나 찾지 않아 쓸쓸해 보인다. 동심을 키워오던 골목이 머지않아 사라질 것 같아 마음이 무겁기만 하다.

어디 우리 집 골목뿐이랴! 생활문화의 발달로 우리 삶에 가장 기초적인 문화가 자라고 성장하던 곳, 골목이 없어졌거나 사라지고 있다. 골목이 사라지는 건 문화가 버려지는 것이다. 우리가 살아온 삶의 문화인 생활문화·놀이문화를 버리고 있다. 서로가 부대끼고 다투면서도 새록새록 정을 쌓으면서 전해온 우리 전래의 훈훈한 삶의 문화를.

그렇잖아도 요즘은 무엇이든 초고속 인터넷으로 통한다. 어른아이 너나없이 컴퓨터에만 매달리고 있어 옛날부터 이어져오던 문화가 잊히고 있다. 가끔 내가 어렸을 때 즐기던 놀이들을 어린이들에게 얘기하면 무슨 소리지? 관심을 갖다가 이내 팅겨버리고 컴퓨터 오락게임에만 몰두한다.

물론 컴퓨터의 발달은 생활을 편리하게 하여 좋기는 하다. 컴퓨터 자판만 두드리고 있으면 의사가 소통되고 일이 빠르게 처리되니 얼마나 편리하고 고마운가. 그렇지만 무엇이든 빨리빨리 하려는 풍조가 일상생활화 되었다. 그러다보니 느긋한 마음과 사고의 여유가 없으며, 두뇌 회전은 빠르나 의지가 약해지고 있다. 의지가 약하다 보니 무엇이든 쉽고 가볍게 생각하고 행동하는 경박함이 널리 퍼지고 있는 것이다. 매일매일 일어나고 있는 우리 주변의 각종 사건과 사고들이 그 경박스러움에서 일어나고 있으며, 이는 골목 문화가 없기 때문이다.

사실 내가 자랄 때만 하더라도 골목은 모든 것이 시작되고 마치는 곳이었다. 태어나면 골목에서 자라고 살다 죽으면 골목길을 벗어나기에. 골목에서 어린이들은 다투고 부대끼고 하면서 서로의 가슴에 믿음과 신뢰를 키우면서 자랐다. 어른들은 세상사에 대한 이야기꽃을 피우며 가슴속 깊이 흐르는 훈훈한 정을 나누며 삶의 무게를 내려놓았다. 이처럼 서로서로가 잘 어울려 이해하고 도와가며 살아가는 것이 골목문화인 것이다.

지금은 어떠한가. 골목은 그저 단순하게 외부로 통하는 역할만 하고 있다. 시간만 있으면 컴퓨터 앞에만 매달려 있을 뿐이다. 빠름만을 추구하기 때문이다. 그러니 서로가 너무나 피상적인 관계로만 흐르고 있어 마음이 무겁기만 하다. 그러기에 조금은 늦지만 꾸준하게, 불편하나 군소리 없이 살아온 삶의 문화를 전하며 소박하고 훈훈한 인정이 배어 나오던 골목이 그립다. 먼지가 폴폴 날리는 흙길이지만 보드라운 발길에 잔정이 묻어났으며, 누구나가 편하게 즐기던 골목이 그 어느 때보다도 아쉬운 때다. 내가 그토록 자랑하고 사랑하던 골목이 시대의 흐름에 따라 그 우아함을 잃어가면서 사라지게 됐으니 가슴이 아린다.

변해가는 골목은 또 하나의 아픔이 있다. 오랜 세월을 견디어낸 골목의 깊이처럼 우리 육남매를 위해 평생을 발이 손이 되도록 살아오신 부모님. 골목이 변한만큼 늙으셨기 때문이다.

자라며 투덜거리는 자식들의 푸념에도, 당신에게 내리치는 세월의 아픔에도 오로지 육남매가 잘되기만을 바라며 골목처럼 묵묵히 다 받아들이면서 걸어오신 부모님의 마음. "길 위를 달리지마라. 급하다고 달리다 보면 넘어지고 큰 상처를 입듯이, 삶이 조급하다고 서두르다 보면 삶은 결국 엉망진창이 된다. 흔들리지 말고 최선을 다하며 골목처럼 묵묵히 그렇게 가는 것이다." 라며 온 몸으로 살아오신 부모님.

그러나 돌담이 사라지고 고목이 잘리어 나가며 골목이 변하는 것처럼 세월의 짐 앞에는 어쩔 수 없나보다. 어느새 머리는 바람에 하늘거리는 나뭇잎처럼 무심하게 하얀 물보라가 넘실거린다. 고목의 굵은 가지처럼 깊어진 얼굴의 주름살과 앙상한 가지처럼 투박한 손마디가 나를 아리게 한다. 더구나 관절염으로 잘 걷지 못하여 더욱 안쓰럽다.

골목이 변하는 것만큼 부모님은 아프셨고 나는 자랐다. 골목은 한평생 내리사랑을 쏟으시는 부모님의 마음과 같은 곳이다. 가정을 꾸리고 자식을 키우면서 반백이 흐른 지금, 그 세월과 함께 변한 골목을 보면서 이제는 그 마음을 조금은 알 것 같다. 다 그렇게 하는 것을. 오로지 내리 사랑임을.

이처럼 변하는 골목을 보면 우리의 삶이 길과 같음을 알겠다. 어렸을 때의 길은 항상 곧바로 뚫리고 반듯하게만 보인다. 그것은 꿈과 희망에 부풀어 있기 때문이다. 하지만, 자라면서 굴곡이 심한 길로 변하는 것은 삶에 세월의 무게가 쌓이기 때문이다. 우리는 언제나 같은 길을 걷고 있는 것 같지만 늘 새로운 길을 찾는다. 그 길을 찾고 걷기 위하여 몸부림친다. 어릴 때부터 변함없이 걷고 있는 것 같지만 어깨에 쌓이는 세월 따라 흔들리면서 걸어가기 마련이다. 길이 사라지면 새로운 길을 만들면서.

반백의 세월을 보내면서 조금은 급하더라도 그리 크게 흔들림 없이 모든 것을 큰 걱정 없이 받아들이며 살아올 수 있었던 것은 골목의 그 질박함 때문이었다. 또한 사람과 사람을 사랑하고 순리대로 살아가는 법을 배울 수 있었던 것도 골목이 나를 보듬어준 때문이다.

세월의 흔적이 두껍게 쌓인 골목길. 할아버지의 할아버지 훨씬 이전부터 아버지에게로 이어온 숨결에 이제 나의 숨결이 스며들고 있다. 깊이와 부드러움이 느껴진다. 디지털 정보가 넘치는 지금, 모든 것이 차갑기만 한데 골목은 여전히 따스함이 살아 있다. 어릴 적 동무들, 사라진 흙길, 나무, 돌담들 모두가 내가 살아온 자취였다. 그 길은 내가 살아온 삶이었다. 하나하나가 내가 남겨놓은 숨결이었다.

그렇다. 길은 영원한 것. 이리 뚫리고 저리 뚫리고 여기저기 엉키고 엇갈리지만 결국은 하나다. 삶 또한 마찬가지다. 길을 바르게 걷는 것, 조급하다고 달리지 말고 현재의 위치에서 최선을 다하는 것, 바로 그것이 삶이다. 골목길의 질박함과 따스하게 보듬어주는 숨결을 느끼며 오늘도 어깨를 가볍게 하고 그 길을 걷는다.

아름다운 바람

　제주의 바람은 4월에 가장 아름답다. 삭막하기만 했던 겨울의 색을 밀어내고 상긋한 꽃 따라 싱그러운 잎 따라 너도나도 봄을 전하는 4월에 부는 바람. 세지도 약하지도 않게 딱 그만큼만 코끝을 간질이며 부는 바람이라 몸과 마음을 편안하고 즐겁게 한다. 그중에서도 보리이삭이 여물기 전인 4월 중순에 부는 바람이 최고다. 듬성듬성 쌓아 구멍이 숭숭 뚫어진 채 비스듬히 늘어선 돌담 밭 연두 빛 풋보리 사이로 부는 바람, 생각만 해도 황홀하다.

　4월 중순에 부는 바람은 보리를 너울거리며 제주 섬을 품어 버린다. 바람결 따라 키 재기를 하는 보리밭 물결이 마치 아장아장 걷는 어린애의 걸음걸이처럼 숨을 막히게 한다. 그런가하면 까르르 까르르 웃는 소녀의 해맑은 소리가 들려오기도 한다. 또한 살랑살랑 걸으며 종아리를 자랑하는 처녀의 치맛자락 흔들림으로 다가온다. 그 소리에 그 아름다움에 홀려 한없이 넋을 놓아버리다 어느 순간 보리이삭이 넘어질 듯 휘감아 돌며 돌담을 넘나드는 바람의 자태를 보면 어느 누구인들 감탄 안할 수가 없다.

　지난 해 이맘 때 아내랑 같이 보았던 한라산 중산간지역의 보리밭 바람은 바람에게도 품격이 있음을 알게 해주었다. 그러며 바람의 아름다움을 가슴 속 깊이 간직하게 했다. 가끔 그 아름다움을 잊지 못하여 몸살을 앓는다.

휴일이면 어김없이 나는 아내랑 제주의 들판과 마을을 돌아다니며 사라져 가는 제주의 정취를 찾아 나선다. 그때도 4월 중순이었다. 애월읍 산간 쪽으로 차를 달리다가 오름 등성이에 비스듬하나 고즈넉하게 자리 잡은 밭이 눈에 들어왔다. 한 등성이 두 등성이를 돌고 꾸불꾸불한 길을 돌아서길 몇 차례. 그러다 어느 순간 눈앞에 펼쳐지는 보리밭 풍경!

숨이 확 멈췄다. 하늘을 향해 웃는 다 자란 보리이삭이랑 춤추는 바람의 모습에 우리 부부는 넋을 놓아버렸다. 잠시 후 우리 입에선 동시에 '와!' 탄성이 쏟아졌다.

바람이 이처럼 아름다울 수 있다니! 놀라기만 할 뿐이었다. 평소 바람 소리만 들었지 바람의 모습은 생각지도 못했기 때문이다. 그러니 놀랄 수밖에. 바람도 바람 나름대로 기쁨과 노여움, 즐거움과 슬픔으로 자신의 모습을 보여주고 있는데 나는 그것을 외면하고 그저 아, 바람이 또 부는구나! 하며 지나치기만 했음을 알겠다. 일상에 모든 것이 나름대로 아름다움을 보여 주고 있는데 나는 그동안 선별해서 아름다움을 찾기만 했음에 얼굴이 달아올랐지만 이내 싱그러운 보리 향에 취해 버렸다.

춤추는 바람 따라 구수하며 싱그러운 풋보리 냄새가 우리를 행복하게 했다. 마주잡은 아내의 손이 한없이 따뜻하기만 하다. 언제 잡아도 따뜻한 손이지만 이날은 아내를 만나 맨 처음 은근슬쩍 잡았던 떨림이 더해져 사랑과 행복의 충만감이 전해져 온다.

결혼하여 살면서 나는 아내에게 얼마나 아름다운 모습을 보여 줬을까 생각하니 민망하기만 하다. 결혼하면 호강은 못 시켜줘도 고생은 안 시키겠다고 결혼 전에 큰소리 쳤었는데. 아이들 걱정 한번 안해보고, 집안 살림은 먼 산 바라보듯 하며 아내 혼자 애면글면 애쓰게 했다. 그렇게 해서 얻은 것이 무엇이던가. 보리밭에 춤추는 바람이 나에게 묻는다. 얼굴이 달아오를 뿐이다. 미안함에 잡은 아내의 손을 꼭 쥐자 아내가 쳐다본다. 괜찮다는 듯 미소를 머금은 아내의 얼굴위로 파란 바람이 손 흔들며 지나간다.

보리밭에 춤추는 바람을 보면 판소리 한마당이 따로 없다. 진양조, 중모리, 중중모리, 자진모리, 휘모리, 엇모리, 엇중모리 일곱 가지 장단에 따라 변화시키는 바람의 아름다움. 아름다움에 취해 어깨가 절로 들썩이고 어린애가 옹알이 하듯 입속이 간질거린다. 돌담과 나무들이 관객이 되어 웃고 운다. 우리부부도 객석 한 모퉁이를 차지했다.

문득 지난번 성산읍 삼달리 두모악에 있는 김영갑 갤러리에서 봤던 바람이 생각난다. 그때는 사진 속에 바람이 있네, 바람을 사진으로 찍었네 하며 지나쳤다. 무심하게 사진 한 장 바라보듯 갤러리를 둘러보았을 뿐이다. 그저 흘러가는 발걸음과 그저 지나가는 시선으로만. 그렇게 그의 사진을 제대로 보지 못했다.

오늘에야 사진작가 김영갑이 왜 제주의 바람에 미쳤는지 알 수 있을 것 같다. 올곧이 있는 그대로 보며 사진에 담은 그의 삶. 진정한 삶의 열정이 무엇인지를 가르쳐 주고 있다. 있는 그대로 바라보며 사는 것이 얼마나 아름다운지 가슴에 와 닿는다. 김영갑 갤러리를 다시 찾아 제대로 그의 사진을 봐야겠다. 바람결 따라 미소가 번진다.

4월에 부는 바람은 행복의 향기를 실어다 준다. 4월에 부는 제주의 바람은 세월에 잃어 가는 자신을 찾게 해 준다. 삶을 있는 그대로 보게 한다. 모든 것을 있는 그대로 사랑할 수 있게 해 준다. 그렇기 때문에 더욱 아름답기만 하다. 파릇함과 싱싱함 그리고 생동감을 실어 부는 4월의 바람. 진양조장단에서 휘모리장단으로 풋보리랑 춤추는 바람의 향연을 돌담에 앉아 바라보던 바람의 아름다움을 결코 잊을 수가 없다.

바람의 정령 억새꽃

억새꽃은 바람의 정령이다. 제주는 지금 섬 전체가 이 정령들의 춤으로 눈앞이 현란하다. 들녘의 돌담 가에도, 바닷가 벼랑에도, 길가 여기저기에 지천으로 억새꽃이 하얗게 어우러져 춤을 추고 있기 때문이다. 일 년 중 가장 푸른 하늘이 에메랄드빛 바다와 어우러져 바람결 따라 색색이 변하는 억새꽃으로 숨이 멎어버릴 것 같다.

산과들에 흐드러진 억새꽃이 한들거리며 세상을 유혹하고 있다. 바로 눈앞의 오름과 바다를 향해 손짓을 하는 억새꽃의 향연은 과연 이 가을 풍경 중 가장 뛰어나다 하겠다. 바람결 따라 눕고 일어서며 바람의 선율에 따라 춤추는 억새꽃. 가을이 춤추고 있다.

그 가을 속으로 들어간다. 이내 가을의 한자리를 같이해 나도 춤을 춘다. 일상에서 쌓인 응어리를 풀어버리듯 춤사위에 열중한다. 살면서 누가 응어리가 없겠는가? 말을 안 할 뿐이지 누구나가 크기는 다르겠지만 가슴에 응어리를 묻어 둔다. 차일피일 하다 보니 어느새 응어리는 몸의 일부가 되고 삶을 무겁게 한다. 털어내는 것이 뭐가 그리 어려운지 그렇게 산다.

나는 어릴 때부터 아버지의 기대에 못 미쳐 전전긍긍했다. 아버지의 숨소리만 들려도 두려움과 근심걱정이 속으로만 쌓였다. 더불어 내가 하고 싶은 말, 내가 하고 싶은 일들은 마음속으로 머릿속으로

만 맴돌았다. 가슴에 응어리가 맺혀가고 있었지만 나의 이런 속내를 어디다 털어 놓지를 못했다. 오히려 더욱 가슴 깊이 묻기만 했다. 그러다 보니 인생 중반이 됐다.

은빛 장단에 춤을 추고 나니 가슴이 시원하다. 맑디맑은 가을의 공기가 웅크렸던 피부를 생글거리게 한다. 그동안 알게 모르게 쌓였던 응어리에서 벗어나니 가을을 수놓는 풍경들이 달리 보인다. 하늘빛이 다르고 바람결 느낌이 다르다. 단풍으로 물드는 나무가 다르게 보이고 몸을 간질이는 억새꽃의 촉감이 다르다. 온몸의 감각이 열린다. 막혔던 귀가 쫑긋거리고 코가 슬슬 벌름거린다. 상큼하고 싸한 들풀의 냄새가 난다. 좋다. 그저 좋기만 하다.

이렇게 쉬운데 그동안 왜 응어리를 묻어 놓기만 했는지 참, 바보스럽기만 하다는 생각이 든다. 뭐가 대단하다고 그리 빗장을 닫았는지 참, 한심스럽기만 하다. 지나가는 바람결에 얼굴이 붉게 물들기만 할 뿐이다. 눈가에 눈물방울이 맺힌다.

바람결에 은발을 날리며 세상을 훔치는 억새꽃의 향연으로 마음이 참 편안하다. 꽃향기보다 더 싱그러운 은빛 바람이 살랑살랑 불어와 마음을 상쾌하게 한다. 화려하지는 않지만 수수한 자태로 바람의 노래를 들려주며 나를 한결 여유롭게 한다. 시각·청각·촉각의 황홀감으로 빠져드는 싱그러움과 부드러움이란! 그동안 무거웠던 몸과 마음이 어느새 사르르 녹아버리고 가벼움과 시원함을 맛본다. 역시 몸을 편안하게 하는 데는 억새꽃이 최고다.

물론 가을 하면 단풍이 떠오른다. 화려하고 현란한 색상으로 세상을 품어버리기에 가을 하면 단풍만 생각나는 것이 당연하다. 그렇지만 화려함은 소박한 풍경이 있어야 더욱 빛나는 것이다. 소박하나 비단결 같은 부드러움으로 오감을 편안하고 즐겁게 하는 억새꽃이 있어 단풍이 절정을 이루는 것이라 하겠다.

억새꽃 따라 바라보는 세상은 참 부드럽기만 하다. 햇빛 따라 바람결 따라 금빛 은빛색깔로 갈아입으며 한들거리는 억새꽃의 모습은 나의 마음을 더없이 부드럽게 한다. 몸을 간질이는 억새꽃이 전하는 소리. 부드럽게 살라고, 여유로움이 있어야 생은 아름답다고 한다. 그러나 모든 것이 초고속 인터넷으로 통하는 지금, 나는 쏟아지는 정보의 홍수로 오로지 앞으로만 내달려 여유를 잊어버린 줄도 모르며 살고 있다. 그러니 지금 느끼는 이 여유와 부드러움은 차라리 나를 저 외딴별에서 잠시 온 외계인으로 착각하게 한다.

한참을 부드러운 물결에 몸을 맡겼는데 억새꽃 사이로 부모님이 오버랩 된다. 바람과 키 재기하는 은백색의 억새 물결이 부모님을 닮았다. 모진 세월을 살아오면서도 자식들 걱정으로 머리가 하얗게 센 부모님의 모습을 닮아 마음 한 구석을 아리게 한다.

어느덧 팔순을 맞이한 부모님. 그 세월의 나이테에 나는 또 얼마나 한과 고통을 깊게 해드렸던가. 인연이 짧아 세상을 일찍 떠난 형 대신 장남이라는 짐을 져야 한 나는 부단히도 거부하며 겉돌기만 했다. 그러나 부모님은 바람결에 눕다 일어서는 억새꽃처럼 한결 같은 애정으로 지켜보았음을 가정을 꾸리고 자식들이 성장하는 것을 보며 알았다. 넘실거리는 은빛 물결을 보며 느껴지는 연민의 정을 어쩔 수 없다. 나의 나이테도 부모님처럼 깊어져 가고 있음을 알겠다.

억새꽃 물결 따라 춤추는 가을을 보고 있노라면 누구나가 시인의 마음을 가질 수밖에 없다. 그런 억새꽃을 보면서 가을의 정취에 흠뻑 취하는 맛 또한 이 계절에만 느낄 수 있는 즐거움이자 행복이다. 그런 삶의 축복을 나는 쉽게 누릴 수 있어 좋다. 집을 나서기만 하면 아버지의 품 같은 시원한 바다와 어머니의 품처럼 푸근한 한라산이 반긴다. 그 바닷가나 산자락 한 부분을 잇는 곳에서 억새꽃의 향연에 빠져들 수 있어 나는 좋다.

단풍은 마음을 흔들며 들뜨게 하지만, 억새꽃은 눈을 흔들리게 하면서도 가슴에 차분함을 전해 준다. 단풍이 가을의 색이라면 억새꽃은 가을의 정령이라 하겠다. 그러므로 깊어가는 가을의 정취에는 억새꽃이 제격이다. 웅얼거림이 시가 되어 나온다.

〈억새꽃〉
어느 날
길게
바람이 불어
손발이 시리다

시린 끝
눈부신
하얀 떨림
가을의 미소

달빛 소나타를 들으며

달빛은 늘 가슴에 강물을 흐르게 한다.

저녁을 먹은 후 거실에 있는데 누군가 자꾸 부르는 것 같아 고개를 현관 쪽으로 돌려보니 현관문이 황금빛으로 밝아 있다. 황급히 문을 열어 보니 보름을 막 넘긴 달이 환하게 웃고 있지 않은가! 어서 나오라고, 맑은 밤하늘을 보라고 손짓하고 있었다.

서둘러 마당으로 나가니 구름 한 점 없는 맑디맑은 감청 빛 하늘에 둥그런 달이 시리도록 환한 빛으로 춤을 추고 있다. 춤사위가 마치 잔잔한 호수에 동심원을 그리며 물살이 퍼져 나가듯 빠르게 나를 환희에 들뜨게 했다.

달은 점점 떠올라 온 세상을 달빛으로 찬란하게 품어 버린다. 바람도 환한 달빛에 놀랐는지 움직이지 않는다. 뿐만 아니라 나무와 풀 모두가 숨을 죽이고 있다. 그야말로 달빛 향연에 넋을 놓고 있는 무아지경의 밤이다. 두근거리는 가슴을 심호흡하며 달을 바라본다. 달을 보는 순간 나는 그대로 달빛이 되고 나무가 되고 풀이 되고 바람이 된다.

이처럼 영롱한 빛을 언제 보았던가? 이처럼 밝은 빛으로 어둠을 밝히고 있는 달을 바라본 때가 언제였던가? 순간 이렇게도 살아왔나 하는 생각에 얼굴이 빨개지고 호흡이 멈추는 것 같았다. 무엇이 나를 이렇게 앞만 보며 달려오게 했는가 하는 슬픔이 달빛에 애잔함을 더하여 가슴을 아리게 한다. 이내 메마른 가슴에 물결이 일어나고 눈물방울이 맺힌다.

달빛을 보며 살아오는 동안 욕심이 지나치지 않았는지 생각해본다. 구불구불 인생길에 사랑에 목말라 하고, 돈에 목말라 하고 그렇게 삶에 목말라 하면서 남들과 비교하지 않았는지. 그로인한 욕심으로 모두에게 분란을 일으키고 상처를 주지 않았는지 되돌아본다. 얼굴이 달아오른다. 아니다아니다 하지만 센머리와 깊은 주름살들이 말해주고 있다. 나도 세상살이에 많이 휘둘러졌음을 알겠다.

쏟아지는 달빛이 삶에 절은 때를 벗겨낸다. 살아오면서 메말랐던 나의 가슴을 적시며. 몸이 가벼워지고 개운하다. 나만 생각하고 다른 것은 인정하기가 싫었기에 참 많이도 절었다. 가슴을 조금만 열면 세상이 따뜻한데 왜 그리 닫기만 했는지. 그로인해 일상에 작은 바람이라도 불면 마치 거센 바람이라도 불어오는 것처럼 오두방정을 떤 내가 부끄럽다.

달빛을 맞으며 골목을 조심스럽게 걷는다. 골목은 세월을 껴안고 아름드리로 자란 고목이 하늘을 떠받치고 있어 이 밤, 더욱 달빛의 격조를 높인다. 살짝 어둠이 있는가 하면 나뭇잎 사이로 달빛이 소르르 내려오는 곳은 새색시마냥 옅은 웃음으로 밝히고 있다. 그러고 보니 달빛은 나뭇잎 사이로 내려와야 제격이다.

달빛은 나뭇잎 사이로 살며시 내려와 은근슬쩍 앉아 소박하나 편안함과 부드러움을 준다. 여유가 있어 좋다. 별빛은 통통 튕기며 내려오나, 달빛은 은은히 몸을 감싸듯 슬그머니 내려온다. 바로 오지 않고 살그머니 오는 연인의 모습이 더없이 아름다운 것처럼 나뭇잎 사이로 오는 달빛이야 말로 이 세상 최고의 아름다움이라 하겠다. 역시 차지도 넘치지도 않은 것이 품격을 높인다.

내가 태어나 지금까지 이 골목을 걸으며 살아왔지만 골목이 이처럼 아름답다는 걸 처음 알았다. 아름다움은 멀리 있는 게 아니라 늘 곁에 있는데 멀리서만 찾아온 내가 쑥스럽기만 하다. 주변에 작은 것들에 관심을 가져야 행복한 것이라고 달빛이 속삭인다. 더불어 저울질 하지 말고 사소한 것이라도 최선을 다 한다면 곧 아름다운 삶이라 말한다.

삶은 비울수록 행복하다. 채우려고만 한다면 삶은 무겁고 고통이 따른다. 그런데도 난 줄이기보다는 늘리기에만 급급해 한다. 삶은 조금은 덜하더라도 만족할 줄 안다면 즐겁기만 한 것인데도. 주어진 것에 만족하고, 있는 것에 만족하면 행복은 커지게 마련이다. 그러니 욕심을 덜어내고 마음의 여유를 갖는 사람만이 저 달빛의 아름다움을 늘 맛볼 수 있는 것이다. 언제나 가슴에 강물을 흐르게 하며.

발길이 가는 대로 한 걸음 한 걸음 천천히 걷는다. 서있는지 걷는지 모르게 달빛의 소나타를 들으며 걷는다. 발길 닿는 곳마다 눈길 가는 곳마다 달빛에 감염되어 내 몸이 따뜻하다. 더불어 진부한 삶으로 어깨가 무거워 축 쳐진 중년의 사내는 사라지고 어린애가 손을 벌리고 환하게 웃다 달과 하나가 된다. 달이 내 속에 있는지 달 속에 내가 있는지 모르겠다. 밤소리만 들려올 뿐이다.

우체통을 바라보며

우체통이 외로워 보인다.

언제부터인가 우리는 우체통을 외면하고 있다. 불과 몇 년 전까지
만 해도 우리를 웃기거나 울리면서도 다정다감하기만 하던 우체통
을. 딴 세상의 물건으로 보고 있다. 오고가는 사람들이 우체통 앞을
무심하게 지나친다.

출퇴근할 때마다 사무실 건물 앞에 있는 우체통을 보면서 한 가지
버릇이 생겼다. 우체통에 편지는 들어 있을까, 사람들이 우체통이 있
는지는 알까? 생각을 하는 것이다.

누구나 한 번쯤 우체통을 보기만 하면 설레는 가슴을 누구에게 들
킬라 새침을 떨며 그 앞을 성급하게 지나치던 기억이 있으리라. 나도
그랬다. 우체통 앞에만 가면 걸음이 빠르고 숨이 가빠지곤 했다. '혹
시나' 하는 생각에 가슴이 두근거리고 얼굴이 빨개져 급히 지나쳐
집에서 골목을 마냥 바라보기만 하지 않았던가. 그렇게 우체통을 보
며 기다리던 소식이 이제 오나 저제 오나 하며 가슴 조이곤 하던 시
절이 있었다.

그런데 지금은 어떠한가. 우체통의 설렘이 없다. 모두들 인터넷으
로 휴대전화로 서로의 소식을 언제 어디서나 빠르게 주고받고 있기
때문이다. 기다림이 없다. 여유가 없다. 때와 장소를 가리지 않고 휴

대전화 벨소리, 문자 메시지의 홍수로 정신을 차릴 수가 없다. 더불어 모든 것이 더 빨라지고 있다.

어디 어느 곳에서나 모두가 자판에 매달려 허우적거린다. 컴퓨터 자판만 두드리거나 휴대전화의 번호판만 누르고 있으면 의사가 소통되고 일이 속전속결로 처리된다. 그러니 여유가 없으며 무엇이든 쉽고 가볍게 생각하고 행동하는 경박함이 일상화되고 있다. 이와 더불어 기계적인 삶이 가속화되고 있으며 나만의 공간 속에 갇혀 살아가고 있는 것이다.

좀더 '빨리, 빨리!'와 '쉽게, 쉽게!'가 우리를 가만 놔두지 않는다. 빠르지 않으면 짜증이 나고, 쉽지 않으면 불평을 한다. 서두르다 보니 쉽게 잊어지고 버림을 받는다. 빠르지 못한 것은 빨리 버려질 수밖에 없는 세상이다.

느리게 가고 싶다. 조금은 여유를 갖고 싶다. 빨리 버리고 싶지 않다. 그러나 사회는 느리게 가도록 가만두지 않는다. 빠른 것만이 일체감을 가질 수 있게 하며 인터넷과 휴대전화의 빠름은 머리를 혼란스럽게 한다. 무엇이든 빠르게만 연결시켜준다. 그러다보니 우체통을 바라보던 설렘이 그리우며 이제나저제나 하며 기다림으로 마음 조리던 때가 그립다. 빠르나 메마르고 상투적인 디지털보다 조금은 늦더라도 푸근하게 전해오던 아날로그 우체통 소식이 좋다. 그렇게 바람에 실리어오는 소식이 나에겐 좋다.

이제는 편지 한 장 쓰는 것조차 쑥스럽다. 손으로 쓴다는 것은 오히려 시대에 뒤떨어진 사람으로, 낙오자로 낙인찍힌다. 낙오자는 멸시 당하고 쉽게 버려진다. 마치 인터넷과 휴대전화의 주소록을 한 번 터치로 지우듯 그렇게 순식간에 버려진다.

언젠가 딸에게 "크리스마스카드를 못 보내 미안하다"고 했더니 "카드는 무슨 카드? 메일로 보내면 되지. 카드는 구식이야, 그리고 이제는 다 메일로 해!" 하며 마치 외계에서 온 사람 보듯 하여 당황했었다.

그렇다. 이제는 하루는커녕 단 몇 분도 못 기다린다. 우체통을 이용하면 웃음거리가 되는 세상이다. 사회는 점점 기다림이 없는 초고속 인터넷 속으로 가파르게 내달리고 있다. 덩달아 디지털문화에 적응하기 위해 몸부림치고 있다. 돌아서면 새로운 디지털문화가 들이닥치니 정신이 없다. 혼란스럽다. 살아가기 위해 살아남기 위해 몸부림치는 절박감!

중년에 들어선 지금, 밀려오는 인터넷 문화에 대한 두려움은 물론, 경제가 어려운 이때 정년이 얼마 안 남아 가장으로서의 역할 등 압박감에 시달린다. 따라가지 못하면 소외 될 수밖에.

나도 내일이면 저 길가에 외롭게 서 있는 우체통처럼 잊어지고 버려져 쓸쓸하게 있지 않을까 생각하니 두렵다. 언제 버려질까 두렵다. 흔히 가장 비참한 사람은 미움 받는 사람이 아니라 잊힌 사람이라고 한다. 그렇게 나도 잊어질까 두렵다. 오늘도 우체통을 보면서 나를 생각해본다. 정년퇴직이 코앞인데.

초승달

   나는 초승달을 좋아한다. 노을이 사라진 하늘에 눈썹처럼 가늘지만 파르르 떨며 있는 모습이 이른 새벽 풀잎에 맺힌 영롱한 이슬방울 같아서다. 그래서 초저녁 서쪽 하늘에 살그머니 떨며 갓 시집온 새색시처럼 다소곳이 떠 있는 초승달을 보면 저도 모르게 입가에 미소를 짓고는 한다.

   어린 시절 나는 집에서 키우던 소와 말들 때문에 초승달을 벗 삼는 일이 종종 있었다. 이따금 소와 말들을 이끌고 산으로 들로 먹기 좋은 꼴들을 찾아다녔다. 소와 말들이 한가로이 풀 뜯는 것을 보고 바람이 덜 넘나드는 들풀이 포근한 곳에 누웠다 해가 지는 줄도 모르게 잠이 들기도 했다. 잠에서 깨어나 생글뱅글 놀던 햇살이 신기루처럼 저 멀리 사라져가는 것을 보고 발을 동동 구르며 얼마나 안타까워했는지 모른다. 어느새 저녁노을로 곱게 물든 하늘에 어둠의 그림자가 부뚜막의 연기처럼 하늘거리다 금방 어두워진다. 들녘의 고즈넉함으로 두려움에 떨며 서둘러 집으로 돌아오곤 했다. 사위스런 생각으로 두려움에 가슴이 두근거리고 종종걸음에 소와 말들은 왜 그리도 늦게 걷는지.

   마음이 조급해 종종거리는데 언제 떠올랐는지 초승달이 은은하게 미소를 지으며 '괜찮아!' 하며 나를 위로해 주었다. '살그머니 웃는 저 초승달이 자라 보름달이 되어 세상을 환하게 비추겠지. 그런데 둥근 보름달에는 옥토끼가 사는데 초승달에는 누가 살지?' 하다 보면 어느새 마을 어귀에 도착해 있었다. 그렇게 초승달은 나를 편안하게 마을로 데려왔다.

어스름한 하늘에 떠오른 달의 아름다움은 어린 나의 가슴에 통통 튕겨 오르는 동화를 가득 만들기에 충분했다. 지금도 가끔은 초저녁 서쪽 하늘의 초승달을 보면 지금은 사라진 그때의 마을 풍경들이 떠오르고 길동무를 하던 소와 말들이 그립다. 몸을 둘러싸던 들풀들의 향긋하고 싸한 냄새가 그리워 코를 실룩거려 보곤 한다.

초승달은 보름달처럼 크고 충만하지는 않으나 작지만 여유로움이 있다. 다소곳이 떠오른 모습은 분수를 알고 만족할 줄 아는 마음을 가지라고 언제나 일깨워준다. 화려함은 불안하나 소박함은 편안하다며 흔들리는 마음을 잡아주기도 한다. 보름달처럼 환한 웃음은 아니지만 상그레 웃는 모습은 작지만 아름다운 것이 세상에서 가장 크고 소중하다는 것을 가르쳐 준다. 그러며 작고 소박한 꿈이라도 최선을 다하라고 한다. 그리고 가슴으로 품으라고 말한다. 기계적으로 머릿속에 담지만 말고 마음으로 새기라며.

머릿속의 기억은 금방 지워지지만 가슴에 새겨진 기억은 세월이 흐를수록 강물이 되어 흐른다. 초승달은 마음에 새겨주는 강물의 원천이다. 그 강물을 바라보는 마음이 항상 맑았으면 좋겠다. 주어진 것에 만족하고 최선을 다하며 열심히 사는 것이 그 맑음이 아닌가 생각된다.

초승달은 누가 붙잡아 놓아서 그 자리에 있는 것이 아니다. 계절 따라 시간 따라 상현달·보름달·하현달·그믐달·초승달로 자리를 순

환하면서 우리에게 꿈과 동경과 희망을 선사하고 있다. 그러기에 우리도 저마다의 위치에서 최선을 다해 다른 사람에게 즐거움과 편안함을 줄 수 있도록 노력해야 할 것이다. 그게 삶의 가장 기본적인 자세가 아닐까 생각된다.

하지만 오십 고개를 넘어선 나는 과연 그렇게 살아 왔는지 생각하니 얼굴이 화끈거린다. 하릴없이 머리에 하얀 서리만 가득 내리고 손마디는 거칠어졌다. 가슴에 강물이 흘렀었는지조차 아슴푸레하기만 하다. 고개가 절로 숙여질 뿐이다. 어린 시절의 콩콩 뛰던 동화는 동화 속의 동화로…….

그동안 나의 동화를 잃어버렸던 것은 삶을 가슴으로 품지 않고 그저 기계적으로 머릿속에 담기에 급급했기 때문일 것이다. 기계적인 삶에 너무 안주하다 반백이 흘러서야 초승달이 전해주는 삶의 의미를 조금은 알 것 같다. 삶은 진정 가슴으로 품는 것을. 이제부터라도 건강한 삶을 위해 가슴에 강물이 마르지 않도록 해야겠다. 사소한 것이라도 관심을 갖고 살펴보며 최선을 다하면 아름다운 삶이라 할 수 있다.

더구나 요즘 같이 모든 것이 인터넷으로만 통하는 때일수록 편리한 기계적인 삶이 나를 사막화하고 있는지도 모른다. 그래서 삶에 허우적거리고 세상에 부대끼고 힘들어 어깨가 무거울 때 가끔은 고개를 들어 초저녁 서쪽 하늘을 본다. 거기에 어린 시절의 꿈과 동경을 주던 초승달이 살그머니 웃으며 가슴에 강물을 흐르게 해준다. 그러며 삶에 찌든 나를 북돋우어 준다. 볼 때마다 삶의 향기를 전해주는 초승달이 난 언제나 좋다.

생각해보기

하나, 글을 쓴다는 것은

"요즘 글 쓰고 계시나요?"

"아, 예, 쓰지만 미완성들이죠!"

"마음이 비어 있거나 슬픔이 있어야 글을 쓰지, 편안하면 글을 쓰지 못합니다."

사무실에 요구르트를 배달하는 아줌마를 현관에서 만나 인사하며 주고받은 말이다.

사실 아줌마뿐만 아니라 오랜만에 만나는 사람마다 글을 쓰고 있는지에 대해 묻는다. 그러면 나는 언제나 '아, 예, 쓰지만 미완성들이죠!'를 마치 녹음기를 틀어놓듯 말한다. 그러면 모두가 고개만 끄덕인다.

그런데 마음이 비어 있거나 슬퍼야 글을 쓸 수 있을 것이라고 요구르트 아줌마가 나에게 한 말이 오늘 하루 종일 뇌리에서 사라지지 않는다.

몇 달째 글 한편 써보지를 못했다. 아니 글을 쓰려고 생각도 안했다. 무엇 때문에 그런지는 모르겠다. 그저 사무실 일이 바빠서…… 핑계 아닌 핑계를 대어 보지만……. 아줌마 말처럼 마음을 비우지 못해서, 슬픈 일이 없어서, 마음이 편안해서 글쓰기를 생각 안했는지 혼란스럽기만 하다.

그리고 아줌마의 말은 꼭 글쓰기만이 아니라 나의 삶을 돌아보게 한다. 살면서 얼마나 비웠는지. 얼굴이 달아오른다. 채우려고만 했지 비워보질 못했다. 여기저기서 비교하다보니 채우려고만 했지 비우려고는 아예 생각도 안 했다. 얼마나 많이 채우려 했으면 인생 중반에 머리가 새하얗게 되어 버렸을까. 어디 그뿐인가. 얼굴에 깊은 강물 줄기가 몇 개인가……

욕심을 갖지 말아야 했는데, 삶이 그걸 허락하지 않았다. 조금만 더, 조금만 더 하며 뿌리치지 못했다. 세상을 있는 그대로 보고 받아들이면 될 것을 그렇지 못했다. 가두기만 한 삶이었다. 그리고 그 욕심으로 모두에게 분노와 증오, 미움과 원망을 안겨주기만 했다. 결국은 후회와 한숨으로 가슴을 아프게 한다.

물은 지형지물을 따라 흐른다. 제 갈 길을 찾아 쉬지 않고 나아간다. 모든 더러움을 씻어주며. 끝내는 깊은 바다를 이루어 고기를 키우고 되돌아 비가 되어 또 다시 흘러간다. 우주만물에 영원히 이익을 주는 물. 변함없이 흐르는 물처럼 삶을 가두지 말고 보낼 수는 없을까.

글을 쓴다는 것은 자신의 마음을 열어 놓는다는 것인데, 왠지 살아갈수록 마음이 닫히는 것 같다. 하늘의 뜻을 안다는 오십대가 되었으면 삶을 관조하며 사는 것인데 마음이 닫혀서야 언제 그런 삶을 살 수 있을까하는 생각이 든다.

둘, 이름은 잊었지만

하루가 다르게 건망증이 심해지고 있다. 휙 바람이 지나가듯.

이제는 약 먹는 것까지 잊어버린다. 약을 바로 눈앞에 두고도 잊어버리길 몇 번이던가. 아내가 '약은?' 해서야 '아, 약?' 하는 내가 참, 한심스럽다.

그뿐만 아니다. 지인들의 이름도 쉬 떠오르지 않는다. 얼굴을 보면 반가워 인사를 하지만 이름이 생각나지 않아 언짢을 때가 한두 번이 아니다.

오늘도 저녁에 걷다가 아는 얼굴을 만났다. 오랜만에 보는 얼굴이라 반갑게 악수하며 몇 마디 안부를 주고받은 후 헤어졌다. 그런데 헤어지고 나니 마찬가지로 '누구였더라?', '집은 어디더라?' 하며 고개만 갸우뚱거렸다. 분명 아는 얼굴인데…… 아무리 생각해봐도 기억이 떠오르지 않아 고개를 살래살래 젓기만 했다.

'반갑게 웃으며 말하고 다음에 꼭 연락하자며 헤어졌는데……. 이름을 모르니 어떻게 연락을 하지, 참 걱정이다!' 하는 나를 보며 아내는 웃기만 한다.

사람 이름만 잊어버리는 것이 아니다. 일상에 늘 잘 잊어버리곤 한다. 무슨 말을 했는지, 약속을 언제 했는지, 물건을 어디에 뒀는지 몰라 허둥거리곤 한다. 뭘 해야지 하면서도 돌아서면 금방 잊어버려 낭패를 본 적이 다반사라 한편으론 한심한 생각마저 든다. 지금 내 나이가 몇인데. 오십대 중반에 건망증을 달고 살아야 하는 내가 왜 한심하지 않겠는가.

언제부터 이랬는지 모르겠다. 분명한 것은 기억력이 사라지고 있음을 알겠는데 어떻게 해야 할지 모른다는 것이다. 한때는 웬만해서는 잊는 일이 없었다. 정말이지 직장동료들의 입사일, 생일은 물론 몇 년이 지난 일까지 막힘없이 술술 나와 부러움을 많이 받기도 했다. 그런데 이제는 잊어버리는 게 몸에 배었으니 노년이 참 걱정이다.

추하지 않게, 아름답게 늙어야 하는데…… 늙어갈수록 사람다움의 향기가 있어야 하는데 지금처럼 잊기만 한다면 내가 누구인지 어디에 사는지도 몰라 길거리를 헤매지 않을까? 생각만 해도 눈앞이 아찔하다.

가끔은 아내에게 '있을 때 잘해, 이다음에 당신 얼굴도 못 알아보면 어떻게 하려고!' 위협과 겁을 주지만 오히려 나 자신이 먼저 겁난다. 누구하나 알아보지 못하고 그저 눈만 멀뚱멀뚱할까 봐……. 그렇게 정처 없이 길거리를 헤매고 있을까 봐…….

전 화

　전화로 이야기할 때는 소곤소곤 용건만 간단히 하는 것이 예의다. 더구나 요즘은 누구나가 휴대전화를 갖고 있어 때와 장소를 가리지 않고 전화로 이야기를 하는 때이므로 더욱 그렇다.

　얼마 전 일이다. 퇴근길 을지로 입구 역 2호선 지하철 안에서였다.

　'지금 어디야, 나 지금 집에 가고 있거든. 밥은 먹었니? 응, 뭐 할 건데?'

　지하철을 타자마자 들려오는 큰 소리. 북적대는 지하철 안에서 한 사람이 전화기로 큰소리로 이야기하고 있었다. 들려오는 내용으로 봐서는 결코 급히 전해야 할 용건이나 중요한 이야기가 아닌 것만은 확실했다.

　금방 끝내겠지 했는데, 한 정거장을 지나고 두 정거장, 세 정거장을 지나도 계속 통화를 하는 데 결국 내가 내리는 영등포구청역까지 큰소리로 통화는 계속 됐다. 가끔 주위 사람들이 쳐다봐도 아랑곳하지 않고 계속 큰소리로 말한다. 그 후 어느 정거장까지 계속됐는지는 모르겠으나, 아마 집에 도착해서도 통화는 계속 이어지지 않았나 생각된다.

　지금도 생각하면 번잡한 지하철 안에서 그렇게 주위 사람들의 시선에 아랑곳 않고 큰소리로 통화를 해야 했는지를 도통 모르겠다. 그렇게 긴 시간 동안 통화를 해야 하는 심정을 모르겠다. 어쩌면 누군가와 말을 하지 않으면 허전함을 달랠 수 없는 도시인의 병통인지도 모르리라. 그리고 보니 참, 편리한 세상이다. 시시콜콜 일상사를 시간과 장소에 구애받지 않고 서로 나눌 수 있으니 말이다.

내가 전화기와 처음 대면한 건 우리 집에 전화를 들여 놓은 때였다. 내가 열 살 무렵으로 기억된다. 시커먼 전화기 옆에 달린 손잡이를 드륵, 드르륵 돌려 수화기를 들면 교환원이 나오는 수동식이었다. 개통하던 날 이웃들이 마당에 모여 앉아 온통 전화기에 시선을 고정하다 따르릉 하며 개통이 되자 모두 '와!' 하며 감탄하던 모습이 지금도 눈에 선하다.

시커먼 기계에서 사람 소리가 들리니 마냥 신기하기만 했다. 전화가 걸려올 때는 어떠한가. 따르릉, 따르릉. 마치 동요 속의 자전거가 금방 튀어 나올 것만 같았다. 그러니 늘 전화기 옆에만 맴돌 수밖에.

그때는 마을에 몇 군데 집에만 전화가 있었다. 전화가 있는 집의 애들은 시위가 대단했다. 물론 나도 예외는 아니어서 친구들에게 자랑도 하고 뽐내기도 했다. '우리 집엔 전화기 있다, 너희 집엔 없지?' 하며 으스대다 친구들이랑 전화기를 만져 보기도 하고 수화기에서 나오는 교환원 목소리가 마냥 신기하여 전화기 주위를 떠나지 못하곤 했다.

가끔 이웃들이 찾아와 전화기를 사용할 때에 나는 전화기로 이야기를 나누는 것이 신기해서 엿듣는 재미에 공부 안 한다고 야단을 맞았지만 즐겁기만 했다.

전화가 걸려오면 동생들보다 먼저 받으려고 후닥닥 뛰어가 받곤 했다. 방문이 여닫이 문이어서 열고 닫는 데 조심스러워야 한다. 그렇지 않으면 쾅 소리가 나게 된다. 그래도 '여보세요?' 하며 부모님에게 전화기를 전해드리는 재미에 쾅쾅 문을 열고 닫다 아버지에게 혼나도 신나기만 했다.

'문은 항상 조심스럽게 열고 닫아야 하며, 전화는 공손하게 받고 목소리도 크면 안 된다' 하시며 가르치시던 부모님은 어느덧 팔순이다. 고향에 계신 부모님에게 안부 전화를 하다 보면 불현듯 그때의 일이 떠오르곤 하여 피식 혼자 웃기도 한다. 지금은 내가 자식들에게 그때의 부모님처럼 전화예절을 훈수하고 있으니 세월이 무상하기만 하다.

요새는 누구나가 휴대전화를 갖고 있는 걸 보면 격세지감이 있다. 어른 아이 할 것 없이 휴대전화를 달고 산다. 어디를 가나 휴대전화로 이야기를 하고 있는 사람을 열이면 일곱은 족히 본다. 참 편리한 세상이다 하면서도 불편해지는 것은 어쩔 수가 없다. 말하는 건 자유라고, 전화기를 사용하는 건 내 맘이라고 하지만 아무데서나 그저 나오는 대로 큰소리로 말을 해도 되는 것인지 의심스럽기만 하다.

회사의 전출명령에 따라 서울로 이사를 온 지 1년. 출퇴근을 비롯하여 일상생활에 지하철을 이용하면서 지하철 안에서 많은 사람들이 동시 다발로 전화하는 것을 본다. 고향에서는 상상도 할 수 없는 풍경이다. 고향에는 지하철이 없기에 간혹 버스에서나마 한 두 사람이 전화하는 것을 볼 수 있다. 그러니 지하철에서 동시 다발로 여러 사람이 전화를 하는 풍경은 분명 나에겐 생소하고 충격적이 아닐 수 없었다.

시도 때도 없이 종알거리는 모습들을 보면서 처음에는 그러려니 했다. 뭔가 급한 일이 있겠지만 했다. 하지만, 날이 갈수록 별로 급한 일도 아닌데 휴대폰에 매달리는 모습들을 보면서 조금은 남을 배려 했으면 하는 생각이 앞서기만 한다.

이젠 전화의 소음은 매일 겪는 일이라 그냥 지나친다. 하지만 그날만은 평소와 다르게 감정조절에 안간힘을 써야만 했다. 마치 자기네 안방인양 아무렇게나 큰소리로 말하는데 저절로 눈살이 잔뜩 찌푸려지는 것이 아닌가. 시시콜콜 일상사를 큰소리로 말하는 그 사람의 배짱과 낯 두꺼움이 역겹기만 했다.

언제부터 이렇게 뻔뻔스러워졌는가. 언제부터 이렇게 요란스러워졌는가. 언제부터 이렇게 시시콜콜한 이야기를 큰소리로 말을 해야 통하는 세상이 되었는지 혼란스러울 뿐이다. 생활이 편리해 갈수록 질서는 사라져 가고 있는 것 같다. 오히려 편리해질수록 구속 받고 시달림을 받고 있다. 휴대전화로 구속 받고 소음 공해로 시달림을 받지만 모두가 심드렁하다. 큰소리로 말하건, 오랜 시간 말하건 모두가 닭 소 보듯, 소 닭 보듯 한다. 누구하나 제지를 하지 않는다. 모두다 만성중독이 됐다.

혼자 있는 곳이라면 누가 뭐라고 하겠는가. 여러 사람이 있는 곳일수록 내가 먼저 예의를 지키려고 해야 하지 않을까. 아무리 시간에 쫓기는 삶이라지만 필요도 없는 이야기를 하려고 전화기에 매달리는 건 오히려 시간을 낭비하는 게 아니겠는가.

누구나가 조용하게 통화하기를 바란다. 그리고 용건만 간단하게 말하길 원한다. 그러면서도 자기는 예외인양 하는 사람들이 점점 늘어만 가는 것을 무엇이라고 말해야 하는지 난감하다.

내가 편리할수록 상대방을 생각하는 배려가 있어야 하겠다. 나만 편리하면 된다는 생각과 자세는 오히려 너와 나의 관계를 내달리기만 하는 직선의 삶을 만드는 게 아닐는지. 그러기에 세월 따라 변하는 세태인정이라지만 나만 편하다면 괜찮다는 마음가짐은 아무래도 아닌 것 같다.

중이 좋으면 절을 짓지

생활이 여유롭다는 것을 어디에다 기준을 두어야 할까. 삶이 행복하다는 것을 무엇으로 가름해야 할까.

조금은 부족한 듯, 조금은 모자라다는 느낌이 들지만 아직까지 우리 집 살림이 어렵다며 속 앓아 보지는 않았다.

매월 회사에서 받는 월급으로 30여 년을 살아왔다. 애들 키우며 조금만 더 있었으면 하는 아쉬움도 없지 않았지만 누구에게 투정해 보지 않았다. 그렇게 살림을 꾸려온 아내가 고마울 뿐이다.

아내를 만나 살아온 지 30여 년. 처음 만날 때 호강은 못시켜도 고생은 시키지 않겠다는 장담을 구멍에 바람 빠지듯 버리고 나는 집안일은 나 몰라라 했다. 나의 무관심과 넉넉하지 못한 월급으로 가정을 꾸려야 하는 아내의 속내를 지금 생각하니 얼굴이 붉어진다. 알뜰살뜰 살림을 꾸리며 건강한 가정을 가꾸어 온 아내가 더 없이 고맙기만 하다.

물론 걱정은 지금부터다. 직장에서 정년이 바로 코앞에 닥쳤는데 노후생활이 걱정이다. 더구나 애들이 결혼 적령기에 있어 더더욱 고민은 크기만 하다.

그동안 여유자금 없이 살아 왔으니 이 걱정과 고민은 한숨을 쉬게 한다. 그런데도 불안한 마음은 없다. 평소처럼 마음이 가볍기만 하다.

나는 생활이 어려울 때마다 우리는 마음이 부자다라며 아내를 위로하고 다독였다. 물질적으로는 흡족하지 못했을망정 마음만은 풍족했기에. 그리고 항상 웃으려고 아내에게 신경을 쓰곤 했다.

요전이다. 저녁을 먹고 난 후 아내랑 노후의 삶을 이야기하다 지금 우리 생활수준은 상·중·하 중 어딜까 하고 내가 아내에게 물었다. 아내가 '중'이라고 말하자 나는 그래 하며,

'마음이 부자인데 상이지.'

'……?'

'우리 수준은 상이야, 빚 없이 살아 왔잖아!'

그러자 아내는 '하긴 맞아. 그래도 나는 중이 좋은데' 하며 웃는다. 웃는 아내를 보며 나는 '중이 좋으면 절을 짓고 살지!' 하며 덩달아 웃었다. 그러자 아내는 처음에 무슨 말인지 몰라 눈만 말똥말똥한다. 내가 '중이 좋다며, 중은 절에 살잖아!' 하자 그제야 내가 한 말의 뜻을 알고 더욱 파안대소 한다. 웃는 아내의 얼굴에 따뜻하고 포근한 사랑의 향기가 번진다.

참 좋은 저녁 한 때가 됐다.

수확하고 나누는 즐거움

가을의 끝 언저리에서 우리 부부는 즐겁기만 하다. 흐뭇하고 흡족하며 넉넉한 즐거움이다. 돈이 생기거나 좋은 옷을 샀거나 맛있는 음식을 먹을 수 있어서가 아니다. 나누어 주는 즐거움이 우리 부부를 기쁘게 하고 있다.

초여름이 시작되어 이미 파종 시기가 지났지만 우리는 텃밭에 호박씨를 심었다. 호박이 열리기나 할까 서로가 걱정하며 기다려 보기로 했다. 어느 날 보니 넝쿨이 제법 자랐기에 비료를 주었고 아내는 호박이 잘 자라도록 김도 매며 정성을 다하는 눈치였다.

가을이 되고 호박이 노란빛을 보이기 시작할 때야 호박이 달렸음을 알았다. 매일 한 번 쯤은 호박을 바라보게 되었고 시월 중순경에 수확하고 보니 생각보다 훨씬 더 많았다. 말 그대로 주렁주렁 달려 있어 절로 미소가 번졌다. 이 많은 호박을 어떻게 할까? 고민은 잠시, 아내는 이웃에 나누어 주겠다고 한다. 나는 당신이 오십 년 만에 처음으로 농사를 지었으니 서울에 있는 처남들과 친구에게도 보내라고 했다. 그러자 아내는 '맛없다고 하면 어떻게 해? 먹을까?' 하며 보내지 않겠다고 한다. 그래도 당신이 평생 처음으로 직접 키운 호박인데, 정성이 깃들었으니 맛이 없을 수 없다며 보내라고 나는 우겼다.

우리는 조바심 내며 호박들을 보냈다. 애들이 다 자라 우리 품을 떠나 자신의 삶을 찾아 세상으로 보낼 때의 기분이 다시 찾아왔다. 보내 놓고도 어쩌지 하며 아내는 걱정이다. 그런데 기우였다. 모두가 너무너무 맛있다고 연락이 온다. 살면서 처음으로 우리 손으로 직접 키워 나누어준 호박이 아주 맛있다는 소리를 들으니 연신 입이 벙글거린다. 아내는 입 꼬리가 귀에 붙을 지경이다. 나누어 준다는 게 바로 이런 것이구나 하는 즐거움이 이 가을 우리를 들뜨게 하고 있다.

물론 나는 아내의 정성이 듬뿍 담긴 호박 요리를 먹으며 아내의 달콤한 사랑을 받고 있음은 두말 할 필요도 없다. 호박국, 호박무침, 호박전, 호박죽으로 매번 메뉴가 다르게 나의 입을 즐겁게 한다.

사실 호박만큼 우리 몸에 좋은 것도 없다. 요즘같이 건강 식단을 강조하는 시대에 호박이 우리에게 주는 영양과 기능을 따라올 재료는 없다. 그뿐만 아니라 버릴 것도 없다. 호박은 자라면서 잎과 줄기·꽃·열매·씨는 물론 껍질마저 식용과 미용으로 사용되고 있다. 아내도 씨와 껍질을 갈아 피부에 바르더니 너무 좋다고 자랑이다.

또한 무정하게 자란다. 여느 작물처럼 손길이 많이 가는 게 아니다. 그러면서도 우리에게 주는 영양분은 다른 작물보다 훨씬 뛰어나다. 그런 호박을 보면서 너무 밖으로만 가꾸기에, 눈치 보기에 치중하는 요즘 사람들의 행태를 생각하니 아련한 아픔이 몰려온다. 나도 그동안 얼마나 겉만 가꾸었던가? 하얀 머리와 얼굴의 깊은 주름살이 말해준다.

호박에게서 삶을 배운다. 세상살이에 흔들리지 않는 강함과 타인에게 베푸는 삶을. 호박은 잘 돌보지 않아도 악착같이 덩굴을 뻗고 산다. 오로지 세상에 이로움과 도움을 주기위해 최선을 다할 뿐이다. 끝내는 영양을 듬뿍 쌓아 자신의 모든 것을 세상에 돌려주고 있지 않은가.

호박이 나를 부끄럽게 한다. 궂은 것은 피하려 하고 어려운 것은 하지 않으려는 나를 꾸지람 하는 것만 같다. 호락호락하지 않는 세상살이에 호박처럼 자신을 떳떳하게 내세우며 살아가는 사람이 되어야 한다고 가르쳐 준다. 그런 호박을 보면서 나는 오늘도 한줌의 햇살을 받을 수 있음에 고마워하고 감사하며 나에게 주어진 일에 최선을 다하리라 다짐을 한다.

아내는 이제 호박에 대해서는 전문가가 다 됐다. 색상과 표피 모양을 보고 어떤 것이 맛있는지, 속에 씨가 여물었는지 척하게 말한다. 가끔 나에게 자랑하는 폼이 밉지는 않다. 그러더니 어제는 서울 친구와 통화하다 친구가 '호박이 많이 달린 것은 호박이 넝쿨째 들어온다는 옛말처럼 집에 좋은 일이 생길 것'이라고 하더라며, 올해 우리 집에 정말 좋은 일이 생기는 것이 아니냐며 들뜬 기분을 감추지 않았다.

아내의 호들갑을 보며 '나누는 즐거움이 이런 것이구나!'라는 생각을 다시 가지게 됐다. 나눈다는 것은 꼭 많이 있어야만 나누는 것이 아니라 부족하더라도 자신에게 있는 것을 나누어야 진정 나누는 것이다 말들은 하면서도 선뜻 나누지는 못한다. 아쉬워서, 미련이 있어서, 부끄러워서. 나누는데 무슨 부끄러움이 필요한가. 나도 그동안 부끄러움 때문에 나누지 못했지만 호박으로 인해 스스럼이 없어졌다. 있는 것 조금 덜고 나누며 살면 마음이 가볍고 삶이 즐거움을 가르쳐준 호박, 나는 호박이 그저 고맙기만 할 뿐이다.

호박 덕분에 이 가을에 아내는 얼굴에 웃음이 사라지지 않고 있다. 그런 모습을 보니 나도 덩달아 즐겁고 웃으며 가을의 정취를 만끽하고 있음에 감사할 뿐이다. 가을이 함빡 웃으며 인사를 하고 겨울이 빙그레 웃으며 오고 있다.

삶의 의미를 되새긴 기차여행

급하게 대구에 다녀올 일이 생겼다.

저녁을 먹고 거실에 앉자마자 전화가 왔다. 친동기간처럼 지내는 대구에 살고 있는 용수였다. 울먹이며 '형님 보고 싶습니다. 형수님 도……. 하루 빨리 보고 싶습니다!'라는 전화를 받으니 황당하기만 했다.

무슨 일일까 궁금증은 불꽃처럼 타올랐다. 그러다 문득 올해 들어 일이 더욱 꼬이기만 한다는 말을 들었던 기억이 났다. '혹시나?' 하는 불길한 생각을 떨쳐버릴 수 없었다. 전화 내용을 들은 아내도 불안해하는 눈초리다.

주말이라 대구행 KTX는 고향을 찾는 사람들과 가을 여행을 떠나는 사람들로 넘쳤다. 가벼운 옷차림으로 모두가 들뜬 마음을 가누지 못해 싱글벙글 웃으며 이야기하느라 정신들이 없다. 차창 밖으로 보는 풍경들이 가을빛으로 풍요롭기만 하다. 그러고 보니 시월 중순이다. 톡 건드리면 형형색색으로 영근 속살이 툭 터지며 가을의 멋과 맛을 보여주기에 알맞은 시기다. 가을이 기차 안에까지 스며들어 모두들 울긋불긋 물들이고 있다. 그런 모습을 보며 나도 가을 속으로 들어가려고 하지만 자꾸 울먹이던 용수가 떠올라 마음이 무겁기만 했다. 그런 나의 마음을 알았는지 아내도 조용하기만 하다.

살아갈수록 마음이 가벼울 수만 있다면 얼마나 좋을까? 목적지에 가까울수록 비우는 기차를 보며 우리의 삶도 살아갈수록 편하고 가벼울 수만 있다면 생각하다 보니 어느새 대구에 도착했음을 알리는 방송이 나온다.

9개월여 만에 보는 용수 부부는 삶에 많은 쪼들림을 받았음을 한눈에 알 수 있었다. 거칠어진 피부와 눈가의 어두운 색이 대변해주고 있다. 부부의 그늘진 모습이 측은할 뿐이다.

구십을 바라보는 아버지가 앓아누우면서 형제들 간 재산문제로 보는 시각차가 컸던 모양이다. 그동안 믿었던 형제애가 한순간 와르르 무너져 오는 배신감과 불쾌감이 그를 고통의 나락으로 빠져 들게 했던 것이다.

그러잖아도 3년여 사업이 풀리지 않아 힘들어 하고 있는데 형제들의 오해와 곡해로 시달림을 받아 괴로워했다 한다. 그로 인해 불면증으로 밤에 잠을 못 자게 되면서 극심한 피로에 시달렸고, 끝내 사업장 문을 닫고 말았다. 심한 피로감과 무기력증에 기울어가는 가세는 그를 더욱더 절망하게 했고 불안은 점점 심해져 갔다. 결국 삶에 대한 의지마저 잃어버린 그는 극단적인 생각을 하면서 내게 전화를 했던 것이다.

나는 무작정 대구 근교로 한나절 여행을 하자고 했다. 천년고찰 은해사로 가는 길은 세월의 흔들림을 자비로 품으며 울창하게 늘어선 소나무와 가을살이를 자랑하는 들꽃과 풀들이 뿜어내는 향긋한 숲 냄새로 마음을 편안하게 했다. 그 눈부시도록 아름다운 길을 걸으며 나는 용수에게 삶에 대해 감사하고 고마워하자고 했다. 곱게 물든 단풍을 보면서, 떨어진 낙엽을 보면서, 살포시 날아와 어깨에 내려앉는 갈바람 소리를 들으며……. 시간이 지날수록 용수의 얼굴에도 평화로움이 깃들어 갔다.

우리는 삶을 스스로 너무 무겁게 하는지 모르겠다. 있는 그대로 세상을 보고, 있는 그대로 만족하며 가족과 친구는 물론 지인들과 재잘거리며 일상사와 부대끼며 사는 것이 얼마나 고마운지를 쉽게 잊어버린다. 그렇기 때문에 비교하며 과시하고 채우려고만 하기에 일생을 무거운 짐만 지고 가는지도 모른다. 삶은 비울수록 편안한데 살아갈수록 쌓으려고만 한다. 쌓을수록 무겁고 구속인데도.

그러한 우리의 마음을 알기라도 하듯 은해사 극락보전의 부처님이 빙그레 미소 지으며 우리를 맞이한다. 부처님의 미소가 몸과 마음을 짓누르던 고통을 일시에 날려 버린다. 합장하는 나를 따라 부처님께 삼배하는 용수 부부의 어깨가 한결 가벼워 보였다.

저녁에 용수네 집에서 보낸 시간은 단란하기만 했다. 아르바이트를 끝낸 용수네 애들도 같이 한 자리. 애들의 표정이 참으로 밝기만 하다. 나는 다정하고 의젓한 남매를 보면서 애들이 이렇게 잘 자랐으니 인생 성공했는데 무엇이 부족하냐고 살짝 나무랬다. 용수도 마음이 평온해졌는지 빙그레 웃는다.

다음날 서울로 돌아오는 기차 안에서 나는 다시 한 번 삶의 의미를 되새겨본다. 그리고 살면서 살아갈수록 가버린 시간만큼 욕심으로 나를 가두고 있지는 않는지를 돌아보았다. 삶이 힘든 건 인정하지 못하고 보여주기 부끄러워하니까 힘든 것이리라. 저울질 하지 말고 사소한 것이라도 최선을 다할 수 있다면 곧 아름다운 삶인 것이다. 그러니 지금 이 순간을 치열하게 살아야 한다. 목적지를 향해 달리는 열차처럼 희망을 버리지 말아야 하며 하루하루를 자신에게 최선을 다해야 한다.

차창 밖으로 보는 가을이 미소로 정감을 자아내며 소담스럽게 안겨온다. 그러면서 내가 누리는 것들이 남들보다 부족해도 가치를 부여하고 만족하면 행복한 삶이라 말한다. 마음이 이내 상큼해진다. 내려올 때와는 달리 홀가분하게 가을 속으로 빠져드니 기분이 날아갈 듯하다.

서울역에 도착하니 오후 4시가 조금 넘었다. 역 광장으로 나오니 안데스 음악이 나를 반긴다. 거리의 악사가 오로지 나의 기차여행을 위로하기 위해 연주하는 것처럼 보였다. 역시 안데스 음악은 이처럼 오후 늦게, 여행을 마치고 돌아올 때 들으면 그 신비한 음률에 흠뻑 취해 버린다. 마침 길이가 다른 대나무를 엮어서 만든 삼뽀냐를 연주하고 있었는데 그 음색이 정말 매력적이다. 이어서 안데스 지방의 피리인 케나의 선율이 심금을 울린다. 가슴이 뭉클하며 알 수 없는 전율이 머리에서 발끝까지 흘렀다. 아내도 몸이 떨린다며 살며시 손을 잡는다. 여행으로 쌓인 피로를 홀가분하게 해주는 음률 따라 나는 하늘을 쳐다본다. 나를 지켜주는 콘도르가 날고 있는지를 찾으며.

바람은 언제나 그 길에서

연민, 그리움의 바람

아내의 손길

일요일 아침, 집안 청소를 하는데 집안 구석구석 배어있는 아내의 숨결과 손길이 내 마음을 포근하게 한다.

집을 지은 지 25년. 세월을 감싸 안고 정결하기만 하다. 가구는 쌓이는 세월의 향기로, 난초를 비롯한 각종 화초는 생기발랄한 자태로 나를 편안하고 상쾌하게 한다.

지인이 집을 방문할 때마다 편안하고 집안에 사람 사는 냄새가 물씬 풍긴다고 한다. 모두 아내 덕분이다. 가족의 건강과 행복을 위해 남편과 자식 뒷바라지로 자신의 삶을 접은 아내의 무조건적인 사랑 때문이다.

서로 만나 같이 살아오길 30여년. 삶의 향기가 물씬 풍기는 가정을 이루기 위하여 세월을 묵묵히 끌어안은 아내의 손길이 더없이 고맙기만 할 뿐이다. 직장 핑계 대며 밖으로만 나돌던 나. 그런 나 때문에 혼자 짊어지고 살아 온 세월의 무게가 얼마나 무거웠으리. 어디 그뿐이랴. 죽음을 넘나든 나의 투병 생활에 오로지 나의 건강만을 기원하며 숨죽여 살아오길 몇 해던가.

가정을 혼자 짊어져야한 그 질곡의 세월을 묵묵히 받아들인 아내 덕분에 집안은 사람 사는 맛이 나고 애들도 건강하고 건전하게 자랐으며 나도 예전의 건강한 모습으로 돌아왔다. 자신의 삶을 버리고 오로지 행복한 가정을 만들기 위한 아내의 정성과 숨결이 스며들었기 때문이다. 그 정성어린 모습이 실루엣처럼 스쳐간다.

아내의 손길이 얼마나 깊고 거룩한지를 알 것 같다. 가구는 가구대로 아내의 손길을 "이제야 아는군요!" 하며 더욱 나를 부끄럽게 한다. 화초도 아내의 그런 손길을 아는지 계절 따라 꽃을 피우고 자태를 한껏 뽐내며 "그동안 참 무심했죠?" 하는 것 같아 얼굴이 붉어진다. 아내이기에 당연하다는 나의 마음과 태도를 원망도 하고 미워도 하면서 묵묵히 자신의 삶을 받아들인 아내가 그저 고마울 뿐이다.

사실 나는 아내의 자리에 대해 너무도 '당연시'해 왔다. "아내이니까!" 하면서 너무나도 그 자리를 당연시 하면서 무겁게만 했다. 그 당연시가 얼마나 삶의 무거운 짐을 지게 했는가! 생면부지로 만나 가정을 이루어 살아간다는 게 얼마나 소중한 인연인데……. 그저 바람에 스치듯 그렇게 만난 인연이 아니므로 더없이 아끼고 존중해야 하는데, 가볍게 대하고 말을 함부로 해온 것이 사실이다. 아니 그렇게 하는 줄도 모르고 여태껏 살아왔다.

그것뿐이랴. 아내의 자리를 너무 쉽게 잊어버린다. 바로 당연시하는 자세 때문이다. 그 당연시로 아내로 살아가는 자리가 얼마나 가슴앓이가 많은 자리인가. 손길 닿고 눈길 가는데 마다 아내의 가슴앓이가 전해온다. 하루빨리 아내의 가슴앓이를 치유하기 위해 아내에게 당연시하는 나의 마음과 태도를 버려야겠다.

아내의 손길이 있어 가정이 존재한다. 가족이 겉으로 맴돌지 않고 섞이면서 살갑게 살아갈 수 있도록 하는 것은 아내의 손길이 있기 때문이다. 변함없는 가족 간의 사랑은 아내의 손길에서 나온다. 가정의 행복 역시 아내의 손길에서 나온다. 그러므로 아내의 손길은 가정에 필요한 힘의 원천이며 생명력이다. 이처럼 아내의 손길이 더없이 소중한데 살아오면서 "미안하다, 고맙다"는 말 한마디 못하고 아내에게 세월의 짐만 지게 했다. 그동안 "아내는……" 하며 당연시하는 나의 마음과 태도로 얼마나 가슴 아팠을까 생각하니 오금이 저리고 얼굴이 화끈거린다.

가정을 혼자 짊어지고 살아 온 아내의 세월. 살아오면서 부글부글 끓는 솥단지처럼 쉬지 않고 속을 애태우길 얼마이던가. 삶의 짐을 혼자 지다보니 어느새 아내는 오는 줄 모르게 오십 중반에 들어서고 눈가에 잔물결이 일렁거리며 머리에 눈이 쌓이기 시작했다. 그 물결이 넘쳐흐를수록, 하얀 눈이 소복이 쌓일수록 나의 삶은 행복해졌으니 아이러니컬하다.

살아온 세월만큼 깊어진 아내의 손길. 그 손길은 내 가정에 불어닥친 고통과 슬픔, 고민과 갈등, 불안과 걱정 등 세월의 바람을 잠재우고 또는 빗겨가게 한 포근하고 고마운 손길이다. 이제야 알겠다. 무엇보다도 아내의 손길이 나의 영원한 그리움인 어머니의 손길임을.

집안 구석구석 배어 있는 아내의 손길을 느끼며 가족을 향한 아내의 무조건적인 사랑을 알겠다. 그리고 내리 사랑은 부모가 자식에게만 하는 것이 아니라 아내가 남편에게도 한다는 것을 한 세대가 흘러서야 알았다.

살아오면서 아내에게 무심코 쏟아낸 말과 태도에 미안하고 용서를 바라며 일요일 아침 집안의 먼지를 털어내고 쓸어낸다. 가구는 흐뭇한 미소로 나를 바라보고 화초는 자태를 한껏 뽐내며 나를 반겨준다. 마음이 가볍고 미소가 저절로 배어나온다. 일요일 아침 집안은 생기발랄하고 율동이 넘쳐난다.

뒤늦게 부르는 어머니

　나는 살아오며 어머니에 대한 애틋한 마음을 가져 보지 못했다. 오십 평생 살며 어머니 하고 다정하게 불러보지도, 살갑게 대하지도 못했다. 그저 덤덤하게 살아왔다. 누구나가 어머니 하면 목 메여하고 연민의 정을 감추지 않는데. 나이가 들어도 잊지 못하는 그리움을 간직한다. 나는 지금까지도 그랬지만 앞으로도 남들처럼 애틋한 정을 가질 수 있을지 자못 의심스럽다. 목석이 따로 없다.

　어머니 옆에 살아온 지도 수십 년. 전출 명령에 따라 두 번의 서울살이 외에는 오십 평생 한 골목 안에 같이 살아 왔다. 그렇다고 자주 얼굴을 보는 것도 아니다. 데면데면하기만 했다.

　어머니는 우리 6남매를 키우느라 주름살이 깊게 파이고 손이 닳았다. 지금도 자식들 걱정으로 불안한 가슴을 웅크린다. 특히 내 눈치를 보며 말을 아끼고 내 건강만 걱정한다. 그런 어머니를 위로하고 남은 삶을 편한 마음으로 보내도록 하여야 하는데도 나는 여전하다.

　그런데 며칠 전 밤이었다. 큰집에서 제사를 지내고 오는데 구부정한 어머니의 뒷모습이 눈에 들어왔다. 어머니의 등이 참, 작게만 보였다. 관절염으로 걸음이 쉽지 않은데 밤이라 걸음걸이가 더 위태하기만 했다. 순간 오십 여년을 데면데면하게 살아온 내가 어머니의 팔을 잡으며 조심히 걸어가시라 했다. 손끝에 전해오는 어머니의 놀라워하는 가슴소리. 팔십 평생을 살며 처음 접해본 큰아들의 손길에 놀란 소리였다. 감격한 소리였다. 어머니는 괜찮다 하시면서도 나의 손을 뿌리치지 않고 편안하게 걸었다. 그때, 이런 순간을 어머니는 얼마나 기다렸을까 생각과 함께 눈가에 물기가 아롱거렸다. 나도 놀랐다. 평생 어머니 손 한번 안 잡을 것 같던 내가 그런 행동을 했으니 아, 하는 외마디 소리가 가슴 속 깊게 울려 퍼졌다. 가슴이 두근거렸다. 작은 떨림이 머리에서 발끝까지 전해지는 것을 알 수 있었다.

어느 덧 팔순을 넘긴 어머니. 손 한 번 잡아드리지 못하고 말 한마디 따뜻하게 전해 드리지 못했다. 언제 한 번이라도 정겹게 어머니를 대했는지 아무리 생각해봐도 없다. 하다못해 어버이날에 꽃 한송이 달아드리기는커녕, 감사하다는 말도 해보질 못했다. 고작 매년 생신날 형제들이 모여 저녁 식사를 한 것이 전부다. 옆에 살면서도 남들처럼 따뜻하게 해드리지 못했다. 죄송하고 미안한 마음뿐이다.

지천명을 넘어선 나의 나이테도 세월을 안고 깊어간다. 애증의 세월이 한 겹 한 겹 쌓여가는 지금에야 어머니의 마음을 헤아려 보려고 한다. 살아온 날보다 살아갈 날이 더 짧은 어머니. 그 세월의 나이테에 나는 또 얼마나 한과 고통을 깊게 해드렸던가. 평소에 얼굴이라도 자주 보았으면 피부가 덜 거칠었으리라. 한 마디 말이라도 자주했으면 머리 한 올이라도 덜 희었을 것이다. 일이 있건 없건 오가며 집에 들리기 만 했어도 어머니는 맘이 편하고 얼굴에 주름살도 한가닥 덜 퍼졌으리라.

그동안 할머니를 대하는 나의 모습을 보며 내 자식들은 어떤 생각을 했을까 하니 얼굴이 화끈거린다. 그러면서도 애들에게 이래라, 저래라 큰소리친 내 모습이 부끄럽기만 하다. 쥐구멍에라도 들어가고 싶다.

지난 세월 나는 어머니에게 타인이나 다름없었다. 남들은 멀리 떨어져 있어도 자주 안부 전화를 하며 어머니를 위로하는데 바로 지척에 살면서 먼 산 보듯 살았다. 흘러간 시간은 되돌릴 수 없지만, 이제부터라도 어머니를 위로하며 아들로서의 자리를 찾아야 하겠다. 얼마나 어떻게 할지는 모르나 어머니를 자주 뵐 것이다. 무뚝뚝한 큰아들의 모습을 다소나마 어머니의 가슴 속에서 지워드릴 것이다. 무겁기만 했던 어머니의 마음을 조금이라도 가볍게 해드릴 것이다. 하소연 할 데 없는 어머니의 마음을 들어 드릴 것이다.

아울러 아들로서의 자리를 되찾아야 내가 자식에게 떳떳한 아빠가 되는 것이기도 하다. 부끄러움 없는 아빠의 자리. 그것은 내가 어머니에게 사랑을 전할 때 설 수 있는 것이다. 사랑을 전하는 데 꼭 어떤 이벤트가 필요한 것은 아니다. 말 한 마디, 행동 하나하나 일상에 작은 것이라도 정성과 진심이 담기면 되리라.

어머니, 하고 불러 본다. 푸근하다. 애틋하다. 정겹다. 이렇게 부르면 될 걸. 불러 보는데 오십 여년이 걸렸다. 목이 메여온다. 그래도 다시 부르고 싶다. 어,머,니. 가슴 속 깊은 곳에서부터 일렁거리는 물결이 애잔하기만 하다. 이 물결이 헛되지 않도록 나의 나이테를 깊게 해 갈 것이다.

감귤을 바라보며

아침저녁 출퇴근 때마다 텃밭의 감귤이 황금빛깔을 자랑한다. 탐스러움을 한껏 뽐내고 있는 것을 보면 가슴이 아프면서도 훈훈하다.

황금빛 감귤에 부모님과 동생의 얼굴이 흔들리고 있다. 감귤과수원을 가꾸며 얻은 관절염으로 고생하시는 부모님이 가슴을 아프게 한다. 그런가 하면 수년전 과수원에 갔다 온 후 말 한마디 못하고 이세상을 떠난 동생의 얼굴이 떠올라 마음을 아리게 한다.

감귤농장을 가꾸기 시작한 것은 내가 열 살 무렵으로 기억된다. 한창 뛰어놀 나이에 김매기, 농약 줄잡기, 꽃따기, 열매 속기 등 과수원일이 늘 불만이었다. 특히나 뙤약볕이 한창인 여름철에는 과수원일이 정말 지긋지긋했다. 시큰둥한 모습으로 어머니에게 푸념을 늘어놓을 때마다 어머니는 "그렇게 짜증내지 말고 해라. 다 너희들 공부시키고 잘 먹이고 잘 입히기 위해서 하는 것이다'라고 달래며 부지런을 떨던 어머니 그때 그 모습이 그립다.

육남매를 잘 키우기 위해 "땅은 속이지를 아니한다. 노력한 만큼 결실을 안겨준다"며 40여 년 동안 오로지 부모님은 감귤농사에만 매달렸다. 그 감귤농사로 우리 형제들은 남부럽지 않게(?) 자랐고, 모두 가정을 이루어 부모 곁을 떠났다. 나도 가정을 꾸리고 자식을 키우다 보니 부모님의 마음을 조금은 헤아릴 수가 있었다. 다 그렇게 하는 것을. 오로지 내리 사랑임을.

그러나 부모님의 그 강인함도 세월 앞에는 어쩔 수 없나보다. 다 자란 감귤나무의 굵은 가지처럼 깊어진 얼굴의 주름살과 투박한 손마디가 나를 아리게 한다. 관절염으로 잘 걷지 못하여 더욱 안쓰럽게 하고 있다.

거기에다 귤이 노랗게 잘 익는 11월이면 가슴에 묻어 둔 아들 생각으로 회한에 찬 부모님의 모습을 보면 더더욱 나의 가슴을 저미게 한다.

동생은 11월 어느 날, 과수원에서 하루의 일과를 마치고 돌아온 후 정말 거짓말 같이 우리 곁을 떠났다. 한마디 말도 없이. 같이 일하다 돌아와 생이별을 한 부모님의 고통을 내가 같이 나눌 수가 없어 안타깝기만 하다. 노랗게 익은 감귤을 보면서 아들하나를 먼저 가슴에 묻고 사시는 그 슬픔과 고통을 삭이시느라 아픔은 세월이 흐를수록 더 크기만 할 것이다.

동생의 죽음은 나에게도 응어리로 남아 가슴에 못 하나를 박아놓았다. 뽑아도 빠지지 않고 더 깊이 박혀지는 못 하나! 이제는 놓아야 하리. 삶은 하나인데 가슴에 못 박아 무엇 하리. 황금빛 귤 위의 물방울마냥 투명한 아픔이 오금을 못 쓰게 한다. 유난히도 올해에 이리도 가슴을 저리게 하는 것은 어느덧 반백으로 변한 내 모습이 황금빛을 뽐내는 감귤에 대한 부러움에서인지, 시기하는 마음이 앞서서인지 모르겠다.

황금빛으로 잘 여문 감귤은 지나가는 바람도 놀라 걸음을 멈추게 하지만, 나에게도 배시시 웃음이 나오는 또 다른 추억을 가져다준다. 감귤 농장을 시작하던 당시에는 지금처럼 먹을거리와 놀이문화가 많지 않아 동네 아이들은 툭하면 서리하러 다녔다. 물론 나도 친구들이랑 귤을 비롯해 참외·수박·토마토·복숭아를 서리하러 종종 다녔다. 지금도 서리하다 들키면 서로 죽자 살자 튀던 생각을 하니 미소가 저절로 베인다.

여느 집과 마찬가지로 우리 집도 귤이 익어 가면 부모님은 귤밭으로 신경을 곤두섰다. 가끔은 나도 친구랑 감귤을 지키곤 했었다. 공부할 책은 저 너머로 던져버리고 만화책을 보며 킬킬거리다 서로가 몽둥이를 들고 감귤 밭을 돌아보곤 했다. 누가 따 가지는 않았는지 살피던 우리가 몇 개 따 먹고 시치미를 떼고 가슴을 졸이면서도 노랗게 익어가는 귤처럼 새록새록 쌓여가는 우정에 마냥 즐겁기만 했다. 그렇게 우리는 추억을 황금빛으로 만들어갔다.

친구와 감귤을 지키던 아련한 추억이 가슴에 강물을 흐르게 한다. 그 친구도 이제는 머리털이 희끗희끗하여 세월을 안고 타향살이를 하고 있지만 노랗게 귤이 익을 때면 그때의 일을 생각하는지 친구의 소식도 궁금하기만 하다.

한때는 대학나무라 하면서 우리에게 꿈과 희망을 주었던 감귤. 그처럼 감귤농사는 생기 있고 활력이 넘치는 삶의 현장이었다. 그러나 지금은 꺼리며 멀리하는 것 같다. 곳곳에 따지도 않고 그냥 내버려둔 감귤 밭이 여기저기 눈에 띤다. 모든 생산 물가는 오르고 있지만 감귤 가격만은 에나 지금이나 변함이 없어 고통과 좌절을 안겨주기에 가꾸지 않고 그대로 버려두는 천덕꾸러기 신세를 당하는가 보다.

우리 삶도 마찬가지다. 익기 전 파란 귤이 우리의 젊은 시절이라면 노랗게 익은 귤은 인생의 노년기를 말한다. 파란 귤이 비바람을 견디고 병충해에 시달리면서도 결국은 황금빛으로 물들어 향기를 뿜어내고 있다. 그 귤처럼 우리도 젊은 날의 방황과 고민을 끝내고 인생을 관조하는 노년기에는 사람다운 냄새를 풍겨야 하리. 나이 들어가는 것도 서러운데 추하게 늙으면 추악하게 보이고 천더기가 되기 때문이다.

나이가 들어갈수록 아름다운 향기를 뿜어내야 한다. 넉넉한 마음, 자애로움과 포근함으로 사람의 냄새가 물씬 풍겨야 하겠다. 감귤이 익어가는 것처럼 세월이 흘러갈수록 아름답게 늙어가고 그 향기가 자연스럽게 우러나오는 사람의 냄새가 우리의 가슴을 훈훈하게 해주는 것이다. 저 황금빛으로 세상을 향하여 뽐내고 있는 감귤처럼!

부부로 산다는 것은

오늘 사무실 복도에 비둘기 한 마리가 들어와 밖으로 나가지 못하고 있었다. 어떻게 해서든 나가게 해주려고 했지만 뜻대로 안 되어 그냥 뒀다. 한 시간쯤 지나 다시 보니 아 글쎄, 이게 어찌된 일인가! 비둘기는 한 마리가 아니라 두 마리가 창가에 나란히 앉아 있어 나를 놀라게 했다.

아마 그 비둘기는 한 쌍의 부부인가 보다. 한쪽이 없어 애태우다 결국은 밖에 있는 녀석이 유리창 안으로 들어와 서로를 지켜주고 있으니 말이다. 밖으로 나가려 날갯짓을 하지만 유리창에 막혀 바둥거리다 불안하게 여기저기에 발을 딛고 서고. 그러길 수차례. 숨을 헐떡이는 비둘기를 보며 가슴 한쪽이 아리기만 했다.

비둘기를 보면서 서로의 사랑이 참 지극하다는 생각이 들었다. 목숨을 잃을지도 모를 상황인데도 끝까지 함께 하려는 그들. 마치 '우리 영원히 함께해요!' 하는 양, 날면 같이 날고 앉으면 같이 앉는 것을 본다. 그 모습에 사랑의 위대함과 소중함, 아름다움을 새삼 느꼈다. 새도 저렇게 서로에게 지극한데 나는 아내에게 어떠했는지 생각하니 얼굴이 붉어지기만 했다.

서로 만나 같이 살아오길 스물아홉해가 흐른 지금, 가정을 지키며 세월을 묵묵히 끌어안은 아내가 더없이 고맙기만 할 뿐이다. 이 핑계

저 핑계 대며 밖으로만 맴돈 나 때문에 혼자 짊어지고 살아 온 세월의 무게. 어디 그뿐이랴. 죽음을 넘나든 나의 투병 생활에 오로지 나의 건강만을 기원하며 숨죽여 살아온 세월. 혼자의 삶도 무거운데 남편과 자식의 뒷바라지에 가정을 혼자 짊어져야한 그 질곡의 세월을 묵묵히 받아들인 아내 덕분에 나는 건강을 되찾았다. 오로지 자신의 삶을 버리고 따스한 가정을 만들기 위한 아내의 정성과 숨결이 스며들었기 때문이다. 그 정성어린 모습이 실루엣처럼 스쳐간다. 아내의 손길이 얼마나 깊고 거룩한지를 알겠다.

비둘기를 보면서 우리나라가 이혼율이 세계 최고라고 언론에 보도한 것을 본 기억이 떠오른다. 새들도 저렇게 제 짝을 놓지 않으려고 애쓰는데, 툭하면 갈라서는 작금의 결혼관과 부부애는 그저 슬프게만 한다.

사랑해서 만나 두 몸이 하나가 되고 한마음으로 살기로 맹세했는데 어느 순간 서로가 안 맞는다고 갈라선다. 반쪽을 찾았다고 기뻐하다가 으르렁거리며 죽기 살기로 헤어지려고 한다. 서로가 조금만 양보하고 따뜻한 마음으로 서로가 감싸면 될 것을 말이다. 비둘기도 위험에 처한 제 짝을 위해 자신의 몸을 던지며 같이 하는데…….

문제는 서로가 '당연시'하는 데 있지 않은가 생각된다. 아내니까! 남편이니까! 하며 당연시 한다. 너무나도 그 자리를 당연시 하면서 서로를 무겁게만 하는 것이다. 말을 툭툭 잘라버리기도 하고, 일방적으로 몰아붙이기만 하면서. 그 당연시로 무시하고 가볍게 대하며 막말을 한다.

'이게 뭐야, 그것도 몰라, 몰라도 돼' 하며 무시하고 막말을 하다보면 서로의 가슴에 돌이킬 수 없는 상처를 주게 된다. 결국은 미움과 원망이 쌓여 찬바람만 일으키다 서로가 등을 돌리고 만다.

그러니 아무리 부부라고 해도 말과 행동을 함부로 해서는 안 된다. 그러나 "사랑해. 고마워, 당신이 최고야'라는 말은 마지막 숨을 거둘 때까지 계속해야 한다. 서로가 진솔하게 존중해야 한다.

부부로 만나 사는 것은 이 세상에서 가장 아름답고 소중한 인연이다. 그러므로 서로 아끼며 감사하는 마음으로 살아야 한다. 행복은 사랑하는 마음, 존중하고 아끼는 마음, 따뜻한 말 한마디가 가져다주는 것을 명심하여야 하는데 쉽게 잊어버리기만 한다.

"우리는 더 이상 비를 맞지 않으리라. 서로가 서로의 우산이 되어줄 터이니'라는 인디언들의 말이 있다. 그렇다. 부부로 산다는 것은 서로의 우산이 되어주는 일이다. 슬플 때나 기쁠 때, 즐거울 때나 아플 때도 서로에게 우산이 되어준 남편과 아내. 그 우산의 이름은 진정한 부부애이며 사랑이다. 부부로 산다는 것은 사랑과 믿음의 결정인 것을. 결국 삶은 사랑할수록 더욱 아름다운 보석인 것을 알아야한다.

오늘따라 아내의 손길이 참으로 따뜻하게 느껴진다. 그 손길이 있어 내가 현재 있고 가족의 고통과 슬픔, 고민과 갈등, 불안과 걱정을 잠재우거나 빗겨가게 했다. 고마움에 콧등을 시큰거린다. 살아오면서 아내에게 무심코 쏟아낸 말들과 태도에 미안하기만 하지만 용서를 구해본다.

지금까지는 아내가 나의 우산이 되었지만, 앞으로는 내가 아내의 우산이 될 것이다. 삶에 바람이 불거나 비가 올 때, 파도가 칠 때 아내에게 우산이 되어주는 남편이 될 것이다. 서로가 서로에게 우산이 되는 아름다움. 부부는 그렇게 살아야 한다. 저 비둘기처럼 말이다.

아들의 방

아들의 방은 따뜻하다.

영하의 날씨가 계속되는 이 겨울에 아들의 방은 난방으로 따뜻하지만 그보다도 나와 아들이 부대끼며 사는 열기로 더 포근하다. 아들이 29년 동안 살아오면서 가져 보지 못했던 나와 아들이 서로의 가슴에 서로를 감싸 안을 수 있어 훈훈하다. 서로에게 잊었던 끈끈한 부자지간의 정이 살아나와 아주 푸근하다.

서울 본사로 전출 명령이 난 지난해 12월 중순. 커다란 가방을 끌고 도착한 서울은 짙은 구름이 하늘을 덮어 잿빛의 세상이었다. 쌀쌀함과 겨울 찬바람이 매몰차게 나를 맞이한다. 암울한 도시 풍경은 삭막하고 황량하기만 했다. 나는 마치 북극의 설원에서 한파에 맞서며 어슬렁거리는 북극곰처럼 아들의 방을 찾아갔다.

때맞추어 그날 밤 함박눈이 펑펑 내렸다. 눈 내리는 창밖을 보니 뒤숭숭하기만 하여 아들에게 '술 한 잔 어때? 이렇게 함박눈 내리는 날 방에만 있으면 뭐해, 눈길도 걷고 술 한 잔하고 오자' 하고 눈 속으로 걸어갔다.

희희낙락거리는 함박눈 사이로 밤은 깊어만 갔고 맥주 한 잔은 고향을 갓 떠나온 나를 달래줬다. 돌아오는 길에 아들이 아빠하고 술 한 잔하는 것이 소원이었는데 소원이 이루어졌다고 하며 웃는 얼굴이 왜 그리도 가슴이 시리던지. 내리는 눈송이가 크기만 했다.

내가 건강을 잃어 술을 못하게 된지 10여년. 아들이 대학을 졸업하고, 군대를 다녀오고 사회에 진출하기까지 아들하고 술 한 잔 못 나누었다. 그동안 아들은 남들처럼 아빠하고 술자리에 앉아 살아가는 이야기를 얼마나 해보고 싶었을까. 얼마나 부러웠으면 소원이라고 했을까. 코끝이 찡하기만 했다. 그저 가만히 아들의 손을 잡고 하얀 눈을 밟고 돌아온 아들 방은 이 세상에서 가장 따뜻한 곳이었다.

그렇게 아들 방에 더부살이는 시작됐다. 내가 집을 구하여 이사를 하기까지 한 달여. 아들은 괜찮다고 하지만 서로가 불편한 건 사실이다. 아들은 아들대로 때 아닌 구속이, 나는 나대로 그렇게 하고 있지 않나 하는 염려가 불편하게 한다. 그럴 수밖에. 고등학교 때부터 10여년을 혼자 살아온 아들에게 어느 날 방 좀 같이 쓰자며 들이닥쳤으니 왜 불편하지 않겠는가. 그렇다고 평소 아빠로써 아들에게 살갑게 다져온 바도 없는 나다. 그런 내가 무작정 들어갔으니 나로선 그저 미안할 뿐이다.

내 입에서 이게 뭐니, 저건 어떻고 하는 소리가 무심코 나오는 대로 아들에겐 잔소리로 들려 꽤나 불편하고 있음을 안다. 그런데도 싫은 내색을 안 하는 아들이 고마울 뿐이다. 나는 나대로 어지럽혀진 아들의 방에서, 거기에다 총각냄새까지 베어 나오니 우선 나의 시각과 후각이 불편하다고 불평이다. '그래, 한 달 정도 같이 있을 건데, 그동안 아들하고 같이 지내보지 못했는데 이번 기회가 아니면 언제 같이 생활해 보랴!' 했지만 나 역시 불편했다.

가족 간에는 스스럼이 없어야 한다. 평소에 관심을 가져주고 보살피고 불편함이 없도록 배려를 해야 한다. 어느 날 갑자기 살갑게 하면 영 아니다. 아빠로써 무조건 품으려 했지만 어색하고 낯설기만 한 것은 그동안 내가 가족에게 관심이 부족했었음을 알려 주는 것이 아니겠는가.

아이러니컬하게도 죽음의 문턱까지 갔다 온 나의 건강 이상이 가족들의 마음을 열게 했다. 나 또한 그 열린 마음에 지난날의 미움과 원망을 지우려고 부단히도 애를 쓰고 있다. 지난 시절하고 비교도 안 될 정도로 가족 간의 정을 쌓고 있지만 가끔은 그들에게서 응어리 졌던 말이 나오면 얼굴이 확확 거릴 뿐이다. 평소에 소홀히 했던 나의 업보임을 어떻게 하랴. 더욱 노력할 수밖에.

아들의 방은 또한 희망이 자라는 곳이다. 미래의 건강한 삶을 위해 열심히 살아가는 아들을 보니 흐뭇하기만 하다. 내일을 향한 흔적들이 방안 여기저기서 배어나온다. 아들하고 방을 같이 쓰니 아들의 미래를 볼 수 있어 희망으로 부풀기만 하다. 희망이 있어 내일은 아들에게 더욱 건강하리라. 꿈꾸는 미래가 있어 건강한 내일을 맞이할 수 있는 것이기에. 젊음이 부럽기만 하다.

나의 젊음은 어떠했는가. 먼 미래를 생각하지 않고 이 생각, 저 상념으로 끝내기만 했기에 일찍 건강을 잃고 삶에 전전하기만 했다. 목표를 가지고 치열하게 살았더라면 보다 건강한 삶을 살아가고 있지 않았나 하는 아쉬움이 있는 게 사실이다.

살아오면서 꿈은 잊어진다. 살아갈수록 꿈이 작아진다고 말들 하지만, 잊혀가는 것을 모르고 하는 소리일 것이다. 살면서 눈앞의 삶에만 허우적거리다 보니 자신도 모르게 꿈을 놓아 버리고 기억 속에서 지워지는 것을 모르기 때문이다. 더구나 이리저리 흔들리면 산나는 과연 꿈은 있었는지 하는 생각이 들 때도 있다.

이제 아름다운 별 하나를 향한 미래를 꿈꾸는 아들은 흔들리지 말고 지금처럼만 살아가 줬으면 하는 바람이다. 따뜻한 방의 온기처럼 늘 언제 어디서나 따뜻함을 전해주는 삶을 살아가길 바랄뿐이다. 말 한마디 한마디마다 사랑을 전하고 남의 나쁜 점보다는 좋은 점을 먼저 보는 긍정적인 마음으로 긍정적인 말을 하며 살기를 바라는 나의 마음이 헛되지 않았으면 좋겠다.

아들하고 한 방에서 부대끼며 산 한 달여. 아들은 침대에서 자라고 하지만 방바닥에 모포 한 장 깔고 누워도 따뜻하기만 했다. 앞으로 언제 이처럼 아들하고 같이 지내며 속정을 쌓으랴. 구석구석 베어든 아들의 체취가 나의 가슴을 따뜻하게 한다. 더불어 세상살이가 좀 불편하더라도 내가 먼저 감수하면 세상은 따뜻하다는 것을 아들의 방에서 새삼 느낀다.

영원한 빵점자리 가장

나는 영원한 빵점자리 가장이다.

올해로 아내와 가정을 꾸리고 살아 온지 30여년. 결혼 생활 20여 년은 술로 가정을 소홀히 하고 그 술로 건강을 잃어 10여년을 가족에게 근심과 걱정을 안겼으니 빵점자리 가장이다. 조금이라도 만회하려고 애를 쓰고 있지만 그게 쉬운 일이 아니다.

지금 아내는 눈이 침침하여 잘 보지 못하는 망막질환에 시달리고 있다. 병원에 입원해 치료도 했지만 별 뾰족한 수가 없다고 한다. 오랜 기간 동안 투약을 하며 호전되기를 바라보자고 병원에서는 이야기한다. 병의 원인이 신경으로 인해 갑자기 그럴 수도 있다고 했다.

내가 서울 본사로 전출되자 말은 안했지만 속으론 크게 걱정되고 신경이 쓰였나 보다. 나이도 중년을 넘겨 그것도 건강도 잃은 상태에서 공기 맑은 곳에 있다가 혼탁한 곳에서의 생활을 생각하니 근심걱정을 안 할 수 없었으리라. 이삿짐을 챙기며 며칠 밤을 뜬 눈으로 날밤을 보냈다고 한다.

서울에 오자마자 눈이 침침해 집 근처 병원에서 검사를 했으나 별다른 이상이 없었다. 그런데 병원에 다녀온 지 이틀 후다. 갑자기 앞이 보이지 않아 병원에 갔더니 뇌신경을 포함해 정밀 검사를 위해 종합병원에 가라고 하여 서울성모병원으로 간다는 연락이 와 사무실에서 허겁지겁 병원으로 달려갔다.

응급실에서 하룻밤을 세우며 검사를 받은 결과 다행히 뇌신경 계통은 이상이 없어 한시름 놓았지만 침침하고 보지 못하는 원인은 알 수 없었다. 일주일을 입원해 주사와 약 투여를 했으나 크게 달라지지는 않았지만 의사의 결정대로 집에서 약을 오랜 기간 동안 투여하기로 했다.

지금 아내의 몸은 약 부작용으로 퉁퉁 부었다. 옷들이 찢어지겠다고 난리라고 한다. 움직이기도 불편하단다. 그런 아내를 보며 내가 할 수 있는 것은 미안함뿐이다. 내가 건강을 잃지만 않았어도 이런 일은 없었을 텐데. 내가 고향에서 근무하다 전출만 되지 않았어도 이러지는 않았을 것인데 하는 생각뿐이다.

오직 가족을 위해, 가정을 위해 살아온 아내다. 나는 직장 평계대며 밖으로만 나돌며 가정에 대해서는 나 몰라라 했다. 혼자 가정을 꾸려야 한 아내. 거기에다 내가 건강을 잃은 후에는 노심초사 내 몸을 걱정하며 살아온 아내다. 결혼생활 30년 동안 언제 한번 가슴 편하게 해 주지 못했다. 그런데 이제는 그것도 부족해서 아내의 눈마저 아프게 하여 세상을 보는 데 불편함을 안겨 주고 있으니 어디다 무슨 말을 하랴!

마침 어제는 일찍 퇴근하는 수요일. 회사에서 일찍 퇴근하여 가족과 함께 시간을 보내라고 정한 날이다. 회사에서 나오다 경영지원실 엄 과장을 만나 퇴근길을 같이 하게 됐다. 이런저런 이야기를 하다 내가 엄 과장에게 오늘 같이 일찍 퇴근하는 날은 가족에게 어떤 이

벤트를 하느냐고 했더니,

'이벤트는요? 일찍 가는 것만도 고마운 거죠!'

'그래! 일찍 들어가는 게 좋은 거지. 나도 젊은 시절 30분만 일찍 들어갔더라면 건강도 잃지 않고 가족들에게 환영도 받고 했을 텐데…… 많이 후회하지. 지금 아내가 눈이 나빠 불편해 하고 있는데 원인이 신경성이래. 내가 건강도 잃고 서울에서 생활하려니 얼마나 신경이 쓰였겠어. 나는 그러잖아도 빵점자리 가장인데 이젠 영원한 빵점자리야!'

하자 엄 과장은 말없이 웃기만 했다.

그렇다. 나는 이러지도 저러지도 못할 영원한 빵점자리 가장임에 분명하다. 평소에 가족과 가정에 조금만이라도 관심을 가졌더라면 빵점은 아니었을 것인데. 비록 가족에게 만족하게 해주지는 못 하더라도 아내와 웃으며 가정을 꾸릴 수 있었으리라.

건강을 잃은 후 가장으로서의 책임과 의무를 보다 진솔하게 가지려고 무던히도 애를 써왔다. 조금씩 웃음을 찾아가는 가정을 보며 내 몸과 마음 역시 편안함을 느껴간다. 그러나 가장으로서 가족과 가정에 안긴 상처가 깊었나 보다. 편안함을 느끼기엔 아직 이르다고, 빵점자리에서 벗어나려면 더욱 노력하라고 아내의 눈을 통해 나에게 고통을 안겨주고 있기 때문이다.

나는 어떤 고통을 받아도 좋지만 아내에게 고통과 불편함을 주어서는 안 된다. 그 고통과 불편한 원인이 나로 인해 더 이상 생겨서는 안 되겠다. 오히려 아내는 자신의 불편함으로 내가 건강을 더 잃지 않을까 걱정하고 있다. 그러니 더더욱 미안할 뿐이다. 왜 내가 건강을 잃었는지 나 자신이 원망스럽기만 하다.

언제까지일지는 모르나 하루빨리 아내가 고통에서 벗어나길 바랄 뿐이다. 그리하여 세상을 같이 마음껏 바라볼 수 있으면 좋겠다. 활짝 웃으며 그렇게 세상을 같이 보았으면 좋겠다. 손을 잡고 걸어도 앞이 흐릿하게만 보이니 아내는 얼마나 답답하랴. 그래도 같이 걸으니 좋단다. 나랑 손잡고 걸으니 세상을 다 얻은 것 같다고 한다. 잡은 손에 이 세상에서 가장 따뜻한 온기가 느껴진다. 아내의 사랑이 콧잔등을 시큰거리게 한다. 눈이 나아도 언제나 아내의 손을 꼭 잡고 세상 속으로 걸어가야겠다.

오십 오년만의 이사

회사의 전출 명령에 따라 나는 고향 제주에서 서울로 이사하게 되었다.

'아주 떠나는 것도 아니고 한 2년 내에 다시 오지 않겠나?' 하며 간단하게 짐을 꾸리자고 아내에게 말하지만 가슴에 잔물결이 일렁인다.

이삿짐을 싣던 날, 짐 실을 트럭이 마당에 들어서야 전출 명령이 실감 난다. 줄이고 줄이며 정리한 짐을 하나 둘 싣다 보니 보통 크기의 트럭 한 대가 넘친다.

팔순 노모가 마당 끝자락에 앉아 짐 싣는 것을 본다. 아무 말이 없었으나 못내 섭섭한 눈치였다. 그럴 수밖에. 오십년을 곁에서 의지하며 살았는데 머리가 하얀 나이든 아들이 고향을 떠난다니 왜 아니 서운하겠는가. '건강하게 살아야 한다. 여기는 걱정마라!' 하시지만 목소리에 물기가 흐른다.

어머니는 팔십 평생 살아오면서 큰아들인 내가 곁에 있어 마음 든든했지만 거동도 예전 같지 않은 지금, 믿었던 나마저 곁을 떠난다니 무척 서운해 하신다. '아이고, 내 팔자야! 자식 많이 낳아본들 무슨 소용이 있으랴!' 하며 한탄했다. 얼마나 서운하지 않겠는가. 육남매를 낳고 키웠지만 결국 모두 곁을 떠나니 그 가슴이 미어질 수밖에 없으리라.

사람은 누구나가 늙어갈수록 곁에 의지하고 살 사람이 있어야 삶은 건강하고 추한 모습을 보이지 않는 법이다. 그런데 다 늙은 신 어머니는 이제 곁에 자식 하나 없으니 외로움으로 얼마나 가슴이 아프지 않겠는가.

나도 이삿짐을 꾸리면서 가슴이 아프기는 마찬가지다. 내가 떠나면 어머니가 갑자기 오는 외로움으로 탈이나 없을지, 혹시 몸이 편찮을 때는 어떻게 하지? 하는 생각으로. 바람이 불면 불수록 비가 오면 올수록 건강을 쉬 잃지 않을까? 하는 마음으로 꾸리는 이삿짐이 무겁기만 하다.

오늘 따라 어머니가 왜소하게 보인다. 옷이 헐렁하여 몸이 쏙 빠질 것만 같다. 어머니의 흐트러진 하얀 머리카락이 가슴을 애이게 한다. 이제야 늙으신 어머니가 눈에 들어온다. 그동안 곁에 산다고는 하면서도 따뜻한 미소 한번 보내드리지 못했음에 고개가 숙여진다.

이삿짐이 쌓여갈수록 가슴 한쪽이 시린 아픔으로 손길을 더디게 한다. 친구들과 뛰어놀던 내 어릴 적 추억이 늘 함께 했고 삶의 애환을 같이 나누던 고향을 오십 중반에 들어 이렇게 트럭 한 대에 싣고 떠난다니 나 또한 '무슨 팔자람!' 하며 어머니 따라 팔자타령을 하지만 허전하기만할 뿐이다.

어린 시절, 이사를 하는 친구들이 무척이나 부러웠다. 낯선 곳으로 방글방글 웃으며 떠나는 친구들을 보며 나도 떠나는 상상을 많이 하기도 했었다. 떠났다가 고향의 친구들 앞에 뽐내며 나타나는 내 모습을 그리면서. 지금 생각하면 철없는 어릴 적 상상이었지만 그때는 왜 그리도 고향을 떠나는 친구들이 부러웠는지…….

세월은 관대하다. 나의 부러움이었던 친구들이 세월이 흐르며 안타까웠다. 고향에 살며 직장에 다니는 나를 부러워하는 그들이 애틋하기도 했다. 살다보니 고향에 살며 삶의 씨앗을 뿌리고 거두는 게 얼마나 소중하고 행복한지를 알게 됐다. 그래서 가끔 들르는 친구들에게 귀향을 권하곤 했다. 근데 이젠 내가 고향을 보며 해바라기를 하게 됐으니 착잡하다.

나이가 들어 고향을 떠나니 두렵기만 하다. 요즘 세상은 빠르지 않으면 살아가기가 힘들다. 더구나 도시에서 생활은 더욱 그러한데 오십대 중반인 내가 쫓아갈 수 있을까 하는 두려움이 앞선다. 빠름만이 일체감을 가지는 도시인들의 삶을 따라가지 못하면 소외될 수밖에 없기에 걱정이 된다. 사회생활에서 소외된다는 것은 정말 비참한 일일 수밖에 없다. 오십 평생을 고향에서 아날로그로 잔뼈가 굵었는데 나이 들어 디지털화된 도시인으로 산다는 게 얼마나 버겁지 않겠는가. 생각만 해도 숨이 콱 막혀온다.

아내도 말이 없다. 평생을 가꾸어 온 삶의 터전을 하루아침에 버리고 객지로 떠나야 하는 마음이 나보다 더하리라. 누구하나 반겨줄 사람 없는 객지에서 삶을 다시 시작해야 하는 나이든 아내가 안쓰럽기만 하다. 아무런 연고도 없는 곳에서 생활은 귀양살이나 다름없는데 아내에게 그런 삶을 안겨줬으니 면목이 없다.

젊은 시절엔 직장 핑계 대고 집안일은 나 몰라라 하며 속을 썩였는데, 나이 들어 이삿짐을 챙기게 했으니 나야말로 정말 빵점짜리 남편이 아니고 무엇이기겠는가. 그런 나에게 아내는 싫은 소리 한 번 안하고 살뜰하게 짐을 꾸리고 집을 정리한다. 언제까지일지 기약도 없는 타향살이에 아내의 손마디가 더 닳아질까 걱정이다. 이제는 정말 아내에게 잘해야겠다고 다짐한다.

이런저런 생각 속에 이삿짐을 다 챙겼다. 짐 실은 트럭이 떠나는 뒷모습을 보며 나오려는 눈물방울을 삼킨다. 오십 오년 고향의 삶을 트럭 한 대에 실어 가는 내 심정이 거지가 말 얻은 격이라고 말할까. 어머니의 얼굴도 붉게 물들고 아내의 눈가도 어느덧 저녁노을이 깃들었다.

아내에게 바치는 참회록

오늘 아침 거울을 보다 깜짝 놀랐습니다. 낯선 얼굴이 거울 속에 있었기 때문입니다. 가늘고 하얀 머리카락에 주름이 자글자글한 얼굴. 낯익은 모습이 희미하게 오버랩 되어 내 모습인 줄 알겠으나, 참 낯설기만 했습니다. 머리가 희고 주름살이 있다고 생각은 하고 있었지만 이처럼 탄력 없는 얼굴에 깊은 강물이 있는 줄은 몰랐습니다. 모두 살아오면서 당신에게 고통을 안겨 주고 산 업보라 생각합니다.

돌이켜 보면 당신과 살아온 지도 30여년 세월이 흘렀습니다. 당신의 이름을 불러 봅니다. 권. 명. 숙. 울컥 눈물이 쏟아지렵니다. 30여년 당신의 삶이 애처롭기만 합니다.

당신이 나를 만나 살아온 세월은 촛불의 세월이었습니다. 바람에 흔들리면서도 세상을 밝히는 촛불처럼 나의 모르쇠 바람에도 당신은 가정의 행복을 위해 삶의 실타래를 한 올 한 올 풀어 왔습니다.

결혼하여 당신 고생 안 시키겠다는 장담을 구멍에 바람 빠지듯 버리고 나는 세상을 마치 혼자 사는 것처럼 큰소리치고 당신의 말들을 무시하고 외면하고 버리기만 했습니다.

집안일을 먼 산 바라보듯 나 몰라라 하며 밖으로만 싸돌았습니다. 거기에다 건강까지 잃어 당신에게 이중삼중의 고통을 안겨 주었습니다. 참 뻔뻔스런 나였습니다.

그런 나를 보며 애가 타는 아픔을 참아야 했던 당신. 앞에서 흔들리는 눈을 감추고 혼자일 때 눈물을 흘렸던 당신. 세월의 길목마다 마음의 고통을 남몰래 삭였던 당신이었습니다.

그런데도 당신은 늘 나와 가족을 위해 매일 기도하며 그 고통을 감내해 왔습니다. 당신에게 아내이니까 하며 당연시하고 가볍게 대하며 모르쇠 했던 나를 지키며 살아온 세월이었습니다.

오십대 중반으로 들어선 지금에야 당신이 눈에 들어옵니다.

흰머리가 뾰족뾰족 솟아나고 눈가에 잔주름이 일렁거리는 당신의 모습을 볼 때마다 가슴이 아립니다. 그리고 가끔 손끝마디가 갈라져 아프다는 당신을 볼 때마다 얼굴이 화끈거리기만 합니다. 그 손이 있어 나는 편안했고 우리 가정에 불어 닥친 세월의 바람을 잠재우거나 빗겨갈 수 있었지만 당신에겐 무겁고 쓸쓸한 삶의 흔적이기에 더욱 미안할 뿐입니다.

아내라는 자리가 소중하고 아름답다는 것을 아는데 30년이 걸렸습니다. 아내로 살아가는 자리가 얼마나 가슴앓이가 많은 자리인줄을 아는데 30년이 되었습니다. 당신이 헌신한 삶이 눈물겹다는 것을 아는데 30년이 흘렀습니다. 부글부글 끓는 솥단지처럼 쉬지 않고 당신 속을 애태우는 철없는 남편이란 것을 아는데 30년이 지났습니다.

당신이 살면서 쏟아내지 못한 마음은 저 하늘이 덮을 수 없으며, 살아오면서 가슴에 묻은 사연을 저 바다가 흘려보내지 못할 것입니다. 당신의 희생은 한이 없고 당신의 정성은 지극하였습니다. 당신의 그 넓은 마음, 당신의 그 깊은 사랑에 그저 감사하다는 말, 그저 고맙다는 말 한마디 밖에 못하는 내가 한없이 원망스럽습니다. 부끄럽기만 합니다.

당신에게 모르쇠로 일관했던 나의 삶을 진심으로 참회합니다. 미안하고 미안할 뿐입니다. 살아오면서 당신에게 무심코 쏟아낸 말들과 태도에 미안하고 용서를 구합니다.

당신과 함께한 세월, 나는 참 행복했다고 거울 속의 얼굴이 말합니다. 부끄럽습니다. 당신은 나에게 주기만하고 나는 받기만 했으니. 이젠 받기만 한 행복을 당신에게 돌려주며 살겠습니다. 결혼 초의 장담을 지키며 살겠습니다.

앞으로 남은 세월 내가 당신을 지킬 것입니다. 지금까지는 당신이 나의 우산이 되어 나를 지켰지만 앞으론 내가 당신의 버팀목이 되어 당신을 지킬 것입니다. 언제 어디서나 세상살이 바람을 막아주는 든든한 남편이 되겠습니다.

거울 속의 낯선 얼굴이 익숙한 얼굴로 돌아옵니다. 비록 주름지고 거칠지만 빙그레 웃으며 있습니다. 그 곁에 미소 짓는 당신의 얼굴이 있습니다. 서로가 웃으며 손을 꼭 잡고 세상 속으로 걸어가는 모습이 겹쳐집니다. 마음이 한결 가볍습니다. 거울 속에 내가 환하게 웃고 있습니다.

서울생활 길들이기

22층 아파트에서 바라보는 서울의 풍경이 나를 덜 외롭게 한다. 특히 밤에 보는 판타지 한 서울의 야경은 고향으로 내달리기만 하는 나의 마음을 조금이나마 잡는다. 꼬리에 꼬리를 물고 달리는 자동차의 불빛과 빌딩들의 현란한 조명이 한강의 화려한 야경과 어울리며 연출하는 판타지는 나를 또 다른 세상의 주인공으로 만들기 때문이다. 다이내믹한 에너지가 나에게 새로운 곳에 적응할 수 있는 용기를 준다.

지난 2월, 나는 서울 영등포구 당산동 4가의 한 아파트로 이사를 했다. 태어나 55년만의 이사였다. 회사의 전출 명령에 따라 더 이상 고향 제주에 머물 수 없게 되어서였다.

본의 아니게 어쩔 수 없는 상황에 나이 들어 하는 이사여서 심란하기만 했다. 그리고 새로운 곳에서의 생활도 자신이 없었다. 공간의 여유가 없는 아파트 생활을 생각하니 어깨가 웅크려지는 것을 어이하리. 조금은 여유가 있는 텃밭이 있는 단독 주택에서 지금까지 살아 왔기 때문이다.

고향의 집은 결혼 후 6년 만에 아내랑 같이 지은 집이다. 순전히 우리의 땀으로 지은 집이다. 평생 집 걱정은 안하며 살게 됐다고 서로가 흐뭇했다. 아내는 집 가꾸며 가정의 행복을 키워갔다. 더불어 집은 주위에 온갖 나무들이 키 재기를 하며 울타리를 하고 있어 숲 속에 있는 것처럼 아늑하고 평온하기만 했다. 마당에서 파란 하늘의 흰 구름을 보며 코끝을 간질이는 바람에 몸을 맡기면 한가롭고 포근하기만 하던 곳이다. 바람소리 새소리에 즐겁기만 하던 곳이었다.

전출명령이 나던 날 나는 우리의 체취가 묻을 대로 묻은 집을 떠나 새로운 터전인 서울에서 어떻게 살까 불안했던 게 사실이다. 그동안 나뭇잎사이로 전하는 바람소리 새소리에 내 귀가 내 가슴이 녹았는데 도심의 소음을 견뎌낼 용기가 없었기 때문이다. 해질녘에 집 떠나는 길손처럼 막연한 비애감이 감기기도 했다.

이사를 한 지 어느 덧 반년이 지났다. 새로운 보금자리 아파트 생활에 무리 없이 적응해 간다. 아내는 친구하나 없는 곳이지만 아파트 생활이 좋다며 웃는다. 고향집처럼 쓸고 닦고 할 필요가 없기에 편해서 좋다고 한다.

사실 고향집은 손길이 많이 간다. 하루라도 방심하면 이내 허술해지고 지저분해진다. 쓸고 닦아내고 치우고 하루도 손길을 놓을 수가 없다. 특히나 텃밭이 나무로 우거지다 보니 삼사일이 멀다하고 골목의 나뭇잎 쓸기에 여념이 없다. 잡초는 왜 그리 빨리 자라 눈살을 찌푸리게 하는지. 나무 가꾸고 잔디 깎는 등 편한 날이 없었다. 그러다 보니 아내는 '나도 아파트에 살아 봤으면, 아파트에 사는 사람들은 참 좋겠다!' 가끔 푸념을 하곤 했다.

이사 후 아내에게 아파트에 살았으면 하는 소원이 이루어 졌네 하면 아내의 얼굴은 환하게 웃는다. 아내의 웃음 따라 내 가슴은 무겁기만 해 간다. 고향으로 빨리 내려가기만을 바라는 내 마음이 점점 멀어지는 것 같아서다.

새로운 서울살이에 무던히도 애썼다. 주말이면 집근처 한강공원으로 도심의 인사동으로 나들이하며 서울에 정붙이려 노력을 했다. 하지만 누르스름한 한강물을 보면 맑기만 한 고향의 물가가 떠오르고 도심의 매캐한 공기는 산뜻한 고향의 공기와 상큼한 바람결이 그리워 몸서리를 치게 한다. 그러면서도 살아야할 곳인데 하며 안달을 해서인지 큰 무리 없이 지내고 있다.

반년이 지난 지금, 새로운 서울살이에 몸이 길들여지고 있으나 마음은 아닌 모양이다. 몸이 길들여질수록 고향으로 내달리는 마음은 더욱 영글기만 하고 있으니 말이다. 아무래도 디지털로 대표되는 도시 문화보다는 아날로그적인 시골 문화가 내 적성인 듯싶다. 하여 아내가 웃을 때마다 난 철렁거리는 가슴을 숨길 수밖에 없는 것이다.

사람이 사는 곳에는 어디든 정붙일 것이 없으랴 마는 나는 아직도 이곳에 정을 주지 못하고 있다. 평온하기만 한 숲속 같은 고향에 살다 사방팔방이 아파트요, 들리는 건 도시의 소음뿐이니 그럴 수밖에 없잖은가.

특히나 내가 사는 곳은 영등포구청역 사거리라 교통 혼잡이 이만 저만이 아니라 더욱 그렇다. 인천과 여의도를 오가는 차량으로 뒤엉키어 횡단보도를 건너기도 아슬아슬하기만 한다. 그러다 보니 바람 소리 새소리에 절어 오십 평생을 살아 온 내가 여기에 정들여 살기가 힘들기만 한 것은 당연한 일이 아니겠는가.

그렇다고 신세타령만 할 수는 없는 일. 누구나가 어디에서나 다 그렇게 사는 것처럼 회로애락이 교차하는 일상 속에서 작은 기쁨에 웃고 슬픈 일에 눈물도 흘리면서 그렇게 서울의 생활은 자리 잡아 갈 것이다.

술 – 바라보는 향

비가 내리는 날, 나는 몸살을 앓는다. 달콤한 술의 향기를 잊지 못해서다. 매일 술타령하다 급성췌장염으로 쓰러진 후부터 술을 끊었다. 10년이라는 세월이 흘렀다. 지금은 내 기억 속에 술이 완전히 사라진 줄 알았는데 그게 아닌 모양이다.

지난 가을, 비가 보슬보슬 내리던 어느 날 밤이었다. 꿈에 마시다 남은 술병을 가방 속에 넣고 오는 것을 보고 일어났더니 목이 간질거려 침을 꿀꺽이던 일이 생각난다. 얼마나 술이 그리웠으면 꿈에 마시다 남은 술병을 챙기었겠는가! 아직도 술은 나에게…….

비 내리는 날은 비가 가슴을 촉촉하게 젖게 하여 술맛이 좋겠다고, 바람이 불면 가슴이 아프다며, 눈 내리는 날은 마음이 훈훈해 술맛이 정으로 쌓인다며 술잔을 들었다. 이런저런 사유 들먹이며 한잔 술을 찾았던 지난 시절. 오고가는 술잔 속에 너와 내가 있고 사랑과 미움이, 화해와 용서가 있다며 친구, 직장동료들을 부추겼다. 입가심이라며 소주를 일단 마시고 2차는 기본, 3차는 필수, 4차는 선택이라며 죽기 살기로 마신 후에야 집으로 발길을 돌렸다. 일 년 열두 달 새벽이슬에 옷깃을 적시길 다반사로 했다. 그렇게 마셨으니 어찌 탈이 없겠는가. 결국은 쓰러져 병원으로 실려 간 나는 급성췌장염이었고 금주의 명을 받았다.

술 마시던 지난 시절 그 속에 어찌 웃고 우는 추억들이 없겠는가. 아마도 몇 날 며칠을 이야기해도 다 못할 것이다. 그 세월 속에 지금도 생각하면 얼굴이 빨개지고 등골이 오싹한 추억이 있음에.

가을 추석명절 때였다. 한가위 보름달이 세상을 풍요롭게 품을 때 나는 친구 집에서 친구랑 그 달빛 아래 술잔을 주거니 받거니 하며 인생타령을 했다. 취흥에 겨워 친구의 초가집에 올라가 달맞이 한다며 너울너울 춤을 추었다. 그러다 활활 타는 불속에 내 젊음의 불꽃을 던지겠다며 지붕에 불을 붙이려던 취기인지 객기인지 소란을 떨었다. 이 호들갑은 지금도 마을 사람들 입에 오르내리는 전설이 되었지만, 생각만 해도 모골이 송연하다.

그런가 하면 보리가 한창 파랗게 다 자란 초여름 어느 날 밤에는 보리밭가에서 친구랑 술잔을 나누다 보리밭에 뒹굴기도 했다. 초롱초롱 빛나는 별들을 보며 밤이 새도록 술잔을 나누던 보리향이 물씬 피어오르는 상큼한 추억은 지금도 베시지 입가에 웃음을 몰고 온다. 지금 그 친구들은 그들끼리 술잔을 나누며 그 시절 내 이야기를 하는지 궁금하기도 하다.

그렇게 즐기던 술로 결국은 췌장의 3분의 2를 잘라 내고 만성췌장염으로 남은 생을 살아가고 있지만 술을 원망하지는 않는다. 술은 나에게 사회의 찌든 바람을 타지 않도록 했다. 그뿐만 아니라 동심을 잃지 않도록 하였기에 늘 고맙게 생각한다. 다만 가정에 소홀하여 가족에게는 미안하지만.

술을 입에 대지 않아서야 가족의 소중함을 더욱 알게 됐다. 가족이 있어 내가 살아가는 이유가 있는데 그때는 무시하기만 했다. 오로지 한 잔술에 나의 모든 것을 건 것처럼 매달리기만 했다. 그러면서 시류에 편승했다.

내가 마시던 시절에 우리 사회는 술에 관한 한 너그럽기만 했다. 습관적인 음주, 과음을 허용하고 술을 무절제하게 마시게 했다. 그것도 많이 마시며 폭탄주 대여섯 잔을 마시고 호기롭게 "허허" 해야만 사회생활을 잘하는 것이라 암암리에 부추기도 했다. 억지로 권하고 그저 들이마시고 서로 주접거리며 흥청망청 하는 음주문화였다. 막무가내 음주문화라고나 할까.

다행이도 아날로그에서 디지털시대로 바뀐 지금, 술자리 문화도 변해가고 있음을 느낀다. 술은 일종의 가벼운 기분전환으로 마셔야 한다는 인식이 널리 퍼졌다. 알코올 도수도 낮아지고 한두 잔 가볍게 즐기는 사람들이 늘었다. 그러한 것을 보면서 지난날 무지막지하게 마셔대던 나의 모습이 떠올라 입가에 작은 미소가 번진다.

비록 지금 나는 술을 바라보는 것만으로 만족하지만, 여전히 술은 우리 사회에서 서로에게 연결고리의 중요한 수단으로 자리 잡고 있다. 그러니 즐기면서 마셔야 한다. 서로간의 담소로 하루의 피곤함을 말끔히 씻고 내일을 위한 재충전의 길로 가는 조용하고 수준 높은 술자리가 되어야 한다. 일상의 긴장을 살짝 풀어주는 정도에서 멈출 수 있는 음주문화가 필요하다. 여전히 술은 삶의 스트레스를 풀어주는 매개체로써 직장, 사회의 갈등을 해소시켜주는 순기능이 있어 좋기 때문이다.

지금은 모두가 나에게 평생 마실 술을 다 마셨으니 이제는 술 먹고 싶은 생각이 없겠다고 말한다. 하지만, 꿈속에선 여전히 즐기고 있으니 어떻게 해야 할까. 가끔은 친구나 선후배들이 "술 한 잔?" 하면 웃으며 5년 후에 한 잔 하자며 물 흐르듯 지나친다. 그러면 간혹 그 5년이 언제냐며 웃는다.

　모두에게 태연한 척 하지만 사실 그리움은 있다. 그 그리움은 술을 보면서 그리워해야 하니 가슴속이 아마도 빨갛다 못해 새까맣게 타는 그리움이리라. 보면서 그리워하는 고통이 아예 보지 못해 그리워하는 것보다 아픔이 크다는 것을 알겠다.

　그렇다고 지금은 술을 못 먹는다고 끙끙할 필요가 없다. 나에게 주어진 하늘의 뜻이라 생각하니 술 못 먹는 괴로움도 고통도 물처럼 흘러간다. 물이 흐르다 막히면 썩어 냄새가 나듯이 그리움과 괴로움을 쌓이지 말고 흘러가도록 할뿐이다. 즉 마음을 비울 일이다. 마음을 비우니 술을 바라보는 향이 더욱 그윽하고 깊어만 간다. 내 생에 절반은 술을 마셔대며 향에 취하고, 절반은 바라보는 향으로 취하라는 하늘의 뜻이 아니겠는가.

인 연

세상에서 가장 반가운 인연은 나를 기억해주는 것이라고 생각된다. 잊지 않고 가끔은 소식을 전하는 인연은 언제 어디서나 소중하기만 하다. 나이가 들어 갈수록 소식을 접할 때마다 더욱 반갑기만 한 것이다.

'안녕하세요, 건강하시죠!'

수화기 너머로 들려오는 소리에 나는

'네, 안녕하세요, 그런데 누구시죠?'

'생각이 나서 전화했는데, 저 모르시겠어요? 저는 목소리를 금방 알겠는데, 이젠 제 목소리를 잊으셨는가 봐?' 하며 서운함이 그대로 전해져 온다.

오늘 오후에 일어난 일이다.

전화속의 주인공은 15년여 전 회사를 그만둔 K였다.

사실 까맣게 잊고 있던 사람에게서 뜻밖에 전화를 받으니 놀랍기도 하고 반갑기도 했다. K는 회사를 떠난 직후 두어 번 연락을 하긴 했었다.

이러쿵저러쿵 이야기 하다 그때 직장 상사로서 꾸지람을 많이 했다고 하니 오히려 그때가 좋았다 한다. 그게 인생 공부가 아니었나 생각한다며 오히려 그때가 그립다고 웃는다. 그 말을 들으니 나도 모르게 그래! 하며 껄껄 웃었다.

통화가 끝나니 어느새 내 머릿속에는 그때 그 시절로 추억에 잠겼다. 그리운 얼굴들이 주마등처럼 스쳐간다. 이제는 모두가 중년이 되어 삶의 한 페이지를 엮느라 또 다른 주인공이 되었을 터!

그땐 20대의 팔팔한 열정으로 이 세상 전부를 품는 꿈을 안고 살았던 시절이었다. 열악한 근무 여건에서도 서로가 하하, 호호 웃으며 다독여주고 보듬어 주며 생활한 게 엊그제 같았는데 벌써 15여년이라. 그동안 기억 속에서 사라졌던 추억이 전화 한통으로 파도 되어 나를 사정없이 내리친다.

그립다. 보고 싶다. 그때 울고 웃으며 동고동락을 했던 얼굴들이 가슴에 물결을 친다. 이렇게 물결이 일렁이는 것을 그동안 너무도 무정했구나 하는 미안함이 가슴 한 쪽을 회오리친다.

그 시절 부대끼며 괴로움과 즐거움을 같이 했던 동료들이 나의 직장 생활 중 가장 기억에 남는다. 내가 영업업무를 맡으면서 그들과 인연은 시작되었다. 그것도 전혀 생각지도 못했던 중문골프장 개장 준비로 그때 동료들을 참 많이도 고생시켰다. 짜증도 많이 내고 화도 많이 내기도 하며 닦달도 했는데 추억이라며 나를 기억해주니 고맙고 감사할 뿐이다.

골프장 사업은 회사에서도 처음으로 하는 낯선 분야라 운영 경험이 전혀 없었다. 시행착오도 많았고 시스템이 허술하기만 했다. 인원이 턱없이 부족하여 업장을 따라 순환 근무를 하도록 했다. 더구나 시간이 나면 일손이 부족한 영업장을 지원하기도 하면서. 동료들의 어깨는 무거울 수밖에 없었다. 이처럼 조직이 제대로 정비되지 않다 보니 여기저기서 봇물이 터지듯 불평불만이 난무했다.

　그뿐만 아니라 업무가 지금처럼 전산화가 안 된 때라 주판과 계산기를 이용해 일일이 수기로 직접 계산하고 처리했다. 영업 업무는 일일 결산을 반드시 해야만 했기에 그 어려움은 다른 부서보다 더 하기만 했다. 서투른 솜씨로 주판알을 튕기며 일일영업 결산을 끝내고 나면 밤 9시는 다반사다. 간혹 결산이 틀려 주판알을 튕기길 수차례. 시간은 늦어져 가고 그와 비례하여 나의 잔소리는 심하기만 했다. 서로들 얼굴이 붉으락푸르락 하다 겨우 끝내곤 했다. 모두가 힘겨운 시절이었다. 그래도 그때가 좋았다면 이렇게 전화를 해 주니 그저 고맙기만 하다. 반가운 인연이다. 살며시 미소가 번진다.

　지금은 다들 가장과 주부로서 중년의 아름다운 삶을 살아가고 있는 그 얼굴들이 보고 싶다. 많이 변해겠지. 선뜻 알아보지 못할 얼굴도 있겠지만, 그 시절의 흔적은 남아 있으리라 생각된다. 그들도 K처럼 가끔 그 시절을 생각하면서 추억에 잠기는지도 모른다. 연락처를 알 수 없으니 내가 먼저 전화를 할 수도 없어 갑갑하다. 그동안 내가 너무 무정했다. 그리우면 혼자 하늘에 그림이나 그리며 아쉬워할 수밖에……

　누군가가 나를 기억한다는 것은
　행복한 일이다.
　스쳐가고

다가오는

헤아릴 수 없는 만남과 헤어짐 속에

나를 기억한다는 것은

참으로 행복한 일이다

문득 날아든 소식이

흘러간 강물을 아쉬워한다

세월은 흘러 무슨 말이 필요하랴

이마에 주름 골이 깊어지면 어떠리

눈이 침침해 안보이면 어떠리

언젠가 만나면

그저 안아 주리

아무 말 없이 그렇게

꼭 껴안아주리

등을

토닥거리며……

우리에겐 인연이란 끈이 있다. 즐거운 인연·반가운 인연·슬픈 인연·고통의 인연·미움과 원망의 인연들. 누구나 겪는 인연들이다. 어떤 인연을 만들고 어떤 사연으로 만나는 것은 각자의 품성과 개성, 마음에 달려있다. 뗄 수도 버릴 수도 없는 삶의 운명이기에.

바람에 옷깃을 스쳐도 인연이란 말이 있듯이 서로가 만나서 부대끼며 같은 일을 하였다는 것은 얼마나 두터운 인연이 아니겠는가. 그 인연을 소중하게 생각하며 사는 K가 고맙기만 할 뿐이다.

다시 한 번 나는 어떤 만남을 보내고 있는지 생각해본다.

언제 어디서나 생각하면 편안하고 살며시 미소가 번지는 그런 만남이 가장 소중한 만남이리. 그 소중한 만남은 작은 소리를 들을 줄 알아야 가능하지 않겠는가.

단독주택에 사는 즐거움

내가 살고 있는 집은 단독주택이다. 큰길가에서 조금은 들어간 곳이라 골목이 길다. 하지만 골목은 아름드리 팽나무와 멀구슬 나무가 텃밭의 여러 나무와 어우러져 운치가 있다. 거기에다 골목 끝에 그리 크지도 작지도 않은 마당이 있어 편안함을 준다. 들르는 사람마다 숲 속의 정원 같은 곳이라고 부러워한다.

그렇지만 텃밭과 마당이 있다 보니 관리에 신경이 이만저만 아니다. 하루라도 방심하면 이내 허술해지고 지저분해진다. 가끔은 아내의 투정 소리도 듣는다. 쓸고 닦아내고 치우고 하루도 손길을 놓을 수가 없다. 특히나 골목은 고목나무로 우거지다 보니 삼사일이 멀다 하고 나뭇잎 쓸기에 여념이 없다. 텃밭에 잡초는 왜 그리 빨리 자라 눈살을 찌푸리게 하는지. 편한 날이 없다.

그러다 보니 아내는 '나도 아파트에 살아 봤으면, 아파트에 사는 사람들은 참 좋겠다!'고 가끔 푸념을 하곤 한다. 나는 소귀에 경 읽기마냥 모른척하며 지나친다. 단독주택이 주는 호사(?)를 버릴 수가 없기 때문이다.

먼저 일 년 내내 새들의 노래 소리를 들을 수 있어 좋다. 새벽부터 저녁까지 새들의 지저귀는 소리가 끊이지 않는다. 메추리·직박구리·동박새·까치·참새를 비롯하여 계절 따라 이름 모를 새들이 앞

다투며 노닌다. 어떤 날은 꿩이 마당가 근처에서 놀기도 하고 추녀자락에 왜가리가 앉아 있기도 한다. 마을에서도 유난히 우리 집에만 새들의 노래가 끊이지 않는다. 그런 새들을 위해 나는 나무의 열매들을 그냥 놔둔다. 까치밥으로.

새들의 소리를 들으면 마음이 가볍고 상쾌해진다. 세상살이 바람에 치여 무겁기만 한 삶의 무게를 가볍게 해준다. 세상에 물들어 몸과 마음에 찌든 때를 씻어낸다. 더불어 동심으로 돌아가게 한다. 이처럼 마음을 즐겁게 해주는 새들의 교향악을 날이면 날마다 들을 수 있으니 이 얼마나 좋지 않은가!

두 번째는 마당이 있어 좋다. 현관문을 열면 탁 트인 공간인 마당이라 늘 여유롭고 시원하다. 답답함이 없다. 언제나 여유를 안겨 주어 좋다. 어쩌다 아파트를 방문할 일이 있을 때는 숨이 막히는 것 같아 빨리 일어서려고 한다. 마당은 아침저녁 출퇴근길에 다독거려주고 반갑게 맞이한다. 마당은 집과 사회를 연결시키는 역할을 하기도 하고 완충작용도 한다. 아파트는 이런 공간이 없다. 그러니 여유가 없다. 마당은 단독주택만이 갖고 있는 특권이다. 몸이 피곤하거나 마음이 답답할 때 마당을 거닐다 보면 그렇게 편할 수가 없다. 새들의 지저귀는 소리하며 나뭇잎을 살랑거리는 바람소리가 지친 나를 편안하게 해 준다. 공간 여백의 아름다움을 맛볼 수 있어 좋다.

세 번째는 마음껏 웃고 떠들어도 남에게 피해를 안 주니 좋다. 특히 우리 집은 이웃과는 넓은 텃밭이 경계를 이루고 나무들이 막고 가리고 있어 더욱 좋다. 만약 아파트에 산다면 발걸음은 물론 말소리하며 어느 하나 마음껏 할 수가 없다. 늘 조바심 속에 살아야 한다. 그렇지 않으면 당장 조용히 해달라는 성화가 불 보듯 뻔하다. 그렇지 않아도 요즘 아파트 층간 소음문제로 시시비비가 죽음까지 불러 오고 있다고 한다. 하지만 난 그런 시비가 붙을 일이 없어 안도한다.

텃밭이 넓은 우리 집은 시원스럽게 웃고 새처럼 말소리도 낭랑하게 할 수 있다. 무엇보다도 누구의 눈치도 볼 필요 없이 창문을 활짝 열어 비단결 고르는 바람을 맞이하는 즐거움이 더없이 좋기만 하다.

이처럼 내가 살고 있는 집이 주는 즐거움을 버릴 수가 없어 나는 그냥 살기를 고집한다. 단독주택보다 아파트가 생활이 편리함을 앞세우는 아내의 말을 모르는 게 아니다. 나이가 들어갈수록 아내를 생각한다면 일상에 편한 아파트로 옮겨야 하나 단독주택의 호강이 몸에 밴 나는 전혀 내키지 않는다. 그래서 아내가 집 이야기를 할 땐 늘 꼬리를 내린다.

아내는 오늘도 떨어지는 나뭇잎을 보며

"나는 아파트에 살면 안 되나, 나이도 들어가는데 언제까지 쓸고, 매고, 치우며 살아야 하나?"

"나를 사랑한다며, 사랑하는 사람의 말을 안 들어주니 사랑하기는 하나?"

하며 투정을 한다. 물론 아파트에 사는 게 편리하겠지만, 특히 나이가 들면 더욱 필요하다는 것을 알지만 태어나고 자라면서 몸에 밴 공간의 아름다움을 버릴 수 없기에 나는 어쭙잖은 딴청으로 외면한다.

오늘도 나는 아파트 타령을 하는 아내에게 미안해하지만, 아내의 투정을 은은한 멜로디로 축복의 소리로 들으며 집 밖으로 나선다.

아파트 생활 - 깨어진 삶의 리듬

나는 지금 아파트 22층에 산다. 오십 중반에 이르기까지 생각해보지도 못했던 곳이다. 평생을 단독 주택에 살아 왔기에 22층은 마치 낭떠러지 위에 있는 심정이다.

지난 번 인사이동에 따라 서울 본사로 전출됨에 따라 고향을 떠나다 보니 어쩔 수 없이 아파트에 살지만 영 탐탁치가 않다. 그럴 수밖에. 골목엔 아름드리 고목나무가 있고, 마당을 에워싼 텃밭은 사시사철 꽃 피고지고 새들의 울음이 그치지 않던 고향집에 살다 들리는 건 차량 경적을 비롯한 각종 거리의 소음이요, 마시는 건 메케한 공기이며, 보이는 건 빌딩 숲이니 답답할 수밖에. 어디 그뿐이랴. 마음 놓고 웃지도 못하고 움직일 수도 없다. 위아래 좌우 층으로 신경이 매일 곤두서기만 한다. 늘 좌불안석이다.

그래도 아내는 아파트 생활이 좋단다. 집 안 구석구석 신경이 덜 쓰여 좋다고 한다. 매일 이런저런 신경을 써야만 하던 고향집을 벗어났으니 그 심정을 이해 못하는 건 아니다. 편안하고 편리해서 좋다고 하는 아내 따라 나도 즐거워야 하는데 영 그렇지 못하다. 그래도 아내에게 '아파트에 살았으면 하는 소원이 이루어졌네!' 하면 환하게 웃는다. 아내의 웃음 따라 내 가슴은 무거워져만 간다.

고향집은 단독 주택이라 손길이 많이 간다. 집 바깥은 하루라도 방심하면 이내 허술해지고 지저분해진다. 잡초로, 웃자란 나뭇가지로. 특히나 골목은 삼사일이 멀다 하고 나뭇잎을 쓸어야 한다. 그러다 보니 아내는 '나도 아파트에 살아 봤으면, 아파트에 사는 사람들은 참 좋겠다' 하고 가끔 푸념을 하곤 했다. 그럴 때마다 그런 일은 없다며 '당신이나 이다음에 혼자 아파트에 살면 되겠네' 하며 딴청을 했다.

그러던 내가 아파트에 살줄이야! 그것도 22층이라 공중에 붕 떠 살줄 어디 짐작이나 했겠는가. 평생 단독주택인 고향집에서 살줄이나 알았는데. 아내가 푸념할 때마다 소귀에 경 읽기 마냥 했는데 사람일은 모르는 것이다. 그러기에 아내가 푸념을 할 때 다소 모르는 척이라도 하지 말 것을 하고 후회도 한다.

아파트 생활은 마음에 여유가 없다. 위아래 좌우 층에 신경을 써야 하기 때문이다. 웃음소리 말소리 발소리에 시끄럽게 느끼고 있지는 않나, 쓰레기와 음식물의 냄새가 흘러 들어가지는 않나, 소음과 메케한 공기로 창문을 활짝 열 수가 있나 하며 늘 조심해야 한다. 더구나 현관문을 열면 바로 사회이기 때문에 여유를 가질 수가 없다. 그러니 조급하고 몸이 경직되기만 한다.

무엇보다도 계절을 못 느끼겠다. 늘 일정한 온도 속에 살다 보니 계절 따라 변하는 기온의 차이를 느끼지 못하겠다. 창문을 열어 놓으면 이내 먼지가 가득 쌓이기에 문을 닫고 살아 그렇다. 늘 따뜻한 실내 공기로 인해 그날이 그날이다 보니 계절의 변화를 모르겠다.

아파트에는 사람냄새가 덜 풍긴다. 폐쇄적인 공간으로 인해 이웃을 보는 것도 조심스러우며 마음도 점점 닫혀져 가기 때문인지도 모르겠다. 언제나 문을 닫고 살아야 하는 아파트 속성상 거기에 사는 사람도 덩달아 마음의 문을 쉽게 닫아 버리기 때문이 아니겠는가.

물론 아파트의 편리함을 모르는 건 아니다. 집에 이상이 있거나 문제가 생기면 관리사무소에서 척하게 해결해 준다. 게다가 언제라도 따뜻한 물을 마음대로 쓸 수 있고, 냉난방도 계절에 맞게 돌아간다. 외부인이 들어오지 못하도록 관리실에서 신경써주니 이 보다 더 편한 집은 없으리라. 이러니 나이가 들어가는 아내에게는 아파트가 좋을 수밖에 없다.

그래도 나는 아파트 생활이 체질에 맞질 않는다. 방이나 거실에서 창밖을 바라보면 갑갑하기만 하다. 답답하다. 사방팔방이 도토리 키재기 하듯 솟아 오른 아파트만 눈에 들어오는데 어쩌랴. 골목이 있고 마당이 있고 나무들이 우거진 고향집 앓이를 할 수밖에. 누구나가 거리낌 없이 드나들며 세상사 이야기 하고 철따라 변하는 계절의 느낌을 눈으로 코로 피부로 직접 느끼며 살던 고향집이 더욱 그립다. 조금은 불편하더라도 사람 냄새가 폴폴 묻어 나오는 고향집, 단독 주택에서 살고 싶다.

닫히는 현관문 따라 나의 마음도 굳어간다. 몸에 깊이 밴 고향의 흙 내음을 떨쳐낼 수가 없어 매일 잠을 설치기 일쑤니 반세기 동안 이어온 내 삶의 리듬이 깨어지고 있다. 이래저래 신경이 곤두서기만 하니 불편하기만 하다.

아파트에 살아 보니 아파트에서 생활하는 사람들이 참 대단하다는 생각이 든다. 나에겐 숨 막힐 듯 갑갑한 곳인데 여유와 즐거움을 가지고 사니 부러울 수밖에. 그 여유와 즐거움이 어디서 나오는지 자못 궁금하기도 하다. 더불어 메말라 가는 우리의 인심은 어떻게 될까. 사막화 공동화 되어가는 우리의 인심과 정은 어떻게 될까 걱정이 되는 것은 나 혼자만의 기우인지.

골목길의 여운

요즘 나는 골목에서 자주 돌아보는 버릇이 생겼다. 출퇴근할 때나, 골목을 오갈 때마다 돌아본다. 지난 날 골목 풍경이 신기루처럼 나타났다 사라지는 환영 때문이다. 걸음걸음마다 재잘거리던 어릴 적 동무들의 소리가 들린다. 가는 눈길마다 담소를 나누던 어른들이 나타났다 사라진다. 비록 환상이지만 동무들의 소리가 즐겁고 어른들의 모습에 편안하기만 하다.

우리 집 골목은 마을의 쉼터였다. 마을의 어느 골목보다 골목이 길고 우람한 팽나무들이 골목의 파수꾼처럼 지켜주며 시원한 그늘을 주기 때문이다. 어린애들은 늘 골목에서 깡통차기, 구슬치기, 딱지치기, 숨바꼭질을 하며 놀았다. 햇살이 부챗살처럼 들어오는 골목길은 언제나 애들 깔깔거리는 소리, 투정부리는 소리가 끊이지 않았다. 그런가 하면 어른들도 땀방울을 식히기도 하고 세상사를 나누기 위해 모여들었다.

그랬던 곳이 마을이 변하면서 골목도 그 영화를 잃었다. 마을이 도시화되면서 아이들은 떠났고 어른들도 잃었다. 주변의 초가집들은 현대식 건물로 바뀌었고, 돌담이 지키던 밭들은 아파트가 들어섰다. 우람한 모습으로 죽 늘어서 반기던 팽나무도 골목이 무너지면서 잘려나가 두 그루만 남아 쉼터의 흔적을 말해줄 뿐이라 마음 한구석이 허전하다.

우리 마을은 초가집들이 오순도순 둘러 앉아 한가롭고 평화롭기만 했다. 유연한 초가지붕만큼이나 사람들은 순박하여 이웃 간의 정은 포근한 봄날의 한 줄기 햇살처럼 따뜻했다. 사람들은 삶을 있는 그대로 보여 줬다. 꾀죄죄한 게 부끄럽다 하거나 감추지도 않았다. 창 넘어 이웃끼리 거리낌 없이 웃고 울었다. 모두가 약속이나 한 듯 골목으로 나와 세상사를 나누며 정을 쌓았다. 그러다 보니 이웃의 일이 곧 자신의 일이나 마찬가지였다. 고민거리가 있으면 허물없이 털어놔 서로 머리를 맞대며 걱정하고 풀어갔다. 비록 생활문화가 불편했는지 모르나 오히려 그때가 마을은 더 살기 좋았는지도 모른다.

그러나 마을 밖에 중문관광단지가 개발되면서 마을은 변하기 시작했다. 조촐하던 집들이 헐리고 현대식 건물들로 탈바꿈을 했다. 마을은 가파르게 도시화되고 사람들이 모여 들었다. 덩달아 집이 모자라다 보니 땅을 가진 사람들은 세를 받기 위해 너도나도 여러 가구가 살 수 있는 집을 지었다. 마을 안길이 사라져갔다. 골목마다 연립주택과 아파트가 마을의 모습을 바꿔 놓았다. 별안간 사람들이 늘어 시끌벅적 하고 마을 안길들은 주차 문제로 복잡하고 소란스럽기만 하다. 그와 더불어 이웃끼리 창도 닫아져갔다.

마을이 변해갈수록 서로가 편함만 앞세우고 있다. 생활이 편리해질수록 이웃에 심드렁할 뿐이다. 닭 소 보듯, 소 닭 보듯 한다. 오로지 자신만을 과시하려는 지극히 타산적이고 이기주의가 가파르게 퍼지고 있어 나를 슬프게 한다.

골목을 나서면 변해버린 마을이 어색해진다. 시각·청각·후각이 낯설기만 하다. 오십 평생 내가 살아온 세월 어디를 돌아봐도 지난날의 기억이 간직된 곳이 없다. 살아오며 애증이 교차했던 거리나 장소는 사라져 버리고 낯선 간판들이 우후죽순처럼 생겨 나를 혼란스럽게 한다. 조무래기들이 뛰어놀고 어른들이 세상사를 나누던 골목은 없고 길은 온통 자동차 세상이다.

정말이지 골목이 없다고 하면 나의 기우인지 모르겠으나 골목이 없다. 마을 구석구석을 둘러봐도 폴폴 날리는 흙먼지가 사라지고 조무래기들의 아우성 대신 차량들의 소음뿐이다. 창들을 꼭꼭 닫고 얼굴을 붉히며 고성이 오고가는 풍경이 자주 눈에 띈다. 가파르게 디지털인의 삶으로 내몰리고 있어 나를 슬프게 한다.

마을은 이처럼 확연하게 달라졌고 지금도 변해가고 있지만 우리집 골목은 그런대로 골목길을 유지하고 있다. 비록 흙먼지가 폴폴 흩날리던 흙길에서 인터로킹으로 포장되고 울퉁불퉁한 돌담이 헐리고 철쭉과 동백나무로 울타리를 했지만 골목길을 이어가고 있다. 골목이 유지되고 있음에 난 항상 고마워한다. 어릴 적 동무들을 만날 수 있기 때문이다. 골목은 언제나 조잘거리고 재잘거리던 개구쟁이들이 뛰어 놀고 있다. 해맑은 그들은 세상살이에 지친 나를 늘 위로한다. 가끔 그들은 어디서 어떻게 변했을까 하며 그들과의 아슴푸레한 기억이 떠올라 살며시 미소가 번진다.

세월 따라 빛바래진 골목길이 마음을 촉촉하게 적신다. 골목의 자태는 유지하고 있으나 점점 추억이 사라져가 내 마음을 안쓰럽게 한다. 더구나 도시계획상 도로가 지나가게 되어 언젠가 남아 있는 나무마저 잘리게 되어 있어 더욱 가슴이 아프다. 거기에다 동네 어린이 누구하나 찾지 않아 쓸쓸해 보인다. 동심을 키워오던 골목이 머지않아 사라질 것 같아 마음이 무겁기만 하다.

고목의 가지가 바람에 힘겨울수록 옛날 골목이 더 그립다. 나도 어느새 세월의 나이테가 쌓여 있음을 알겠다. 세상살이 바람에 휘둘리며 살아온 삶이 빛바랜 골목과 닮았다. 빠름과 쉬움만이 있는 디지털인의 삶을 좇다보니 가는 줄 모르게 젊음이 가고 오는 줄 모르게 머리에 하얀 눈이 쌓였다.

나이테가 쌓여갈수록 골목에 대한 그리움도 깊어간다. 때 묻지 않은 지난날의 추억이 고스란히 살아있는 곳이 골목이기 때문이다. 온 세상이 나의 것인 양 휘젓고 다니던 때가 가장 좋은 시절이었기에. 어쩌면 그 시절 동무들을 떠올리며 세상살이 바람에 찌든 외로움을 달래며 나이테는 늘어나는지도 모른다.

이젠 세상을 편하고 가볍게 걸어가고 싶다. 골목을 걸을 때처럼. 골목은 누구에게도 간섭 받지 않고 유유자적하며 걸어도 되고, 기웃기웃 걸어도 누구하나 탓할 사람도 없다. 그러기에 나이가 들어갈수록 골목만한 곳도 없을 것이다. 늙는다고 흉보지도 않고, 세상살이에 쫓아가지 못한다고 두려워하지 않아도 되는 곳이므로.

지천명을 넘어서며 나는 모든 것들을 쉬 잊어버리기 시작했지만, 아직도 골목길에서만은 추억이 새록새록 솟아난다. 늘 소중하고 아름다운 추억이 보석처럼 반짝거리며 웃고 있다. 한 걸음 한 걸음 옮길 때마다 내 삶의 체온이 느껴진다. 골목은 나의 어린 시절이 웃고 있고, 나의 젊은 시절 힘차게 걷던 발자국이 있으며, 재잘거리던 동무들의 소리가 끊이지 않아 추억이 빛나는 곳이다. 그러기에 나는 아직도 골목을 지키며 살 수 있어 행복하기만 하다.

광화문역의 아침햇살

첫차가 새벽을 연 광화문역 지하통로에 두 사내가 술잔을 기울이고 있다. 밤을 새운 모양이다. 날바닥에 널브러진 술병들이 말해주고 있다.

잠시 발걸음을 멈추고 그들을 바라본다.

지난 생(生)의 희망들이 다 빠져나가고 시커먼 손톱만이 그들의 이력을 말할 뿐 두 사내는 오가는 사람들에게 관심도 없다. 오로지 자기들만 있는 것처럼 술잔을 주고받는다. 곁을 지나는 사람들도 그들을 아랑곳하지 않고 새벽 열차를 타기 위해 분주히 오갈 뿐이다.

열차는 분주한 사람들만 내리고 싣고 간다. 분주한 사람에게만 하루를 허락한다. 두 사내는 하루를 잊었나 보다. 깨어진 꿈을 내뱉기만 한다. '가기도 잘도 간다, 서쪽나라로' 하는지도 모르겠다.

비록 삶이 어느 지점에서 돌아서더라도 노선을 따라 달리는 지하철처럼 꿈은 오늘을 믿어야 이루어지고, 오늘은 내일이 있어 아름다운 것이다. 그런데 두 사내는 현재에만 안주하며 생기 잃은 거친 손을 자랑한다. 그렇게 어디까지 갈지 모르나 술잔을 기울이며.

설령 오늘은 빗변의 삶일지라도 떠난 기차가 다시 오듯 돌아선 삶의 길도 오늘이 있어 따뜻한 것이다. 이 새벽 날바닥에서 술잔을 기울이는 그들. 어디에서 삶을 유턴했는지 모르나 오늘이 있음을 잊지 말았으면 하고 생각해본다.

지난 시절, 나도 얼마나 방황했던가. 장남으로 부모님 기대에 따라 가지 못한 자책감, 대학입시 실패로 인한 자격지심, 만성중이염으로 소리에 대한 불안감, 선생 아들로서의 모범……. 이런저런 일들로 스트레스만 쌓여 갔다.

그중에서도 특히나 나를 괴롭힌 것은 장남이라는 짐이었다.

장남은 태어나면서부터 이미 구속된다. 부모의 열정과 관심, 가문을 이어가야 한다는 막중한 책임감에서 벗어나지 못한다. 장남이기에 챙겨야할 것이 많다. 언제 어디서나 큰아들로서, 형으로서의 책임과 의무가 따른다. '형만 한 아우 없다'고 하며 구속 아닌 구속을 받아야 한다. 그렇기에 장남만이 가지는, 동생들은 알 수 없는 어려움을 장남은 달고 살아야 한다.

장남인 나는 부모님 기대에 부응하지 못했기 때문에 더욱 눈치를 봐야 했다. 조금이라도 잘못하면 가슴을 졸였고, 부모님께 내가 좋아하는 일, 하고 싶은 일, 하고 싶은 말을 한 번 제대로 꺼내 보지 못했다. 그러다 보니 내가 하고 싶은 말은 가슴 속에서만 맴돌았다. 내가 하고 싶은 일은 머릿속에서 상상의 날개를 펼치다 끝났다.

나에게 장남이라는 굴레는 족쇄이자 응어리였다. 어디로 숨을 수도, 도망갈 수도 없는 숙명이었다. 그렇다고 훌쩍 떠나 새로운 삶을 시작할 수도 없는, 그야말로 빼도 박도 못하는 장남인 내가 싫었다.

장남이란 자리가 나를 빗변의 삶으로 내몰았다. 겉으로만 맴돌았다. 자연히 세상을 향한 마음에 응어리가 맺히기만 했다. 차곡차곡

쌓이는 나무의 나이테처럼 응어리는 나의 가슴에 세월을 한 겹 한 겹 쌓아갔다.

나만의 응어리로 인한 현실과 고통을 어깨에 지고 겉으로는 웃지만 속으로 눈물을 삼켜야만 하는 내가 싫었다. 관습적 전통에서 벗어나려 부단히도 몸부림쳤다. 가슴에 응어리진 울분을 달래려 툭 하면 술잔을 기울였다. 술잔을 기울이다 보면 세상을 수평으로 볼 수 있고, 세상을 잊을 수 있었기 때문이다. 더불어 나의 인생을 싫어하고, 살아갈 만한 값어치가 없다고 주저리주저리 중얼거렸다. 그런 시절이 있었다.

그렇게 빗변의 삶을 쫓아가다 생명이 오가는 건강을 잃고 나서야 오늘이 소중함을 알았다. 나를 사랑해야 삶이 즐겁다는 것을 알게 된 것이다. 지난 시절을 생각하면 스스로가 참 가소롭기만 하다. 누구나 공기를 들이마시고, 빛을 보고, 비를 맞고, 바람소리를 듣는데 나만 그렇지 못하다며 방황하고, 통곡했으니 말이다.

세상은 평등하다. 불균형은 내가 만드는 것이다. 내 마음으로 세상을 보는 양면성 때문에 자기만 피해를 본다고 생각하고 스스로를 구속하는 것이다. 그러니 선과 악의 줄타기를 하지 말고, 삶을 비교하지 말아야 하루하루가 즐겁고 행복하지 않을까.

오늘이 온 줄도 모르고 술잔을 기울이는 저들. 무슨 사연, 어떤 줄타기, 무엇을 비교하다 시커면 손톱을 자랑하는지 모르지만 분명 그들도 오늘을 허락됐음을 알아야 한다. 그리고 자기 자신을 조금만 더 사랑하면 돌아선 삶도 아름다운 것이다.

지금 이 순간 술잔을 기울이고 있지만 오늘이 소중함을 알았으면 좋겠다. 그리하여 달리는 기차처럼 돌아선 삶을 치열하게 살았으면 한다. 아니 반드시 저 자리를 털고 일어날 것이다. 그런 믿음을 가지니 이제 추하게 보이지 않는다. 기적이 울린다. 나도 발걸음을 옮겨야겠다.

기적이 울리자 두 사내가 손을 마주 잡는다
오늘도 배식 한 끼에 햇살을 품고
돌아오는 밤 한뎃잠이어도
등 맞댈 동무가 있기에
내일은 열차를 타고 달릴 수 있어
서로가 내뱉고 내뱉는다
우리에게도 토끼 한 마리가 있다고
우리도 간다, 서쪽나라로

광화문역 지하통로에 비치는 아침햇살이 참, 따사롭다.

용서와 격려

용서와 격려는 받기는 쉽지만 먼저 하기는 어렵다. 용기 있는 사람만이 먼저 용서하고 격려한다. 용기는 삶을 활력 넘치게 한다. 그러기에 삶이 즐겁고 행복한 사람은 먼저 용서하고 격려를 하는 사람들이다.

나는 34년여의 직장생활을 하면서 내가 먼저 용서와 격려를 하기보다 먼저 많이 받았다. 특히 입사 후 7년쯤 되던 시절 사장의 용서와 격려는 나의 직장생활 34년을 버티게 했다.

직장생활을 하다 보면 얼굴을 붉히는 일이 많다. 동료 및 상사와 의견이 맞지 않아 충돌이 종종 생기기 때문이다. 나라고 예외는 아니다. 직선적인 성격이라 더욱 많았다. 그중에서도 가장 큰 사건은 뭐니뭐니 해도 사장 면전에 서류뭉치를 내던지고 일주일 동안 출근을 하지 않은 일이다. 그리고 사장에게

"네가 사장이면, 난 사장 할아버지다!"

라고 한 사건은 세월이 지나도 잊어지지 않으며 많은 것을 생각하게 한다.

내 나이 삼십대 중반, 직장에서 한창 활력이 넘치던 시기다. 그때에 토지매입 관계로 사장과 의견 충돌이 있었다. 끝내는 사장 면전에 서류를 던지고 회사를 박차고 나왔다. 젊은 혈기에 나의 자존심

이 무너지는 것을 용납하지 못하기에.

관광지 개발은 토지매입이 최우선이다. 그러다보니 토지매입에 모두가 예민할 수밖에 없다. 그날도 토지매입과 예산 문제로 사장이 다그쳤다. '토지매입은 가능하냐, 예산이 부족하지 않으냐, 토지를 매입 못하면 누가 책임질 거냐?' 며 일방적으로 몰아붙이기만 하자 젊은 혈기에 불뚝한 것이다.

사장하고 충돌로 사표를 냈지만 동료들의 위로와 격려에 일주일 만에 다시 출근을 했다. 그렇지만 호사다마랄까, 엎친 데 덮치다 라고 할까 또 사장에게 사고를 쳤다.

출근 후 2개월여가 지난 어느 날 내가 숙직을 할 때였다. 내가 먼저 퇴근 무렵에 저녁 식사를 하고 경비원을 식사하러 보냈다.

사무실의 모든 전기를 끄고 숙직실에 출입문을 등지고 반듯하게 누워 TV를 보며 한 30여분 지났을까 문 여는 소리가 들렸다. 물론 나는 경비원인 줄 알고 그대로 누운 상태에서 말했다.

"○○이가? 그리 빨리 저녁 먹고 왔나?"

"나야!"

"나가 누구야?"

"나, 사장이야!"

"사장? 웃기지 마! 사장 좋아하네. 네가 사장이면 난 사장 할아버지다! 장난하지 말고 누구야?"

재차 물으니 바로 옆에 와 서서

"나, 사장 맞아!"

그때야 쳐다보니, 어스름한 텔레비전 빛 속에서도 시커먼 눈썹에 툭 튀어나온 광대뼈는 분명 사장이었다. 그러니 얼마나 놀랐겠는 가! 부랴부랴 일어나 사무실 전기를 켜니 "근무 잘 해야지!" 하시 며 집무실로 가시는 사장의 모습이 저승사자가 따로 없었다.

나는 당황하고 안절부절 했지만, 어찌하겠는가. 쏟아진 물이요, 깨 어진 쪽박이 아닌가. 머릿속은 하얀데 눈앞은 별들이 왜 그리도 빨 리 뱅뱅 돌기만 했는지. 연달아 사장에게 대형 사고를 쳤으니 이제는 '정말 회사를 떠나야 하는구나!' 라는 생각뿐이었다.

다음 날 총무과장에게 사건의 전말을 이야기하고 처분만 기다렸 다. 하루가 지나고 이틀, 사흘이 가도 아무런 말이 없다. 그때는 사회 전반에 군사문화가 지배를 하고 있어 군 출신의 위력은 대단하던 때 였다. 사장은 육군 장군 출신으로 군에서 전역하고 바로 사장으로 부임하셔서 군대의 일상이 몸에서 떨어져 나가지 않았던 때이라 모 두가 어려워했다.

나는 태풍이 곧 닥치리라는 생각으로 일이 손에 잡히지 않았다. 그 렇게 사장에게 두 번이나 대형 사고를 쳤지만 사장의 말없는 용서로 그 사건은 그렇게 조용하게 넘어갔다.

삶은 선택이다. 매일 이것과 저것을 선택하며 일상을 보낸다. 선택 한 것에 실수가 있을 수도 있는 것이다. 잘못에 대한 용서를 하기가 쉽지 않다. 사람은 감정의 동물이고 자신이 우선이기 때문이다. 그러 기에 용서와 격려를 먼저 하는 사람은 참으로 대단한 것이다.

퇴임하면서 나에게 "중문단지는 자네 같은 사람이 필요하니 그만

두지 말고 자네가 끝까지 지켜야 하네!"라는 말을 하며 등을 두드려
주실 때 콧잔등이 시큰했었던 기억이 어제 일처럼 떠오른다. 아마도
지금까지 회사를 다닐 수가 있었던 것은 그때 사장이 나에게 한 무
언의 용서와 격려가 있었기 때문이라 생각된다.

　나는 사장과의 사건으로 용서와 격려가 무엇인지도 알게 되었다.
그로인해 울근불근하는 나의 성질도 많이 변했음은 두말할 나위도
없다. 내가 먼저 용서해야 나도 용서를 받는다는 것을 가르쳐 주신
고마운 분. 그 고마우신 분은 건강하게 지내고 계시는지, 연락도 못
드려 죄송한 마음뿐이다.

겨울억새

겨울 찬바람이 조금 불던 어느 날, 길을 걷다 억새를 만났다.

이제, 비울 것은 다 비우고 낮은 바람만 노니는 휑뎅그렁한 겨울들녘. 풍요로웠던 지난 가을이 비우고 돌아간 자리에 겨울억새가 지키고 있는 것이다.

겨울 내내 칼바람만 노니는 들녘에 삭정이가 되어서도 홀로 쓰러지지 않으려 애쓰는 억새를 보니 그대로 가슴에 잔물결이 일렁인다.

찬란했던 지난 가을, 겨울은 오지 않으리라 하며 하얀 숨결만 토하다 칼바람에 맞서 땅 밑으로 뿌리를 깊게 박는 겨울억새. 그 속으로 들어가 바람에 맞선 이야기를 듣는다.

비우지 못한 죄가 크다 한다. 가슴 시리는 아픔으로 온몸이 삭아들지만 땅 위에 서 있는 이 순간이 아름답다 한다.

너무 쉽게 보냈나 보다
홀로 남은 빈자리
잔바람에도 흔들리며
사랑에 배고파하고 있다

너무 쉽게 단념했나 보다

어느 날 가슴에 맺힌 하얀

덩어리 토해내고 눈물도 마른

너는 지금도

그리움에 목말라 하고 있다

갈려면 흔적 없이 갈 것이지

모퉁이 돌면 붙잡을 수 있을 것 같은

멀리도 아닌 눈 앞 언저리 바로, 거기서

언제나 그쯤에서 가슴을 울렁거리게 하는

너의 잔영에

그리움 놓지 못해

왼 종일 에돌아 싸돌고

온 밤을 애달아 날밤을 새우던

무모한 시절

너로 인해 떨던 날들을

어찌 잊으랴 남모를

그리움으로 채우며 산다는 것이

이리도 가슴이 아릴 줄이야

홀로 사랑하며 산다는 것이

이리도 힘겨울 줄이야

겨울 억새 위로 내리는

햇살이 한 방울 눈물로 반짝인다.

겨울억새가 애잔하면서도 늠름하게 서서 겨울바람을 품어버리고
있다. 빙긋이 침묵의 미소를 지으며. 혹한의 두려움을 묵묵히 견디는
저 인내의 아름다움!

눈길을 주는 곳마다, 발길 가는 곳마다 겨울억새가 찬바람에 떠는
나를 꼭 안아준다. 희망을 잃지 말라며. 걸어온 길 후회하지 말라며.
그리고 지금 이 순간의 나를 사랑하라 한다. 세상살이 바람은 누구
때문에 아니라 나로 인해 생기는 것이라고 겨울억새가 조용히 말해
준다.

절망하지 않으리라. 분노하지 않으리라.

살아오며 좋고 싫음, 즐거움과 고통, 기쁨과 슬픔, 만남과 이별은
내가 만든 것이기에. 비우리라. 원망하던 나의 마음을.

겨울억새의 소리를 들으며 나는 겨울 거리를 걸어간다. 발걸음이
한결 가볍다. 성큼 다가오는 봄은 겨울억새가 있어서 더욱 아름다울
것이다.

또 한 해를 보내며

2009년 한 해의 끝자락이 바로 코앞이다. 바람이 모퉁이 돌듯 그렇게 잽싸게 마지막 모습이 사라지려고 한다. 매년 이맘때면 겪는 일이지만 올해는 아쉬움과 후회가 더욱 크기만 하다. 아무래도 처음으로 타향에서 한 해를 마감하기에 그런가 보다.

지난 일 년은 참, 대단한 한 해였다. 오십 중반에 오기까지 고향을 떠나지 않으리라 하며 살아오다 회사의 전출명령에 따라 서울로 이사를 해야 했다. 트럭 한 대에 나의 오십년 삶을 싣고 떠나온 타향살이. 오십 평생 고향의 아날로그 삶으로 살아오다 빠르게 내달려야 하는 도시의 디지털 생활로 변화는 내 삶을 송두리째 바꿔 놓았다. 인생 중반에 맞이한 타향살이는 버겁기만 한 게 사실이다.

고향에서 누리던 특권에 대한 상실감은 쉽사리 도시의 생활에 아직도 적응하지를 못하고 있다. 단독주택에서 아파트로, 출퇴근은 물론 움직일 때마다 교통은 무조건 지하철로, 늘 맡던 폴폴 날리는 흙냄새 풀냄새는 메케한 공기로, 늘 듣던 새소리는 차량을 비롯한 각종 소음으로 바뀌었다. 그러니 지난 한 해는 나에게 대단하다고 밖에 달리 말할 수밖에 없는 것이다.

거기에다 아내는 이사를 오자마자 양쪽 눈이 침침하다며 잘 안 보이는 망막질환으로 아직도 고생하고 있다. 처음에는 황당하기도 하고 막막하기만 했다. 그러잖아도 자신의 의지와는 상관없이 무조건 남편 따라 오십 평생 삶을 접고 고향을 떠나는 아내가 안쓰럽고 미안하기만 한데 잘 보지 못한다니!

병원에서 퇴원 후 집에만 있어야 하는 아내에게 살얼음판이 따로 없다. 물체가 흐릿하게 보이니 마음대로 움직일 수 없다. 그렇다고 도란도란 말할 친구들이 있나……. 더구나 복용하는 스테로이드 약 후유증으로 얼굴은 탱탱 부어오르고 속은 쓰리지. 복통으로 날밤을 세우기도 여러 번 했다. 아내가 말은 안 해도 그 심정 모르는 바 아니나 곁에서 내가 해 줄 수 있는 게 아무것도 없으니 나 또한 그저 답답할 수밖에. 그러기를 6개월이 지나서야 오른쪽 눈이 괜찮아지고, 지금은 왼쪽만 보는 것이 시원찮을 뿐 많이 나아졌다.

그동안 내가 퇴근해야 아내는 바깥 공기를 마실 수 있었다. 하루 종일 집안에 혼자 있는 아내를 생각하면 나도 이사 온 도시의 이곳 저곳을 살필 겨를이 없었음은 말할 필요도 없다. 아내의 손을 잡고 집 주변을 걸으며 눈이 나아도 손을 꼭 잡고 세상 속으로 걸어가리라 다짐하고 다짐하길 얼마나 했는지 모른다.

직장생활은 또 어떤가. 중문단지 개발현장에서 27년을 바람 불 듯 분주하게 움직이었다. 그러다 온종일 책상 앞에 앉아 있어야만 하니 얼마나 갑갑하지 않겠는가. 빌딩 속 사무실에서 둘러보는 주위 풍경은 모두 빌딩들뿐이라 하늘과 땅과 바다를 마음껏 보고 밟아온 나에게 더욱 답답하기에 충분하지 않겠는가. 더불어 끼리끼리 어울리는 본사의 직장 문화에 끼어들기가 어색하다보니 외롭기도 하다.

어찌했거나 오십 중반에 하는 객지 생활이 자유롭지 못한 것은 사실이다. 직장은 직장대로, 삶은 삶대로 이러저런 생각으로. 고향에는 팔순이신 부모님만 계시니 어찌하나 하는 생각에, 주인 없는 고향집은 온기를 잃어가기만 하니 먼지 쌓고 거미줄 늘어나는 걱정 따라 휭하니 눈이 들어가는 것은 객지생활의 순리가 아닐는지.

2009년은 공중에 떠있는 한 해가 되었다. 아파트는 22층에, 사무실은 11층에, 마음은 고향 하늘로 가 있으니 분명 공중에 뜬 한 해라 말할 수밖에 없지 않은가. 이래저래 지난 일 년은 들판에 외로이 서 있는 나무 한 그루 꼴이요, 꿔다 놓은 보릿자루가 따로 없다. .

그렇다고 신세타령만 할 수는 없다. 사람 사는 일이 마음대로 되는 것만은 아니기에 사는 것은 누구나가 다 거기서 거기라고 말하지를 않은가. 누구나가 어디에서나 다 그렇게 사는 것처럼 희로애락이 교차하는 일상 속에서 크고 작은 일에 웃고 아파하면서 그렇게 서울의 생활은 자리 잡아 가도록 한 해의 끝자락에서 다짐을 한다. 또한 2010년 희망찬 새해가 나를 더욱 사랑하게 할 것을 꿈꾸면서……

이제 떠나야 할 때

며칠 전 정년퇴직 통지서를 받았다.

만감이 교차했다. 자부심과 안도감, 서운함으로. 생각은 하고 있었지만, 막상 통지서를 받고 보니 감정이 교차하는 것을 어찌할 수 없었다. 그날은 밤잠도 설쳤다. 그렇지만 곧 마음을 추슬렀다.

통지서는 나를 당당하게 한다. 입사할 때 임명장은 누구나가 받지만, 정년퇴직 통지서는 누구나 받을 수 있는 것이 아니기 때문이다. 그러기에 오랜 세월 나에게 한 길을 걸을 수 있도록 해 준 회사가 고마울 뿐이다.

3개월 후 6월 30일이면 나의 34년 9개월이란 관광공사 여행이 끝난다. 그 오랜 세월 동안 난 중문단지만 바라봤다. 그동안 중문단지는 나의 삶의 터전이 아니라 나의 전부였다. 중문단지를 품에 안고, 중문단지를 노래하고, 중문단지와 함께 춤을 추었다. 참으로 소중하고 아름다운 시간들이었다.

운명인지 모르지만 입사하여 중문단지에 첫발을 내딛는 순간 아, 하는 신음 소리를 냈던 기억이 지금도 생생하다. 내가 있고 싶고, 하고 싶은 일이 중문단지 개발에 전부 있음을 직감했던 것이다. 여러 차례 타부서로 전출도 거부하여 사장에게 항명이란 소리를 들었지만, 내가 필요한 곳, 내가 진정으로 회사에 기여할 수 있는 곳인 중문단지에 그대로 있게 해달라고 하여 관철시키며 30년을 중문단지와 호흡을 같이 했다.

어쩔 수 없이 중문단지를 떠나 근무한 면세점, 교육원, 본사 근무는 오랜 기간도 아니었고 중문단지에 나의 열정을 더욱 쏟기 위한 길이 됐다. 그처럼 난 중문단지에 미쳤다. 늘 어디에서나 나는 중문단지와 항상 호흡하길 원했다. 몇 년 간 그곳을 떠날 때도 있었지만 난 항상 중문단지로 돌아가려고 했고 돌아왔다.

그렇게 중문단지에 내 젊음과 열정을 쏟아 결국은 제주지사장으로 근무하면서 2008년 8월에 중문단지 개발 사업을 조성계획상 완료시켰다. 관광공사의 중문단지 개발 사업을 30년 만에 대단원의 막을 내리도록 한 것이다.

지사장으로 발령과 동시에 11년간 미분양된 중문단지 토지 485,402㎡(145,000평)를 매각하기 위해 투자의향이 있는 기업들을 직접 방문하며 투자권유와 협상했던 일이 떠오른다. 발품을 파는 나를 보며 신선하다는 말을 하기도 하고, 엇갈리는 의견으로 얼굴을 붉히기도 했다. 결국 2006년 12월 26일 (주)부영에 미 분양된 토지를 분양하여 중문단지 민자 유치 사업을 완료했다. 매각대금 1,426억 원은 관광공사 창립 이래 단일 거래로는 최대 규모여서 커다란 이슈가 되기도 했다.

뿐만 아니라 중문단지 숙원사업이던 단지진입로 2차선 450m를 제주도와 공동으로 사업을 하기 위해 제주도를 설득하여 제주도가 3억 3천만 원을 투자하여 2008년 8월에 4차선으로 확장하여 기반시설 공사도 마무리했다. 이처럼 민자 시설부지 분양 및 기반시설 완료로 사업시행자인 관광공사의 중문단지 개발 사업은 30년 만에 마무리하게 되었으며 내가 중문단지에 봉사한 최고의 기억으로 남게 되었다.

34년, 그 길을 걸어오는 동안 남들보다 실력이 뛰어난 것도 아니고, 가진 것은 신용과 정직뿐이었기에, 항상 최고 보다는 현재 주어진 일에 최선을 다하며 여기까지 오게 되었고, 포기할 줄 모르는 정신력과 인내로 오늘의 중문단지를 지켜보게 되었다. 끊임 없이 흐르는 물이 바다를 이루는 것처럼 최선을 다하는 열정으로 젊음을 바칠 기회를 준 회사와 동료, 선후배가 고맙기만 하다. 아울러 이 길을 걸어오는 동안 내가 한 말과 행동으로 상처를 받은 모두에게 미안함을 전하며 염치없이 용서를 구하기도 한다.

창밖으로 보는 중문단지가 오늘 따라 더욱 아름답다. 시원하게 뚫린 도로 따라 하늘로 솟아오른 야자수들이 바람결 따라 춤추고, 그 사이사이로 호텔들이 숨바꼭질 하듯 시야를 놀린다. 그 너머로 보이는 바다는 하늘인지 바다인지 구분이 안 된다. 햇살 따라 바다가 파란색이면 하늘이 파란색이고, 바다가 회색이면 하늘이 회색이 된다. 이 세상 모든 색의 동체대비가 만들어내는 아름다움을 보여준다.

오늘의 중문단지가 있기까지는 많은 사람들이 희생과 열정이 있었기 때문이다. 물론 나도 그 대열에 참여할 수 있어 무한한 자긍심과 자부심을 갖고 있다. 더구나 단지개발과 동시에 입사하여 지금까지 중문단지에 남아있는 사람은 나뿐이기에 더욱 그렇다. 곧 중문단지

개발 34년이 내 인생이며, 관광공사와 함께한 내 인생 34년이 중문단지 역사이기도 하다.

이제 나에게 또 다른 세상 속으로 걸어가야 할 때가 왔다. 34년의 시간 동안 내 가슴에 심어준 중문단지의 바람, 바다, 돌 풍경들과 관광공사인들의 정을 어디에 묻어 두고 떠나야할지 막막하기도 하다.

걸어온 길을 돌아본다. 크고 작은 일에 웃고 울던 일. 파도치고 바람 부는 날이 어디 한두 번이었겠는가. 크고 작은 상처 없는 삶은 없다. 사는 일이 다 그러하거늘. 사연들을 가슴에 묻지 말고 추억으로 간직하자. 살다 생각나면 꺼낼 수 있도록. 그러면 언젠가 먼 훗날에 다시 한 번 누군가를 보고 이유를 알 수 없는 그리움이 싹틀 때 그때는 분명 알아차릴 것이다. 지난 시절 관광공사에서 함께한 사람이라는 것을……

이제 함께한 긴 시간을 접으면서 관광공사인들에게 내가 전해 줄 수 있는 것이 무엇일까 가슴 아프게 며칠을 찾아보아도 미련한 탓에 마땅히 전할 게 없다. 그냥 나의 전부였던 중문단지를 전해주고 싶다. 그리고 함께한 모든 시간들도 같이…… 함께해서 참, 행복한 시간이었다.

바람은 어제나 그 길에서

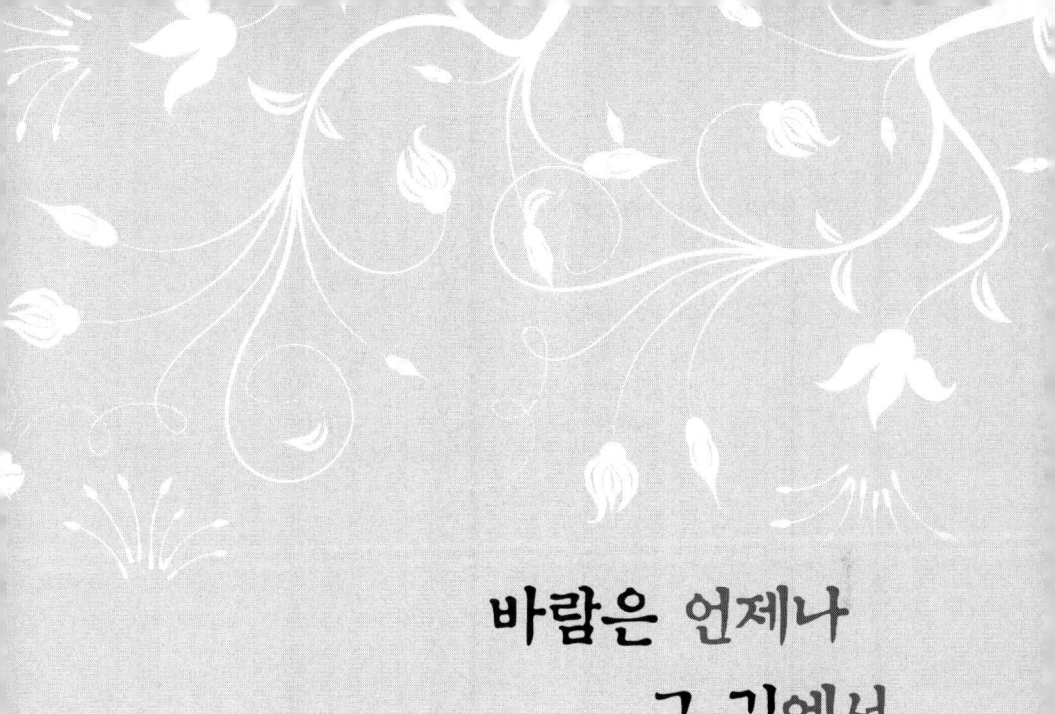

바람은 언제나
그 길에서

30년 재직 기념패

오후의 전화 한 통화가 지나온 세월을 파도치게 한다.

'안녕하세요, 인재개발팀 ○○○대리입니다.'

'이번 창립기념식 때 30년 재직 기념패를 대표로 받으시기 바랍니다.'

'알았어요. 그렇게 할게요!'

전화기를 내려놓으며 30년이라 중얼거렸다. 이미 눈과 머리는 아득한 세월의 저쪽을 찾아 달려갔다.

회사에 첫 출근하던 날 그때는 풍요로움을 안겨주는 가을이었다. 하지만 바람이 거세게 불어 전신주를 타고 우는 바람 소리가 을씨년스럽고 허허 벌판에 가건물 2동만 덩그렁하게 있어 사무실은 황량하기만 했다. 여기서……? 하며 발을 들여 놓았는데 벌써 30년이란 세월이 흘렀다.

첫 출근한 곳은 중문관광단지를 개발·관리하는 국제관광공사 중문개발사업소였다. 사업소는 단지를 개발하기 위해 현장에 사무실을 개소하여 5개월이 된 때였다. 그러니 사무실에서 아무리 눈을 씻으며 봐도 지평선이 닿는 곳 까지는 논과 밭, 바다뿐이었다.

그랬던 곳이 30년이 흐른 지금, 중문개발사업소는 한국관광공사 제주지사로 명칭도 변했고, 황량하기만 하던 논과 밭은 울창한 아열대 수림으로 장식된 길이 쭉 뻗었다. 그 길가 곳곳에 호텔, 골프장과 관광시설들이 에메랄드 바다를 배경으로 아열대 수림과 조화를 이루어 이국적인 풍광으로 관광객들을 유혹하고 있다. 여기가 우리나라인지 외국인지 혼란스러움에 빠져들게 한다.

생각해보면 중문단지는 내 젊음과 청춘을 다 바친 곳이다. 20대 후반에 개발 현장에 발을 들여 놓아 오십대 중반에 이르렀으니 내 직장 생활의 전부를 바쳤다. 물론 중간에 면세점 근무, 관광교육원 근무를 했지만 4년이 안 된다.

계약직(당시는 임시고용원)으로 입사해 한걸음씩 나가 마침내 제주지사장으로 중문단지 개발·관리를 총괄하다 2008년 12월 15일 본사로 전출되기까지 27년을 중문단지와 함께 했다. 오늘날의 중문단지가 있기까지 내 땀과 열정도 한 몫을 했다고 자부한다.

제주지사장으로 부임하여 무려 십 일 년 동안이나 분양이 되지 않고 있던 민자 시설 부지 481,696㎡을 일괄분양 완료하여 중문단지 조성 사업을 기능상 완료시켰다. 또한 개발초기에 개설된 2차선 단지 진입로를 4차선으로 확장하였다. 이 진입로 확장 공사가 완료됨에 따라 비로소 단지개발 30년 만에 개발사업의 대단원의 막을 내리게 됐다. 이제 중문단지는 일부 민자 시설들이 건설하는 문제만 남았다. 이처럼 개발초기에 입사하여 개발 사업 준공 완료 시점에 이르기까지 외길을 걸어 왔다.

30년이란 긴 세월을 근무할 수 있게 된 데에는 관광공사 자회사 시절 사장의 배려가 있었기 때문이다. 당시 중문개발사업소는 중문관광개발본부로 조직이 개편되었다가 관광공사 자회사인 제주관광개발공사로 바뀌었다. 나는 자회사로 소속이 변경되고 근무했다. 그렇게 환경이 변하고 근무하던 어느 날 사장과 부딪쳐 그에게 서류뭉치를 내던졌다. 예비역 장군인 사장에게 모두가 쩔쩔매던 때라 나의 돌발 행동에 직원들은 놀라기만 했었다. 그때는 5공화국 군사정권 시절, 사회 전반에 군사문화가 주류를 이루던 때라 장군 출신인 사장에게 그런 행동을 하리라고는 누구도 예상하지 못했기 때문이다.

뿐만 아니라 그 사건이 일어난 두어 달 후 또 일을 저질렀다. 숙직을 하다 사장이 온 줄도 모르고 드러누워 TV를 보다가 '누구냐'며 '네가 사장이면 나는 사장 할아버지다!' 하는 사고를 친 것이다. 당황하던 그때를 생각하면 지금도 입가에 미소가 번진다.

연달아 사장에게 대형 사고를 쳤지만 징계한번 없이 근무를 했다. 사장은 나의 잘못을 덮어 주시고 묵묵히 격려해 주신 분이었다. 그러다 회사가 통합되면서 사장이 떠나던 날 '중문단지는 자네 같은 사람이 필요하니 그만두지 말고 자네가 끝까지 지켜야 해!' 하며 등을 쓰다듬어 주셨다. 그만 두고 싶을 때, 외롭고 힘들 때 마다 '자네가 끝까지 지켜야한다' 는 사장의 말을 떠올리며 이 날까지 열심히 했다.

이제 나는 자신 있게 사장을 만나면 그 약속을 지켰다고 당당하게 말 할 수 있게 됐다. 그리고 30년 직장 생활을 하게 된 것에 대해 고맙고 감사하다고 말씀 드릴 수 있다. 반면 사장에게 그동안 안부 전화 한번 드리지 못한 내 자신이 참 부끄럽기도 하다.

30년 직장 생활에 애환이 없으랴. 혈기왕성한 26세에 입사하여 56세에 이르렀으니, 그 세월에 걸맞게 애환이 지워도 다 지울 수 없고, 쓸어도 다 쓸어 낼 수 없을 것 같다. 써 내려가도 한이 없겠다. 내 얼굴의 자글자글한 주름살이 말해주고 있으며, 센 머리가 그것을 확인해줄 뿐이다.

그래도 내 직장생활에 중문단지라는 걸작품이 있어 행복하다. 나의 분신, 내 청춘의 산물인 중문단지! 내가 살아 있는 한 중문단지는 나랑 숨쉬기를 같이할 수 있어 좋다. 비록 지금은 회사의 전출 명령에 따라 나의 분신이나 다름없는 중문단지를 떠나 본사에 근무하고 있지만 중문단지에 대한 자긍심만은 누구 못지않다.

지나온 30년 세월 속에 가슴 아픈 일은 뭐니 뭐니 해도 아내를 외롭고 슬프게 한 일이다. 입사하여 2년 후에 결혼한 나는 젊음과 열정, 시간을 중문단지에 다 바쳤다. 그런 나를 지켜보며 묵묵히 가정을 꾸려온 아내에게 미안할 뿐이다. 그것도 부족했는지 지금은 타향살이로 고통을 주고 있다. 나를 따라 50년을 살아온 고향을 떠나 서울로 이사 온 아내. 오십대 중반의 나이에 물설고 낯 선 곳에서 생활이 왜 아니 불편하겠는가. 거기에다 이사를 오자마자 망막질환으로 눈이 잘 보이지 않아 고생하고 있다. 병명은 정확히 알 수 없으나 6개월 이상 장기 투약으로 치료를 해야 된다나…….

시야가 흐릿하니 얼마나 답답하랴. 그리고 스테로이드 성분인 약으로 얼굴을 비롯해 온 몸이 붓고 속이 쓰리는 부작용에 시달리는 고통을 어떻게 하랴. 그런 아내를 보며 내가 해 줄 수 있는 게 아무

것도 없다는 게 몹시 안쓰러울 뿐이다.

30년 직장 생활을 할 수 있었던 것은 아내가 나를 지켜 주었기에 가능했다. 그런 아내가 지금 극심한 고통을 받고 있다. 생전 처음 하는 객지 생활과 망막질환으로 이중의 고통에 시달리고 있다. 30년 재직 기념패가 회사에서 나를 위로 하지만 아내에게 나는 무엇으로 위로하고 그 고통을 덜어야 할지 가슴이 갑갑하기만 하다. 정년이 몇 년 안 남았지, 고향을 떠났지, 아내의 망막질환은 오래가지…….

스무 살, 가장 아름다운 시절

우리에게 스무 살은 인생에 가장 아름다운 때다. 아름답고 순수하고 열정이 넘치고 첫사랑이 가슴을 설레게 하던 시절이다. 누구나 지금도 스무 살 하면 가슴이 콩콩 뛸 것이다.

스무 살 가장 찬란한 나이. 하지만 나의 스무 살은 아프고 어둡기만 했다. 순수하지도 행복하지도 촉망받지도 못했다. 대학입학 실패에서 오는 씁쓸함을 곱씹으며 방황하고 자학하며 고민에 빠지기만 하던 때였다.

모든 것을 잃은 것만 같았다. 낭창낭창한 10대 시절 꿈꾸던 스무 살의 장밋빛 꿈이 물거품 되면서 나의 스무 살은 폐허가 되었다. 세상이 나에게 손가락질 하는 것만 같고 조소하는 것만 같았다.

우리나라 최고의 명문대학교인 S대 대학생이 된 친구를 보면 너는 최고의 지성인이고 나는 저 밑바닥 인생이니 우리 어울리지도 않네 하며 비아냥거렸다. 자조와 자학이 앞서기만 했다. 대학생 동창들을 보면 한없이 작아지고 주눅 들었다. 혼자인 때는 그들이 부럽고 나는 초라하기만 하고 번민에만 빠지며 고통의 뿌리만 내 가슴 속 깊이 내리기에 바빴다.

그렇게 수렁에 빠져 들어가면서도 난 부모님의 맥 빠진 모습이 견딜 수가 없었다. 부모님만 보면 가슴이 두근거리고 쥐구멍만 찾는 심정이었다. 장남으로 부모님의 기대가 컸었는데 인생 출발 선상에서 실패했으니 그 절망, 그 고통으로 부모님의 삶의 비애가 얼마나 컸을까. 그 가슴이 얼마나 타 들어갔을까.

말 하건데, 그때는 부모님이 나로 인해 주위 시선에 의기소침하며 작아지는 모습을 생각하지도 못했다. 어느 하나 부러울 것 없던 부모님이 나 때문에 기를 펴지 못하고 가슴 조이며 사는 것에 전혀 개의치 않았다. 오로지 나를 폐쇄하기에 골몰했을 뿐이다.

나이 들어 자식을 키우다 보니 그때의 부모님 심정을 헤아릴 수 있게 됐다. 부모는 늘 자식에 대한 연민의 정을 안고 살아야 하며 그로 인해 작아진다는 것을.

엎친 데 덮친다고 할까. 어릴 적부터 앓던 중이염으로 말을 듣기가 거북했다. 소리가 멀어져가니 세상이 나를 완전히 거부하는 것으로만 생각됐다. 세상이 점점 싫어지기만 했다. 나 혼자만 있는데서 자주 소리 죽여 울었다. 그처럼 세상을 비관적으로만 보다 보니 난 염세주의자가 되고 허무주의자가 되어 버렸다.

그렇게 실패와 병마에 시달리면서도 그나마 나에게 위안이 되었던 것은 어린 시절부터 좋아하던 책이었다. 닥치는 대로 읽었다. 그리고 책 속의 주인공이 되어 현실을 외면하며 스무 살은 익어만 갔다.

어쨌거나 긴 방황을 하던 스무 살 겨울 어느 날 아침, 하얀 눈이 소복이 쌓인 세상을 보던 나에게 거짓말처럼 세상의 따뜻함이 가슴에 전해졌다. 알 수 없는 전율로 몸을 부르르 떨었다. 순간 나도 세상을 향해 팔을 벌릴 수 있음을 알았다. 덩달아 눈물을 떨어뜨렸다.

그렇게 스무 살을 보냈다.

지금은 까마득한 옛날로만 느껴지는 스무 살이 있었다. 그때가 있었기에 오늘도 나는 삶에 더욱 충실하려고 애쓴다. 그때가 있었기에 삶은 언제나 바로 오늘, 지금 이 순간에 최선을 다하는 것이라는 것을 알았기 때문이다.

고백하건데, 그때 내 자신을 사랑하지 못했던 걸 후회한다. 나를 사랑했더라면 삶을 좀 더 치열하게 살았을 걸 하며 가슴을 친다. 치열하게 사는 삶이 후회가 적은 것이다. 삶은 지식이 아니라 지혜가 중요한 것인데 왜 그리 지식에 얽매였는지. 뭐가 대단하다고, 뭐가 억울하다고 그리도 방황하고 저주했는지 지금도 생각하면 씁쓸한 웃음만 나온다.

누구에게나 아름다운 스무 살. 하지만 내게는 가장 아름답다던 스무 살 그때, 나는 방황하고, 부딪히고, 여기저기 상처받느라 내 일생에 가장 아름다운 때인 줄도 몰랐다. 비록 어리석고 어설픔으로 인해 방황하고 고통 받았지만, 그래도 나의 스무 살은 일생에 가장 아름답게 살아 숨 쉬고 있다. 아픔만큼 성숙한다고 고통의 스무 살이 있었기에 삶은 깊어지고 자란만큼 나를 사랑하게 된 것이다. 이처럼 인생에는 때때로 고통과 절망이 있어 더욱 아름다운 것들이 있다.

나를 사랑할 수 있다는 것처럼 인생에 아름다운 것은 없으리라. 나에게 아픈 스무 살이 있었기에 나는 오늘도 삶을 사랑할 수 있어 즐겁기만 하다. 결국 삶은 내 자신을 얼마나, 어떻게 사랑하느냐에 달려 있는 것이 아니겠는가.

올바르게 선 긋는 마음과 자세

우리가 살면서 순수하게만 살 수 있다면 얼마나 좋을까. 세상 바람에 흔들리지 않으며 평화로운 마음을 잃지 않고 살 수만 있다면 이보다 더한 즐거움과 행복은 없으리라.

세상은 그러한 꿈을 쉽게 허락하지 않는다. 살면서 누구나가 유혹의 바람에 부딪치고 쉽게 무너지곤 한다. 혼자만 살 수 없기에 유혹의 바람에 약할 수밖에 없다. 언론에 각종 비리 사건들이 보도되는 것을 볼 때마다 나도 가끔 실소를 금할 수 없는 사건이 떠오른다.

몇 년 전이다. 직장 동료가 비리 사건으로 조사를 받던 어느 날, 모 중앙 TV 기자가 내게 들이닥쳤다. 다짜고짜 '술자리를 몇 번 했다고 들었다, 금품 수수가 있지 않았느냐?'며 들이대는 게 아닌가. 나는 '누가 그러더냐! 당장 그 사람을 데려와라. 나는 술을 안 마시는데 술자리라니! 사람을 망신시켜도 유분수지, 누구냐 데려와라!' 하며 정면으로 쏟아 부었다.

나를 도매 값에 묻어가려고 밀어 붙이는 행태에 분노가 치밀고 어의가 없었다. 물론 기자는 당당한 내 모습에 아무런 말도 못하고 사무실을 나갔고 나는 그 후부터 그 방송국 TV는 거의 시청을 하지 않는다. 내가 당당할 수 있었던 건 직장에 첫발을 내딛을 때 항상 올바르게 선을 긋는 마음과 자세로 직장 생활을 하리라 맹세 했던 것을 지켜 왔기 때문이다.

내게도 유혹의 바람은 많았다. 관광단지 개발 현장에 근무했기에 늘 유혹의 바람이 따라 다녔다. 공사 업체는 물론 각종 이권을 노리는 사람들이 수시로 나에게 접근을 시도했다.

직장의 상사도 관리를 잘 하라고 몇 번 메시지를 줬지만 한 눈 팔지 않고 주어진 일에만 최선을 다하며 걸어왔다. 그러다 보니 나에게는 냉정하다, 원칙주의자라는 꼬리표가 붙었고 간혹 조롱하는 느낌을 받곤 했다. 그래도 전혀 개의치 않고 내게 주어진 책임과 의무에 최선을 다 했을 뿐이다. 지금 생각해도 그렇게 할 수 있었던 내 자신이 대견스럽기만 하다.

'선배님, 잘 계시죠?'

'야, 오랜만이구나! 그래 잘 있지!'

'저도 엊그제 입사한 것 같은데 벌써 20년이 지났습니다. 입사초기 선배님이 한 달 동안 선만 그으라고 했던 것이 아직도 눈에 선합니다. 그때 선을 올바르게 그어야 정직한 자세로 직장생활을 할 수 있다는 말은 제 직장생활뿐만 아니라 삶의 좌우명이 되었습니다.'

어제 오후에 해외지사에 근무하는 K가 전화로 소식을 전해왔다.

살며 살아갈수록 소식을 받을 수 있다는 게 즐겁고 행복한 것임을 안다. 누군가에게 기억이 된다는 게 얼마나 소중한 것인지를 나이가 들어 갈수록 깊어간다. 내게 K는 그중 한 사람이다. 입사 초기 한 달 동안 선만 그으라며 야멸치게 대했는데도 살면서 도움이 되고 있다며 고마워하고 있다. K를 생각할 때마다 내 직장 생활도 실패는 하지 않았구나 생각이 든다.

올바르게 선을 긋는다는 건 내 직장 생활에 가장 큰 철칙이다. 나는 후배들에게 종종 선을 그어보라고 했다. '선을 바르게 긋는 사람만이 정직한 직장 생활을 할 수 있으며, 비틀어지게 선 긋는 사람은 이해관계를 중심으로 생각하고 행동하니 갈등이 끓이질 않아 직장 생활을 오래 못한다. 뿐만 아니라 유혹에 쉽게 넘어가리라.' 하면서. 나의 이런 지론 때문에 끝내는 K에게 그런 훈련을 시켰던 것이다.

나의 이런 원칙은 가정에서도 마찬가지다. 그 원칙 때문에 가족들은 풍족하지를 못했다. 빚지지 말자며 단지 월급으로만 생활하며 제주도에서 아들과 딸을 서울로 보내 대학 공부를 시키다 보니 흡족할 수가 없었다. 조금은 힘들더라도 월급에 맞춰 살림살이를 해온 아내가 고마울 뿐이다. 평소에도 우리는 마음이 부자라라며 어려운 때마다 위로하며 살아왔다. 삶이 조금은 괴롭더라도 떳떳하게 사는 게 소중하다고 서로가 다독였다.

나는 지인들에게 '살아서도 땅 한 평, 죽어서도 땅 한 평 없다.' 라고 말한다. 단지 월급으로만 살며 오십 중반에 이른 우리 부부는 우리 이름으로 된 땅 한 평 가져 보지를 못했다. 아울러 죽으면 무덤을 쓰지 않을 것이므로 자연히 땅 한 평 갖지를 않기 때문이라고 설명을 하면 그래도 그렇지 고개를 흔들면서도 수긍을 한다.

순간은 힘들었는지 모르지만 마음은 편하게 살아왔다. 매달 회사에서 주는 월급이 소중하고 행복하기만 하였다. 채우지는 못하더라도 나눌 수는 있기에 뿌듯했다. 가족들이 흡족하지는 못했지만 따뜻한 햇살을 볼 수 있고 한 줄기 바람에도 시원함을 느낄 수 있었기 때문이다.

행복은 멀리 있는 게 아니다. 저울질 하지 말고 사소한 것이라도 최선을 다 할 수 있다면 곧 행복한 삶이라 말 할 수 있겠다. 내가 누리는 것들이 남들보다 부족해도 가치를 부여하고 만족하면 행복한 것이다. 자신만의 기준을 세워 최선을 다하면 그 삶은 아름답다 말하지 않겠는가. 그러니 자신의 모습을 비교하고 부끄러워할 필요가 없는 것이다.

내 모습을 생각하니 들판에 외로이 서 있는 한 그루 나무가 떠오른다. 새들도 금방 날아 가버리고 비바람에 흔들리며 홀로 세월을 안고 있는 나무를. 외로울지언정 하늘을 바치며 땅을 품고 있으니 그 모습이 올바르게 선 긋는 마음과 자세를 선택한 나의 모습이 아니겠는가.

마당이 주는 즐거움

마당은 우리 집에서 가장 편안한 곳이다. 기분이 울적할 때나 마음이 답답할 때 나는 마당을 거닐거나 바라보기를 좋아한다. 그러다 보면 어느새 평온을 되찾고 평소의 모습으로 돌아온다. 마당은 그렇게 나에게 은근슬쩍 위안과 위로를 주는 곳이다. 오늘도 마당에 서니 오후 햇살이 더없는 편안함으로 다가온다. 햇살사이로 조금은 서툰 듯 쌓은 돌담과 푹 삭은 옛집이 고졸한 모습으로 안긴다.

내가 그렇게 좋아하는 우리 집 마당은 그리 크지도 작지도 않은 적당한 크기다. 각종 나무가 자태를 뽐내는 조금은 너른 텃밭의 가운데 자리 잡고 있어 마당은 숲 속에 있는 느낌을 주는 아늑한 곳이기도 하다.

그곳에서 지금까지 살아왔다. 오십 중반을 넘긴 지금, 마당은 내 인생에 삶의 지혜를 가르쳐준 곳으로 가슴속 깊이 뿌리를 내렸다. 어린 시절에는 그저 빈 공간으로만 받아들였는데 나이가 들어갈수록 단순한 공간으로가 아닌 삶의 길을 안내하는 곳으로 자리 잡았기 때문이다.

요즘 들어 마당을 보면서 더욱 고마움을 느낀다. 마당을 바라보는 즐거움이 나를 행복하게 하고 풍요로움이 부족하지도 넘치지도 않는다. 그렇게 된 것은 마당이 전해주는 삶의 지혜가 온전히 배어들었기 때문이라 생각된다.

　마당은 늘 나에게 욕심을 갖지 말라고 한다. 우리가 살아가면서 왜 욕심이 없겠는가. 살면서 의식주는 물론 부와 명예에 누구나가 욕심을 낸다. 그렇다고 욕심내는 대로 다 가질 수도 누릴 수도 없는 것이다. 원하는 것을 다 가지고 살 수 있으면 좋겠지만 마음은 끝이 없다. 채우고 또 채우고 어디까지가 다 가질 수 있는 것인지는 누구도 모른다. 오로지 소유하려는 것에만 매달릴 뿐이다.

　이처럼 욕심에 빠지는 것은 삶의 기준을 남과 맞추기 때문이다. 그러다보니 모든 것을 소유하고 자랑하려고 한다. 당연히 줄이기보다는 늘리기에만 급급할 뿐이다. 그럴수록 "혹시나" 하며 늘 마음이 불안해한다. 즉 욕심이 눈을 가려 채우기에만 집착하여 그런 것이다.

　조금은 덜 하더라도 만족할 줄 알아야 한다. 이것도 삶을 자신에게 맞추어야 가능하다. 사는 것은 누구나 마찬가지다. 흔히들 삶은 거기에서 거기라고 말한다. 그러기에 남의 시선에 얽매이지 말아야 한다. 쉬운 일이 아니다.

　나는 아직까지 땅 한 평 구하지도 구하려고도 않고 살아왔다. 매달 나오는 월급에 만족하고 더 바라지도 않았다. 내가 살아오면서 욕심 없이 살 수 있었던 건 다 마당 때문이다. 주어진 것에 만족하고, 있는 것에 만족하며 살아올 수 있었던 것은 마당이 가르쳐 준 비움 때문이다. 마당에서 자라고 살아온 나에게 자연스럽게 비움의 아름다움이 몸에 밴 것은 너무나 당연한 것이라고 생각된다.

　비움은 물질적으로 덜 풍족하더라도 마음을 편안하게 한다. 삶을 즐겁게 한다. 삶은 누구나가 고통과 미움, 즐거움과 슬픔, 증오와 원망을 나눈다. 그러니 늘 욕심을 덜어내는 비움의 자세가 필요한 것이다. 조금은 불편하더라도 여유를 갖는 마음이 중요하다.

나에게 비움의 정신을 부각시키는 마당은 그 어떤 곳보다도 시각적 평형상태를 유지하기에 좋은 곳이다. 더구나 비어있음은 한발자국 물러섬이다. 한발자국 물러섬은 손해를 보는 것으로 생각될지 모르나 결코 손해를 보는 것이 아니다. 한 발 물러설 줄 알면 타인에게 고마움과 감사를 받는다. 아름다운 삶을 사는 사람은 비어있음을 아는 사람일 것이다.

마당은 또한 조급해지려는 마음을 때로는 누긋하게 어루만져 주기도 한다. 디지털문화로 인해 현대인의 삶은 무척이나 바쁘다. 빠르고 정신이 없다. 빨리 가야만 같이 살 수 있는 세상이다. 빠르지 않으면 짜증을 내고 불평을 한다. 그러다보니 감성을 누릴 여유를 주지 않는다. 언제나 긴장의 연속이다.

이처럼 빠름이 유행인 현대를 살아가는 우리에게 가끔은 그 빠름에 적응하려는 절박감을 벗어나기 위한 곳이 필요하다. 나에게는 우리 집 마당이 그러한 곳이다. 늘 삶에 찌든 몸을 다독거려주고 반갑게 맞이하여 준다.

삶에 피곤한 몸과 마음을 훌훌 털어버리기에 좋은 시각적, 공간적 여유를 주는 마당을 나는 무엇보다도 좋아한다. 그래서 생각이 있으면 있는 대로, 없으면 없는 대로 그 마당을 바라보거나 걷기를 좋아한다. 그러면서 삶의 지혜를 배워간다.

오늘도 무언가를 놓으면 어색하고 조잡하여 추해지는 마당을 보면서 비움의 아름다움을 배운다. 있는 여백 그대로를 사랑하게 하는 마당의 공간이 더없이 좋기만 하다. 마당에 있으면 다툼이나 이기심, 욕심 같은 건 아주 하찮게 느껴진다. 갈등하게 만들었던 일들도 마당에서는 모두 씻겨 나간다. 그러니 뭔가 욕심이 느껴질 때 그것을 털어내려면 이보다 더 적합한 곳은 없다. 있는 그대로 풍성하고 풍요롭기에.

마음은 항상 낮은 곳을 향하여

무엇이든 소중히 여기는 사람이 아름답다.

요즘 사무실 주변의 가지치기한 나무들을 보면 가슴이 아프다. 마치 땅 위에 막대기를 세워 놓은 것 같아 가슴을 삭막하게 할뿐만 아니라 눈살을 찌푸리게 한다. 뭉텅뭉텅 아무렇게나 그냥 마구잡이로 나무를 잘랐다. 그 수세 좋던 나무들이 하루아침에 나무토막으로 전락해버린 것이다. 마침 일하는 사람이 있어 "왜 이렇게 나무를 잘랐느냐"고 물으니 "순이 나면 되지 않으냐"며 이상하다는 듯이 바라봐 더 이상 할 말을 잃어버렸다.

가지치기를 생각 없이 쉽게, 빨리 한 것을 보면서 지금 사회의 한 면을 보는 것 같아 씁쓸하기만 하다. 사회는 지금 디지털문화의 발달로 무엇이든 빨리만 외쳐대고 있다. 또한 목소리 큰 쪽이 손해를 보지 않은 현실에서 너나할 것 없이 큰소리를 낸다.

한쪽에선 우르르 군중심리에 휩쓸려 외쳐대고 그런가 하면 실의에 빠져 용기를 잃고 삶을 포기하여 머리가 혼란스럽기만 하다. 언제부터 우리 주변이 이렇게 이기주의가 널리 퍼졌는지 아리송하기만 하다. "우리"가 없고 "나"만 있다. 남이야 어떻든 오로지 자기의 이익만을 추구하는 성향이 두드러지고 있지 않은가.

한 직장에서 삶을 꾸려온 지도 벌써 30여 년이 됐다. 입사 초기에는 비정규직이라 사무실 청소와 잔심부름은 일상이었고 사무실 주변 잡초제거도 업무인양 하여 정신적, 육체적으로 피곤했다.

무엇보다도 나를 괴롭히는 것은 자존심과 피해의식이었다. "내가 이런 일을?" 하는 자존심은 물론, "네가 그런 일을 하니?" 하고 아는 얼굴들이 손가락질 하는 것만 같아 창피함에서 오는 피해의식이 나를 수시로 흔들었다. 그렇지만 동료들의 격려와 위로의 손길이 나를 버티게 했다. 시간이 흐르다 보니 어느덧 동료들의 손길은 우리라는 울타리로 더 없이 소중하게 내 가슴속에 뿌리 내렸다. 그들의 배려가 나의 피해의식을 봄눈 녹듯 하게 한 것이다.

그런데 지금 사회는 우리는 없고 나만 있는 것 같다. 자고 일어나면 내가 최고라고, 잘했다고 서로가 외쳐 되고 있지를 않은가. 그리고 자신의 신분이 상승되면 고개를 쳐들고 어깨에 힘을 주며 어렵던 시절을 잊어버린다. 우리가 있어 내가 있음을 잊어버리고 있다. 눈에 보이는 것만 쫓아가고 있는 것이다. 웬만큼 사소한 것은 마치 대범함을 자랑(?)하듯 그냥 지나친다. 모두가 겉만 보고 달리는 것 같다.

어디 그뿐인가. 모두가 힘들고 골치 아픈 것은 나 몰라라 하고, 쉽고 편한 것만 하려고 한다. 오로지 자신만을 과시하려는 지극히 타산적이고 이기주의가 이 시대를 풍미하고 있는 것이다.

시대상은 변하는 것이 틀림없다. 서글프고 참혹한 시대상이 있는가 하면 성취감에 도취되어 무력감에 빠진 시대상이 있으며, 너무 이상향만 추구하는 시대상도 있기 마련이다. 그 시대정신에 따라 시대상은 변천한다. 그렇지만 어떠한 시대가 오더라도 변하지 말아야 할 것은 작은 것에 대한 배려와 관심, 우리라는 울타리가 아닐까.

어려운 일은 피하고 싶고 힘든 길은 돌아가고 싶은 것이 인지상정이다. 사회의 신분상승이 최대의 삶의 목표인양 살아가는 요즘 사람들. 하루라도 빨리 그 상승을 꾀하기 위해 발버둥을 치고 요령을 터득하기 위해 분주하다. 무엇이든 대충하며 수지타산만 따진다. 그러니 위험하고 어렵고 힘든 것은 안중에도 없다. 툭하면 일자리가 없다, 자기들만 손해를 본다고 외쳐 댄다. 그런 사람들을 보면서, 쉽고 편리한 자신의 이익만 쫓아가는 지금의 사회문화를 보면서 생각나는 사람들이 있다.

산사람들이다. 산사람들은 시련과 맞서 싸우고 즐기는 사람들이다. 한발 한발 걸으며 올라 갈수록 고개를 숙이고 숨이 차고 고통이 클수록 정성을 다한다. 그러며 끝내는 정상에 올라 그 성취감에 만족한다. 올라갈수록 고개를 숙이는 산사람들이야 말로 낮은 곳에 마음을 여는 사람들이다. 지금 우리 주변은 함께 아우르며 한발 한발 서로가 격려하고 이끌며 정상을 향하는 산 사람들의 자세가 필요하다.

우리나라 어느 여류산악인에게 왜 산에 오르는가 묻자, 멋모를 땐 순전히 나 자신만을 위한 거였어요. 시련이니 도전이니 하는 말로 저를 포장했었죠. 그런데 언제부터 개인을 떠나 내가 사회에 어떤 일을 할 수 있는지를 자문하게 됐죠. 그래서 "몸은 높은 곳을 올라가지만 마음은 항상 사회 낮은 곳을 향하리라." 마음먹게 됐다는 그 여류산악인이 한 말이 한없이 가슴에 와 닿는다.

그렇다. 우리가 진정으로 필요한 것은 마음은 항상 낮은 곳을 향하여 있어야 한다는 것이다. 그리고 "우리"가 있으므로 "나"가 존재한다는 것을 잊지 말아야 한다는 것이다.

더불어 지나온 나의 일상을 돌아본다. 과연 낮은 곳을 향해 있었는지. 한 단계 한 단계 신분이 상승될 때마다 동료들에게 상처를 주지 않았는지. 내 말과 행동으로 고통을 주지 않았는지를. 살아오면서 상대방에게 실수와 잘못을 저질렀을 때 진정으로 사과를 했는지, 입사 초기 내가 받은 우리란 울타리를 세월이 흘러 내가 동료와 후배들에게 그 울타리가 되었는지도 생각해보니 자신이 없다. 가슴이 두근거리기만 한다. 낮은 곳을 향하지 못했다. 생각을 하면서도 행동으로 옮기지 못한 것은 용기가 없었기 때문이다.

30여년의 직장생활은 결코 짧지 않은 세월이었는데 참, 용기 없게 살아왔지만, 이제부터라도 내가 받은 것들을 돌려보낼 수 있는 용기를 갖도록 해야겠다. 그리고 내 주변의 낮은 곳에 관심을 가지며 일상을 보내는 것이 내가 누린 울타리를 더 넓게 하는 일일 것이다.

하여 변함없이 다정다감하게 말하고 껴안아 주는 사람이 자못 부럽다. 누구나 무엇이든 소중히 여기는 마음. 주변에 작은 것에도 관심과 애정을 갖고 열정을 다하는 사람. 어렵고 힘든 것도 귀찮아하지 않는 사람. 자신을 낮출 줄 아는 사람. 모두가 아름다운 사람들이다.

봄을 여는 길, '제주 올레'의 여운

　역시 제주의 봄은 바다로부터 먼저 왔다. 겨우내 울어 대던 파도가 언제 그랬느냐는 듯 울음을 멈추고 봄빛을 띠웠다. 쪽빛인가 하면 감청색으로 연두색으로, 흰색이 보이는가 싶더니 연초록색이 보이고, 하늘색인가 싶더니 짙푸른 색으로 변한다. 빛에 따라 색채대비는 더욱 두드러진다. 바다 색깔이 절묘하기만 하다. 푸른색 계통이 만들어 낼 수 있는 모든 색이 바다에서 만들어지며 봄은 나에게 안겼다.

　지난해 12월 전출명령에 따라 서울에 온 지 석 달여. 바다가 반갑다고 안아달라고 한다. 파란색도 아니며 감청색도 아닌 물결로 나를 유혹한다. 어서 오라고. 속으로 들어오라고. 같이 숨 쉬자며.

　더불어 물살들이 약간은 수줍은 듯 살그머니 고개를 숙이고 다가와 조약돌과 만나는 소리. '쏴, 쏴르르, 스르르……' 가슴이 시원하기만 했다. 짭조름한 소금기가 알맞게 밴 바닷바람이 오는 봄을 더욱 싱그럽게 하고 가끔은 비릿한 바다 내음이 코끝을 벌렁거리게 한다.

　그 바다 맞은쪽에선 싱그러운 봄 들판이 두 팔을 벌리고 품안으로 들어오라고 재촉한다. 이름 모를 풀꽃들이 앙증맞게 봄을 즐기고 있는가 하면, 여기저기서 새 생명을 탄생시키려고 나뭇가지마다 꽃봉오리마다 울뚝불뚝 종알거린다.

　시시각각 변하는 봄 바다에 취하고 들판의 봄맞이 교향악에 빠져

든다. 싱그러운 봄바람이 코끝을 간질인다. 발걸음이 나도 모르게 사뿐사뿐, 몸과 마음은 콩닥콩닥 유년 시절로 돌아갔다. 그렇게 제주 올레길은 나를 맞이했다.

지난 번 제주 올레 걷기 사회공헌 행사에 다녀왔다. 올레 걷기 코스는 중문단지 컨벤션센터 앞에서 서귀포 외돌개까지 20㎞이었다. 컨벤션센터 앞 해안산책로를 걸을 땐 가슴이 뭉클거렸다. 그 길은 내가 사장에게 모든 책임을 지겠다고 하여 만든 길이다. 당시 우리나라는 국제통화기금(IMF)의 경제위기로 침체에 빠져 있었고 중문단지도 공사 중단상태였다. 그러나 기반시설인 도로개설이 중단되서는 안 되기에 사장이 반대를 하는 어려움 속에 진행하여 첫 번째로 만든 길이기 때문이다. 그 길에 1,000여 명이 넘는 사람들이 동시에 걷는 것을 보며 자부심 내지는 알 수 없는 쾌감으로 충만했고 고생한 동료들이 눈앞에 아른거렸다. 그 동료들과 함께 기쁨을 나누지 못하는 게 자못 아쉽기만 했다.

날아오를 것 같은 기분 속에 걸으며 눈앞에 다가서는 풍경들에 넋을 놓아야만 했다. 노란 유채꽃이 방긋 웃는가 하면 작은 풀꽃들이 봄을 맞이하는 앙증맞고 싱그러운 들판이 보인다. 그러다 겨우내 찬 북서풍에 맞서 진한 황금빛으로 변한 가을의 흔적 억새군락이 갑자기 나타나는 기막힌 풍경이 발걸음을 멈추게 한다. 어디 그뿐이랴. 쪽배 몇 척이 한들거리는 자그마한 포구, 몽돌들이 판타지하게 연출하는 해안가의 환상적인 모습들. 바다 색깔이 절묘하기만 하다. 이처럼 제주의 봄은 들과 바다에도 품격이 있음을 알게 해 준다.

제주에서 태어나고 자랐지만 올레가 이렇게 반가울 줄이야! 기억 속에 사라졌던 길을 다시 우리의 발길 앞에 또 다른 작품으로 내어 놓은 '바당 올레' 길. 자갈돌 하나하나를 주워 일일이 손으로 그 길을 만든 사람들의 손이 떠오른다. 발걸음 내딛을 때마다 그 고마움 마음과 사랑이 발끝을 통해 전해진다. 가슴이 따뜻해진다. 역시 길 위에서의 만남이 아름답다

아기자기한 밭둑을 걸을 땐 농부의 손길이 가슴을 훈훈하게 했다. 겨울을 이겨낸 작물들을 보며 그 정성에 고마울 수밖에 없다. 하지만 누군가의 잘못된 발걸음으로 훼손된 작물을 할머니가 보며 그 동안의 정성에 가슴이 미어지는 한탄과 원망의 소리를 할 땐 송구스럽기도 했다.

올레는 느리게 걷는 것만이 아니라 배려하는 마음, 작은 것에도 고마워하고 소중히 여기는 마음과 자세를 뒤돌아보게 하는데도 의미가 있다. 그러하거늘 자기 맘 내키는 대로 이리저리 휘저은 행동으로 백발의 할머니가 밭가에서 우리를 보는 모습이 왜 그리도 가슴이 아팠는지. 아직도 잔잔한 영상으로 아른거린다.

목적지까지 5시간 여. 때 묻지 않은 오롯한 길을 걸으며 내 몸에는 때가 많이 끼었음을 알았다. 살아오며 말(言)의 때, 생각의 때, 행동의 때가 많이 쌓였으리라 생각은 했었지만 몸과 마음이 깊숙이 혼탁에 절어 이리도 무거울 줄이야……. 원시적인 길이 전하는 따스함에 눈가가 촉촉해지는 것은, 가끔은 몸과 마음의 때를 씻어 내고 깨끗하게 하는 시간을 가졌어야 했는데 그렇게 하지 못한 후회스러움일 것

이다.

삶의 목표를 향해 정성을 다하여 노력하는 것도 중요하지만, 그에 못지않게 소중한 것은 자신의 길을 되돌아보는 성찰과 주변의 이웃에 대한 여유와 관심이다. 그러기에 이번 올레길은 참으로 귀중한 시간이 됐다. 봄을 맞이하는 길목에서 내 몸과 마음에 쌓인 때를 한 겹 한 겹 씻어내고 저 오롯한 길이 전하는 의미를 알 수 있는 시간이었기에 2009년도 봄은 건강함을 주며 다가 왔다.

이제 막 시작한 서울에서의 생활도 건강하리라. 아파트 숲에서 오는 답답함을 올레의 여운으로 씻어 내리며 이제 활짝 필 벚꽃처럼 환하게 웃으며 완연한 봄을 맞이해야겠다.

정년퇴임

정년퇴임은 아름답다. 정년퇴임은 직장인이라면 누구나가 꿈이며 동경의 대상이다. 나도 그 꿈을 안고 살아가고 있다.

오늘 오전에 중문초등학교장 정년 퇴임식에 다녀왔다. 지난 35년간을 후학들을 위해 열과 성을 다하다 떠나는 자리다. 가족과 형제자매들은 물론, 일가친척과 동창, 선후배 그리고 제자들이 화기애애한 모습으로 정년퇴임을 축하하는 모습은 정말이지 보기에도 좋았고 즐겁고 경사로운 자리였다.

자기에게 주어진 사명과 책무를 다 하고 그 자리를 떠나는 본인의 심정은 얼마나 뿌듯하고 자랑스러울 것인가. 어렵고 괴로웠던 일, 고통스럽고 슬펐던 일들이 어디 한 두 가지이랴 마는 그래도 자신에게 주어진 시간과 기간을 다 채울 수 있다는 것은 참으로 행복한 일이요 축복이다. 더군다나 요즘 정년이란 말이 사라지는 사회 행태 속에 정년퇴직이란 정녕 축복이 아닐 수 없다. 특하나 그런 자리에 자신이 가르치고 키워낸 제자들이 찾아온 것을 바라보는 눈길은 얼마나 흐뭇하고 행복할 것인가. 참으로 부러운 시간이었다.

그 많은 직업 중에 정년퇴임이 가장 당당하고 뿌듯하고 명예로운 직업은 교직이라 생각된다. 오늘도 그렇지만 아버지가 고등학교장을 정년퇴임할 때 겪어보니 더욱 그렇다.

아버지가 퇴임할 때는 대단했다. 제자, 동료, 지인 등 1,000여 명이 모여 축하를 했는데 근래에 보기 드문 퇴임식장 이었다고 모두가 이구동성으로 부러워했다. 나도 이런 정년퇴임을 하면 얼마나 좋을까 생각하며 아버지가 자랑스럽고 존경스러울 뿐이었다.

하여, 교직에 있는 친구들에게 "뭐니 뭐니 해도 니들이 최고다. 이 나라를 짊어질 인재들을 키우니 좋고, 정년까지 직장 보장되어 좋지. 더구나 정년퇴임할 때 모두 부러워하는 퇴임식을 하니 얼마나 좋은 직업이냐!"

그러면 친구는 "야, 선생도 옛날이지. 지금 학생들이 말을 듣냐? 툭하면 반항하지. 죽을 맛이다!" 이의를 제기하며 투덜댄다.

"그래도 니들은 여름과 겨울방학 있어 충분히 자기시간을 가질 뿐만 아니라, 퇴임 후에도 제자들이 잊지 않고 찾으니 이 보다 더한 직업이 어디 있냐? 나도 학생시절에 공부 열심히 하여 선생이나 할 걸 후회 된다." 하며 친구와 입씨름을 종종 한다. 그만큼 부러운 것이다.

그렇다면 내가 몸을 담고 있는 직장은 어떠한가?

정년퇴임이란 하늘의 별따기라고나 할까. 그 많은 직장동료들 중에 정년퇴임을 하는 동료는 거의 없다. 대부분 중도하차한다. 우리 사회에 사오정, 오륙도란 말이 이런 세태를 잘 반영하고 있지를 않은가. 45세가 정년, 56세에 직장 다니면 도둑이란 풍자가 왜 만연하는지 그저 가슴만 아프고 서러울 뿐이다.

첫 출근할 때의 그 당당하고 의연한 모습은 한 해, 두 해, 해가 거듭할수록 위축되고 의기 소침한다. 언제 퇴직을 권고 받지 않을까? 불안해한다. 그렇게 열심히 그리고 최선을 다하며 회사를 위했건만 떠날 때는 달랑 한 줄로 직장생활을 마감한다. 해임이란 인사명령 한 줄로. 참으로 비참한 모습이 아닐 수 없다. 그대가 있어 우리 회사가 이만큼 됐다는 위로는 물론, 뜨거운 손뼉도 받지 못하니 얼마나 삭막하며 서러운가.

실력이 월등하게 뛰어났던 아니던 누구나가 자신이 몸담고 있는 직장을 위하여 싫은 소리 들으며, 못 볼 것 보며 최선을 다한다. 그러니 열심히 하다 떠날 때는 모두가 한자리에 모여 위로와 격려를 해주는 것이 옳은 직장문화라 생각된다. 나의 선배들의 정년퇴임식은 몇몇이 퇴근 후 모여 술 한 잔 나누는 술 자리가 고작이었다.

너무 삭막하다. 직장문화의 공동화가 너무 넓게 깊게 뿌리를 내린 것 같다. 자신을 다 바쳐 일해 온 직장에서 달랑 해임인사 명령 한 줄로 씁쓸하게 떠나고 보낸다는 것은 아무리 생각해보아도 우리네 인정이 메마르고 메말랐다고 밖에는 생각이 안 된다.

이제 우리 사회의 퇴직문화는 바뀌어야 한다.

교직사회처럼 거창(?)하지는 않더라도, 한자리에 모여 떠나는 사람의 경험담과 마음속에 감추어 두었던 이야기를 듣는 시간을 가져보는 것은 어떨까? 한 두 시간 일손을 놓는다고 회사가 쓰러지는 것은 아닐 테니까. 오히려 그분의 이야기 속에 회사의 살림살이가 더 알차게 꾸려질 기회가 될 수도 있지 않겠는가.

그러기에 아름답게 정년퇴직을 하는 그분들에게 모두가 모여 위

로와 격려를 해줘야 한다. 고맙고 감사함의 박수가 있어야겠다. 정년
이 되도록 내조와 희생을 당한 가족들에게 따뜻한 위로의 말 한마
디 전하는 조촐한 자리를 마련하는 문화가 있어야 한다. 그런 문화
가 우리의 문화의식을 한 단계 위로 끌어올리게 할 것임에 틀림이 없
으리라.

지난 세월, 미래의 나

창밖으로 보는 바다가 참 아름답다. 하늘인지 바다인지 구분이 안 된다. 멀리 고깃배가 점으로 보이고 일렁이는 물결이 햇살에 은빛으로 반짝인다. 마치 별똥별이 어지러이 춤을 추는 것 같다. 한 방울의 물이 시냇물을 이루고 시냇물이 강물이 되고 강물이 바다가 되었음을 기뻐하는가 보다.

이처럼 아름다운 바다를 볼 수 있는 사무실을 1년 있으면 떠나야 한다. 나에게도 정년이라는 마침표가 코앞에 왔다. 한 방울의 물이 어려움 끝에 바다에 다다르듯 나에게도 세상사에 흔들리면서도 걸어온 길에 종착역이 보이고 있는 것이다.

올해로 33년. '최고보다는 최선을 다하자, 올바르게 선 긋는 마음으로 일을 하자' 하며 회사에 첫발을 내딛던 날이 바로 어제 같은데 참, 많은 세월이 흘렀다. 20대의 청춘이 어느새 센머리에 주름살이 깊은 50대 후반의 중년이 됐다. 하얀 머리 한 올마다 굵은 주름살 한 가닥마다 어찌 희로애락이 없겠는가. 저 바다의 물처럼 다 담아낼 수가 없다.

회사에 첫발을 내딛던 날 나를 반긴 건 거센 바람과 황량한 들판이었다. 중문단지가 막 개발을 시작한 때라 보이는 건 허허벌판에 바다가 전부였다. 그랬던 곳이 지금은 특급호텔들과 골프장, 컨벤션센터, 관광위락시설들이 관광객들을 불러들이고 있다. 연간 6백만 명이 찾는 관광명소로 변했다.

  오늘의 중문단지가 있기까지는 많은 사람들이 희생과 열정이 있었기 때문이다. 물론 나도 그 대열에 참여할 수 있어 무한한 자긍심과 자부심을 갖고 있다. 더구나 단지개발 초기에 입사하여 지금까지 중문단지에 남아있는 사람은 나뿐이기에 더욱 그렇다. 곧 내 젊은 시절이 중문단지 역사이며, 중문단지 개발 역사가 곧 나의 젊은 시절이다.

  나는 우직하게 걷는 소처럼 주어진 일에 최선을 다했다. 유혹의 손길도 많았고 무지한 용기로 시행착오도 많았다. 그렇지만 올바르게 선 긋는다는 철칙이 있었기에 흔들림이 없었다. 그러다보니 동료들과 충돌도 많았고 원망도 많이 들었다. 끝내는 사장 면전에 서류를 내던지는 치기도 범했다. 어디 그뿐인가. 중문단지를 떠나 타 부서에 근무하라는 인사명령에 불복하여 사장에게 항명한다는 소리를 들으면서도 내가 있을 곳은 중문단지라며 버티기도 했다. 지금 생각하면 치기어린 행동에 미소가 머금지만, 그래도 그런 사명감이 있었기에 시냇물이 바다에 이르듯 지금까지 중문단지를 지키고 있음에 가슴이 뿌듯하다.

  돌이켜보니 회사에는 내 젊음과 열정을 쏟았으나 가정에는 소홀했다. 정년을 1년 여 남겨 둔 지금 아내와 자식에게 미안할 뿐이다. 빚지지 말고 살자는 신념으로 살아왔기에 가족들은 풍족하지를 못했다. 단지 월급으로만 생활하며 제주도에서 아들과 딸을 서울로 보내

대학 공부를 시키다 보니 흡족할 수가 없었다. 조금은 힘들더라도 월급에 맞춰 살림살이를 해온 아내가 고마울 뿐이다. 평소에도 우리는 마음이 부자다라며 어려운 때마다 격려하며 살아왔다. 삶이 조금은 괴롭더라도 떳떳하게 사는 게 소중하니 빚지지 말고 살자며 서로가 다독였다.

순간은 힘들었는지 모르지만 마음은 편하게 살아왔다. 매달 회사에서 주는 월급이 소중하고 행복하기만 했다. 채우지는 못하더라도 나눌 수는 있기에 뿌듯했다. 가족들이 흡족하지는 못했지만, 따뜻한 햇살을 볼 수 있고 한 줄기 바람에도 시원함을 느낄 수 있었기 때문이다.

하지만 일선에서 은퇴를 앞둔 지금, 모아둔 재산도 없지, 그렇다고 기술이 있는 것도 아니니 약간은 불안하기는 하다. 우선은 가족에게 미안할 뿐이다. 오늘 여기까지 내가 올 수 있었던 건 그들 때문이었는데 은퇴를 하면 불안해하지 않을까 걱정이 된다.

이젠 가족을 더욱 보듬으며 살아야 하겠다. 직장생활을 마무리하기까지 가족들의 희생이 너무나 컸다. 직장 핑계 대며 밖으로만 나돌았지만 끝까지 나의 울타리가 되어주고 버팀목이 된 아내와 아들·딸이다. 가족이니까 하며 당연시하고 가볍게 대하며 모르쇠 했던 나다. 그렇게 내달리기만 하던 길에 종착역이 보이기 시작한 지금에야 아내가, 가족이 눈에 들어온다.

내가 아내에게 부글부글 끓는 솥단지처럼 쉬지 않고 아내의 속을 애태우게만 했다는 것을 아는데 30여년이 흘렀다. 아내가 살면서 쏟아내지 못한 마음, 살아오면서 가슴에 묻은 사연을 저 하늘이 덮을 수 없으며 저 바다가 흘려보내지 못할 것이다. 아내의 희생과 정성에 내가 한없이 원망스럽고 부끄럽기만 하다.

아들과 딸에게도 따뜻한 말 한마디, 힘내라는 격려 한마디 제대로 해주지지 못했다. 무엇을 좋아하고 무엇을 꿈꾸는지 이야기 한번 못했다. 그래도 원망 한마디 않고 나름대로 자신의 길을 걸어가고 있다. 그저 고마울 뿐이다. 아내와 애들에게 미안하고 미안할 뿐이다.

그들이 있어 나는 행복했다. 그들이 있어 나는 30여년 한 길을 걸어올 수 있었다. 이제는 내가 그들에게 진 빚을 갚아야 할 때다. 늘 그들의 곁에서 든든한 버팀목으로 설 수 있도록 노력해야겠다. 오순도순 모여 웃으며 살 수 있도록 해야겠다. 나의 모든 것을 바쳐 나와의 인연이 후회하지 않도록 해야 그들에게 덜 미안하지 않겠는가. 살아갈수록 추하지 않도록 하는 게 그들에게 진 빚을 다소나마 갚는 게 아닐까 생각된다.

행복이란 무엇인가. 행복은 멀리 있는 게 아니다. 저울질 하지 말고 사소한 것이라도 최선을 다할 수 있다면 곧 행복한 삶이라 말 할 수 있겠다. 내가 누리는 것들이 남들보다 부족해도 가치를 부여하고 만족하면 행복한 것이다. 자신만의 기준을 세워 최선을 다하면 그 삶은 아름답다 말하지 않겠는가. 그러니 자신의 모습을 남들과 비교하고 부끄러워 할 필요가 없으리라.

삶은 언제나 바로 오늘, 지금 이 순간에 최선을 다하는 것이다. 그래야 삶이 후회가 적기 마련이다. 그리고 그렇게 사는 사람이 정말

자기 자신을 사랑하는 사람이 될 수 있다. 나를 사랑하는 사람만이 세상과 사회의 작은 것에도 관심을 가지며 따뜻한 삶을 함께할 수 있는 것이다.

그리고 사회에 나누며 살아가야 하겠다. 33년을 중문단지 개발에 열정을 쏟을 수 있었던 것은 사회가 나에게 베풀어 주었기 때문이다. 지금부터는 내가 받은 것을 사회에 돌려주며 살아가도록 노력을 해야 할 것이다.

나눈다는 것은 꼭 경제력이 있어야만 되는 것이 아니리라. 부처님은 아무리 재산이 없더라도 줄 수 있는 일곱 가지는 누구나 다 있다고 했다. 즉 첫째는 얼굴에 화색을 띠고 부드럽고 정다운 얼굴로 남을 대하는 것이요. 둘째는 말로써 얼마든지 베풀 수 있으니 사랑의 말·칭찬의 말·위로의 말·격려의 말·부드러운 말 등이다. 셋째는 마음의 문을 열고 따뜻한 마음을 주는 것이고, 넷째는 호의를 담은 눈으로 사람을 보는 것처럼 눈으로 베푸는 것이다. 다섯째는 몸으로 때우는 것으로 남의 짐을 들어준다거나 일을 돕는 것이고, 여섯째는 때와 장소에 맞게 자리를 내주어 양보하는 것이며, 일곱째는 굳이 묻지 않고 상대의 마음을 헤아려 알아서 도와주는 것이다.

이처럼 경제력이 없어도 무한히 나눌 수 있는 자산이 있는데 무엇이 두렵겠는가. 그러니 경제력이 없다고 사회생활을 못할까 두렵거나 걱정할 필요가 없다. 오히려 일선에서 물러난 삶은 세상에 봉사하며 살 수 있기에 더욱 즐겁고 활력이 넘치지 않겠는가.

창밖으로 보는 바다가 여전히 아름답다. 한 방울의 물이 바다에 다다르기까지를 생각해본다. 물이 흐르다 보면 길이 시원하게 뚫렸는가 하면 막힌 곳이 있고, 급류를 만나기도 한다. 바다에 다다르기까지 장애물이 많아 물길이 순탄하지만은 않다. 그러나 물은 길을 뚫으며 여러 갈래의 물과 하나가 되며 계속 흘러 결국 바다에 다다라 아름다움을 보여주고 있다.

물처럼 흐르며 살고 싶다. 내 노후의 삶도 물처럼 계속 흐르며 아름답고 넉넉했으면 좋겠다. 지는 석양에 조급하지 않고 흐르는 물처럼 나도 넉넉함을 안고 나누며 살아가는 모습을 그려본다. 가는 세월에 답답해하지 않고 물처럼 막히면 돌아서 가는 여유로움을 안고 사는 사람, 가족들의 든든한 버팀목으로 사는 사람을 그려본다. 부처님 말처럼 일곱 가지를 베풀며 사는 사람을 생각하니 마음이 자못 가볍기만 하다. 이처럼 행복한 사람이 미래의 나라면 너무 사치라고 할까.

바람은 언제나 그 길에서

바람은 늘 한결 같다. 그 길목, 그 가장자리, 그 나무, 그 바닷가, 그 길에서 나를 맞이한다. 바람은 34년 전이나 지금 이 순간이나 똑 같다. 세월이 흘러도 바람은 변하지 않았다. 다만 내가 변했을 뿐이다. 하얀 머리카락, 주름진 피부, 닳아져 가는 손마디가 세월 따라 변했음을 알려준다.

관광공사에 입사해 중문단지에 발을 디딘지 34년이 흘렀다. 그동안 중문단지는 나의 삶의 터전이 아니라 나의 전부였다. 중문단지를 품에 안고 세계 최고의 관광지를 꿈꾸고, 중문단지를 노래하며 중문단지와 함께 광대짓 같은 춤을 추었다.

34년 전, 회사에 첫발을 내딛을 때 바람이 먼저 나를 맞이했다. 전신주를 위~잉, 윙 울리며. 허허벌판에 댕그랑 건물하나만 있을 뿐이라 바람은 나를 을씨년스럽게 했다. 꿈꾸던 첫 출근의 설렘은 울며 지나가는 바람처럼 사라지고 여길 다녀야하나 망설임으로 혼란스러웠다. 그렇게 회사 생활은 시작됐다. 오가며 바람의 울림에 따라 갈팡질팡하며.

운명이었는지 바람이 싫지 않았다. 약하게 부는 실바람, 남실바람, 산들바람은 발걸음을 가볍고 편안하게 해주고, 강하게 부는 된바람과 센바람은 나름대로 갑갑한 나의 가슴 속을 시원하게 해주었다.

언제쯤인지는 모르지만 그 바람이 오는 길목이 반갑고 그 바람이 지나가는 나무, 바다, 길가가 정다우며 회사 생활은 자리잡혀갔다.

바람과 함께 했다. 바람이 달리면 같이 달리고, 멈추면 나도 멈추고, 바람이 울면 나도 울며 바람 따라 한 겹 한 겹 나의 나이테는 중문단지에 뿌려졌다. 아마도 첫 출근할 때 울던 바람은 나의 나이테를 바람겹으로 쌓으라는 소리였던 것 같다.

바람과 함께한 세월. 중문관광단지는 1978년 4월 1일 개발을 시작하여 2013년 올해로 34년이 되었다. 또한 내가 관광공사에 입사한지도 34년이 됐다. 20대의 청춘이 어느새 센머리에 주름살이 깊은 50대의 중년이 된 것이다. 내 젊은 시절이 중문단지 역사이며, 중문단지 개발 역사가 곧 나의 젊은 시절이기도 하다.

남들보다 실력이 뛰어난 것도 아니고, 가진 것은 신용과 정직뿐이었기에, 항상 최고 보다는 현재 주어진 일에 최선을 다하며 그 길을 지켰다. 타부서로 전출명령도 거부하고 중문단지 개발 업무에 전념했다. 내가 있어야할 곳, 회사에 내가 진정으로 기여할 수 있는 곳이 중문단지기에 항명을 하며 지켜낸 것이다. 어쩔 수없이 중문단지를 몇 년 간 떠날 때도 있었지만 난 항상 중문단지로 돌아가려고 했고, 돌아왔다. 나는 늘 어디에 있어도 중문단지와 하나이길 바랐다. 중문에 부는 바람이 좋아서.

바람과 돌무더기만 있던 허허벌판이 지금은 우리나라의 대표적인 관광단지가 되어 세계 정상들의 회담 장소로, 관광휴양지로 각광을 받고 있으며 각종 국제회의 개최장소로 자리 잡았다. 뿐만 아니라 중문단지는 제주도의 관광산업을 한 단계 업그레이드 시키며 제주의 브랜드 가치를 높이고 있다. 더불어 중문단지에 대한 나의 자부심 내지는 자긍심은 뿌듯한 게 사실이다.

중문단지 한 바퀴를 돈다. 발걸음이 느려진다. 나무·꽃·풀·돌멩이 하나하나가 여전히 내 피와 살과 뼈 같다. 내 34년 인생이기에. 첫 발을 내딛던 그 때의 떨림이 34년이 지난 지금도 나의 가슴을 두근거리게 한다. 아직도 중문단지에 대한 열정이 나를 뜨겁게 하고 있기에. '세월은 피부를 주름지게 하지만, 열정을 저버리는 것은 영혼을 주름지게 한다'는 더글러스 맥아더의 말처럼 비록 피부는 세월을 속이지 못해 주름살이 깊게 파였지만 중문단지에 대한 나의 영혼은 세월이 흐를수록 더 뜨겁기만 하다. 중문단지와 나는 하나이므로.

바람이 시원하게 솟은 야자수위에서 춤추고 있다. 여유롭다. 평화롭다. 그 춤사위 사이로 정다운 얼굴들이 숨바꼭질한다. 그 얼굴들을 못 잊어 바람은 언제나 그 길목, 그 가장자리, 그 나무, 그 바닷가, 그 길에서 나에게 손짓한다. 한결 같은 소리로.

하지만 이제 나는 중문단지를 떠나야 한다. 내일이라는 미지의 세계를 향해 지금 다시 나서야 할 때가 온 것이다. 34년의 시간 동안 내 가슴에 심어준 중문단지의 바람, 바다, 돌 풍경들과 정을 어디에 묻어 두고 떠나야할지 막막하기도 하다.

바람이 빙그레 웃는다. 여전히 바람은 거기서 나에게 손짓하고 있다. 저들 세상에 언제나 내가 있다고 속삭인다. 그 바람과 함께한 사연들. 추억이란 바다에 담아야겠다. 언젠가 먼 세월 후에 다시 한 번 누군가를 보고 이유를 알 수 없는 그리움이 싹틀 때 그때는 분명 알아차릴 것 같다. 지난 시절 중문단지에서 함께한 바람이라는 것을……

바람은 언제나 그 길에서 나를 맞이할 것이다.

내게 있어 중문단지는 누구보다도 더 사랑하는 나의 분신이다.

경제백치 가장의 희망가

사무실 창밖으로 보는 바다가 참, 아름답다. 멀리 고깃배가 점으로 보이고 일렁이는 물결이 햇살에 은빛으로 반짝인다. 마치 별똥별이 어지러이 춤을 추는 것 같다. 더구나 수평선이 없다. 바다와 하늘이 하나다. 이 아름다움을, 이 평화로움을 영원히 누리고 싶다. 삶도 이처럼 한 평생 편안하고 평온하면 얼마나 좋을까 기대해본다.

생각처럼 세상살이가 그처럼 편안하지가 않다. 저 아름다운 바다 어디에선가 폭풍이 불어오듯 삶도 늘 어디에서 무슨 바람에 부대낄지 알 수 없기 때문이다. 그러기에 누구나가 준비를 하고 노력을 한다. 경제력을 바탕으로 크게 흔들리지 않고 건강한 삶을 살기 위해.

근데 난, 지금 떨고 있다. 정년을 6개월여를 남겨두고. 모아둔 재산이 있는 것도 아니고 그렇다고 개인연금이나 생명보험에 가입한 것도 아니기에 앞으로의 삶을 생각하면 두렵기 때문이다. 매월 월급으로만 생활하다 고정수입이 없는 또 다른 세상의 삶은 경제적 어려움이 분명한데 어떻게 해야 할지 답답하기만 하다.

나는 경제가 백치인 가장이다. 오십 평생을 살아오며 경제관념은 제로였다. 회사에서 받는 월급 이외의 재화는 생각치도 못했다. 그러니 월급을 받으며 틀에 박힌 생활을 하다 그 틀에서 벗어나 세상 속으로 걸어가려니 두렵기만 하다. 가슴에 스며드는 이 떨림, 이 불안감은 무엇인가. 경제는 살아가는데 기본이다. 그런데 경제가 백치인 내게 다가온 또 다른 세상은 커다란 벽으로 막혀 있는 듯해 서다. 정년을 바로 코앞에 두고서야 경제관념이 희박한 가장으로 살아온 내 자신이 부끄럽다.

당장 가족에게 낯부끄럽다. 그들이 있어 지금까지 난 직장에서 34년을 행복하게 보냈는데 이제 그들에게 불안감을 주어야하니 왜 미안하지 않겠는가. 가장으로서 가정경제를 너무 안일하게 생각해온 무책임한 내 자신이 밉기만 하다. 그들에게 계속 웃음을 주고 미래를 향해 당당하게 걸어갈 수 있도록 가장으로서의 책임과 의무가 있는데 그 준비를 못했으니 더더욱 미안할 뿐이다. 그래서 살아오며 경제적 이익을 얻으려고 노력한번 하지 않은 내가 참, 밉기만 하다. 조금이라도 노력했다면, 최소한의 경제원칙이라도 세우고 살았더라면 지금 나에게 닥친 불안과 두려움은 덜 했을 것인데 후회된다.

내가 한 경제활동은 고작 정기예금이 전부였다. 그것도 금리에는 관심이 없고 그저 언제가 만기인지 알기만 할 뿐이다. 저금리 시대에 살고 있는 지금, 모두들 예금금리에 촉각을 세우는데 난 관심 밖이었다. 어떤 상품에 금리는 어떻게 되는지는 전혀 알려고 하지 않았다. 더불어 언론의 경제면은 아예 외면했다. 그러니 경제지식은 빵점일 수밖에. 고백하건데 난 너무 세상을 편하게 보며 살아왔다. 때가 되면 잘 되겠지 하는 내가 참, 한심스럽기만 하다. 그래도 위안이 되는 건 저축이 집을 장만하는데 도움이 되었다는 점이다. 한동안 폐지되었다 다시 부활한 재형저축이 내 생에 가장 잘한 경제투자다. 지금 생각해봐도 경제관념이 없는 내가 어쩌다 재형저축을 했는지 신기하기만 하다. 집은 내 평생에 최초이자 마지막 투자가 됐다.

26년 전, 당시 가입한 재형저축이 만기되자 나머지 부족한 금액은 은행대출을 받아 집을 지었다. 매달 나가는 대출금 상환으로 가정은 휘청거렸다. 단지 외벌이 월급으로만 생활했기에 대출을 다 갚는 5년 동안 우리 가정은 허리띠를 졸라 매야했다. 애들의 분유 값, 기저귀 값에도 벌벌 떨던 기억은 지금도 쓰리기만 하다. 하여, 대출금을 다 갚던 날 나는 한없이 울었다. 아무리 눈물을 감추려고 해도 왜 그리도 눈물은 흘러 내렸는지……. 그리고 아내를 붙잡고 앞으로 빚 없이 살자고 했다. 조금은 힘들더라도 월급에 맞게 살자, 편안하게 살 집이 있으니 우린 마음이 부자다 하며. 그때 대출의 고통이 나를 경제 백치로 가뒀는지 모른다.

그 후 정말로 빚 없이 살아왔다. 매달 받는 월급으로 생활하며 자녀들을 서울로 보내 공부를 시켰다. 순간순간 힘들 때, 아내랑 '우린 세상에서 제일 부자다' 하며 견디어 냈다. 월급외의 재화에는 나 몰라라 했다. 그러다 보니 재산을 모으기 위해 투자나 다른 생각은 아예 가져보지 못했다.

주가가 한창 오를 때 지인이 주식에 투자하라고 권하는가 하면, 텃밭에 연립주택을 지어 분양하자는 말에 귀가 솔깃하기도 했었다. 그렇지만 난 거절했다. 월급만으로 생활이 좀 불편하더라도 욕심을 내지 않겠다며. 늘 하던 대로 정기예금이 나의 모든 경제활동인양 그렇게 살았다.

몇 년 전, 정기예금 천만 원이 만기되어 펀드에 예치하라는 권유를 따랐다 손해를 보았다. 원금에도 턱없이 부족해 아내에게 싫은 소리를 듣기도 했다. 그 후에도 가끔 아내는 그때의 일을 놓고 나를 타박한다. 특히나 조금이라도 고금리 이야기를 할 때는 쓸데없는 짓하지 말라며. 그 후 더더욱 경제먹통이 되었다. 가정경제에 짙은 먹구름이 몰려오는 줄도 모르고……

지금 나에게 옥죄이는 먹구름은 무엇을 의미하는 것이겠는가. 그동안 나의 경제활동이 전혀 없었기 때문이 아니겠는가. 무기력감, 무능력한 가장이란 사실에 외롭기만 할 뿐이다. 최소한도 생명보험사의 종신보험 하나쯤은 들었어야 했다. 종신보험은 나의 갑작스런 유고시 생활자금을 보장해 가족의 안정적인 생활을 도와줄 수 있는 것이기에 후회가 된다.

젊기에 난 아직 돈 쓸 곳이 많다. 생활비는 물론이고 의료비까지 더하면 지출은 더 늘어날 수밖에 없다. 게다가 두 자녀가 결혼을 앞두고 있어 결혼비용도 마련해야 한다. 결혼비용을 생각하면 앞이 캄캄하다. 그러기에 시간이 지날수록 더욱 고민에 빠진다. 넉넉하지 못한 금융자산에서 생활비와 자금을 빼내 쓰면 얼마 못가 생활고에 시달리기 때문이다.

이제야 신문의 경제면에 눈길이 자주 가고 TV의 경제뉴스에 귀가 쫑긋한다. 장바구니 물가를 피부로 느끼려고 재래시장은 물론 대형마트도 종종 찾는다. 은행의 금융상품도 자주 묻는다. 미미하지만 재테크 수단으로 복리적금에 가입도 했다. 그렇게 넉넉하지 못한 금융자산을 조금이라도 효과를 얻으려고 애쓰고 있는 것이다. 아울러 자녀들에게도 시간만 나면 경제지식을 쌓으라고 당부도 한다. 경제지식은 가정경제를 건강하게 하고 나라를 밝게 하는 것임을 뒤늦게 깨달은 내 몸부림이지만 부끄럽지가 않다.

가정경제에 가장 크게 영향을 끼치는 금리변동, 연금 상품, 펀드와 주가연계 증권, 부동산 투자와 절세 방법들이 귀에 들어온다. 아직은 눈이 서툴고 귀가 크게 열리지 않지만 마음은 조금씩 안정되어가고 쌓여가는 경제지식으로 엄습하던 두려움이 멀어지고 있어 위안이 되고 있다. 알아야 면장을 한다는 말이 떠오른다. 경제에 관한 지식을 많이 알아야 삶은 면벽의 두려움이 없어지지 않겠는가.

비록 지난 세월 미리 질병이나 사고에 대비하고 자녀결혼과 노후준비에 필요한 목적자금을 준비하지 못했지만 힘이 솟는다. 당장 가정경제가 어렵고 생활이 불안하겠지만 난 용기가 난다. 경제지식을 쌓고 있기에 또 다른 세상 속으로 당당하게 걸어갈 것이다. 경제지식이 쌓여갈수록 앞으로 삶도 건강하리라 확신하기 때문이다. 알아가는 경제지식에 마음이 뿌듯하다. 늦었지만 나에게 맞는 경제원칙을 세워 가정경제에 유연하게 대처한다면 앞으로 사는데 조금은 불편하더라도 큰 무리는 없을 것이다.

아울러 좀 더 재미있게 경제지식을 쌓을 수 없을까 생각을 해본다. 사람은 재미를 느끼면 누가 시키지 않아도 스스로 한다. 게임에 몰두하는 것처럼. 요즘 누구나가 게임에 빠져 있는 것을 본다. 딱딱하고 밋밋한 상품과 숫자 일색인 금융상품과 경제용어들을 게임과 접목하면 누구나가 쉽게 경제면에 접근하지 않겠는가. 아무래도 지금보다 모두들 경제지식에 밝으리라 생각된다. 그러면 가정 경제가 튼튼해지고 나라 경제는 보다 밝을 것이다.

지금까지의 경제백치로 앞으로 나의 삶이 어둡다는 걸 안다. 하지만 미리 겁먹지는 않는다. 하늘이 무너져도 솟아날 구멍이 있다고 하지 않은가. 상처로 터진 살에도 다시 새살이 돋듯이 나에겐 희망이 기다리고 있다. 행복은 멀리 있는 게 아니다. 저울질 하지 말고 사소한 것이라도 최선을 다 할 수 있다면 행복한 삶이라 말할 수 있겠다. 자신만의 기준을 세워 최선을 다하면 그 삶은 아름다운 것이다. 그러니 모아둔 재산이 없다고 경제지식이 모자라다고 부끄러워할 필요가 없으리라. 쌓여가는 경제지식은 분명 내 가정에 좋은 경제를 이루어 삶의 질을 높여줄 것이라고 나는 굳게 믿는다. 경제가 백치인 가장이지만 쌓여가는 경제지식으로 아직 희망이 있기에 외롭지 않다. 여전히 바다가 아름답기만 하다.

바람은 언제나 그 길에서

열정의 바람,
내 청춘을 바친
중문단지

중문단지는 세상의 하모니다

중문관광단지는 세상의 하모니다.

중문단지에서는 바람·물·바다·공기·풀·돌·사람 모두가 하나로 어우러진다. 하나가 되는 아름다움이 있다. 누구나가 중문단지에서 탄성을 지르고 놀라움을 느끼지 못한다면 그것보다 못한 비애는 없을 것이다. 중문단지의 울림을 듣지 못한다면 참, 비통할 것이리라. 중문단지에서는 표현하려 하지 마라. 그냥 눈으로 귀로 피부로 중문단지가 전하는 하모니를 즐기는 것이 좋다.

바람이 감도는 중문단지.

쭉쭉 뻗은 도로 따라 우람하게 자란 야자수가 손짓하는 곳마다 꿈과 낭만이 아우르는 환상이 펼쳐진다. 바다와 한라산을 품으며 야자수 사이사이로 호텔과 골프장, 관광시설들이 우리를 유혹하며 사랑이 피어오르고 감동이 흐르고 있다.

어디 그뿐이랴?

중문단지 어느 곳에서나 한라산을 보면 제주의 여신인 설문대 할망이 누워 있는 모습을 볼 수 있다. 백록담이 하늘을 이불 삼아 동쪽을 향해 누워 있는 사람의 모습이 영락없다. 포근하다! 보고 있노라면 어머니의 숨결이 느껴진다. 어머니의 그리움이 느껴진다.

바람이 돌아 나오는 곳마다 유서 깊은 사연들이 안겨온다. 중문단지는 그 사연들을 보듬어 안고 세월을 난다. 지난 시절 중문단지는 바람과 돌과 파도만 있던 곳이었다. 척박함으로 한숨만 나오던 곳이 지금은 꿈과 환상으로 우리를 유혹한다.

중문단지에 가면 먼저 단지 중심부에 있는 성천봉에 오르는 게 좋다. 그리 높지도 않아 계단 따라 걷다 숨이 차다고 생각들 때면 정상이다. 정상에 서면 한껏 싱그러움을 뽐내는 쪽빛 바다가 한달음에 달려와 안긴다. 온몸이 시원하다. 성천봉에서 바라보는 바다는 넉넉하고 편안하다. 어머니의 눈처럼 자애롭다. 코끝을 간질이는 바람. 짭조름한 바다 내음이 바람에 실려 온다. 상쾌함을 느끼며 돌아보면 동으로 범섬과 고근산이, 서쪽으로 저 멀리 마라도와 가파도, 송악산과 산방산이 한 폭의 동양화처럼 다가온다. 그 능선 뒤로 해가 뜨는 일출과 지는 저녁노을은 언제 봐도 아름답다.

잠시 숨을 고르고 뒤돌아보면 한라산이 한눈에 들어온다. 능선 따라 오밀조밀한 오름을 거느리고 환하게 웃으며 달려온다. 풍성함이란 바로 이런 것일 것이다. 그 산자락 밑 마을들이 평화롭기만 하다. 그러기에 중문단지에 가면 안주인 노릇을 하며 언제나 우리를 반기는 성천봉에서 바다와 산과 중문단지를 감상하는 것이 첫 순서다.

주상절리는 어떤가!

한라산이 화산 폭발할 때 용암이 흘러 내려와 바닷물과 만나 식으면서 만들어졌다. 마치 석공이 정교하게 다듬은 듯 4각형·5각형·6각형의 돌기둥이 겹겹이 둘러쳐져 있어 장관을 이룬다. 마치 사람들이 앉아 있는 모습과 흡사하기도 하고 천 년 거북이 등을 물결사이로 보이며 반기는 듯하다. 파도가 심한 날은 거친 파도가 주상절리 단애와 부딪치면서 거대한 물줄기가 공중으로 20m 이상 용솟음치는 모습은 바라보는 이의 입을 딱 벌어지게 한다.

언젠가 폭풍이 불어 집채 같은 파도가 일렁이던 날, 한 농부가 주상절리 위쪽 밭에서 밭을 갈다가 날아온 물벼락에 온몸이 흘딱 젖는 봉변을 당했고 밭을 갈던 소도 난생 처음 당하는 물벼락에 얼마나 겁이 났던지 혼비백산하여 쟁기를 이끌고 그대로 도망쳤다는 일화가 있다. 그러니 바람이 센 날 주상절리에서 보는 파도의 용솟음을 놓쳐서는 안 되리라.

주상절리대 앞에 서면 새하얗게 부서지는 포말 속에 석수장이가 애달픈 사연을 금방 쏟아낼 것만 같다. 이러한 곳 주상절리에서 한라산과 바다가 어우러진 아름다운 자연의 신비함을 서로가 나누어 보면 어떨까?

그 주상절리 바로 동쪽에 바다가 뭍으로 조금 깊숙이 들어온 곳에서 파도소리를 들어보라. 조약돌들이 노래한다. 조약돌은 섬이 태어난 이래 파도에 닳고 닳아 아기 손보다 작다. 파도가 밀려올 때는 바다의 소리를, 나갈 때는 조약돌 구르는 소리가 난다. 아스라한 수평선이 넘실거리는 물결 따라 다가오고 소나무 가지 사이로 춤추며 코끝을 간질이는 바람결 따라

"쏴~사르르, 사~르~르, 사르르, 사~르르~."

조약돌 사이사이로 넘나들며 파도가 전하는 소리. 세상천지에 이처럼 아름다운 소리가 또 있을까? 들으면 들을수록 세상이 아름다

움을 가슴에 안겨 준다. 여기서는 높고 낮음, 좋고 나쁨이 없다. 오직 자연의 아름다움만이 있다. 사랑하는 사람끼리, 다정한 친구끼리 아니면 혼자서라도 반드시 가야 할 곳이다. 연인끼리는 사랑을 무르익게 하고 친구끼리는 우정을 깊게 한다. 비록 혼자 가더라도 일상에 지친 몸과 마음을 내려놓기에 이만한 곳도 없으리라.

다음은 중문해수욕장이다. 병풍처럼 둘러쳐진 절벽 앞에 커다란 모래 동산이 있는 활처럼 굽은 백사장이다. 동서 길이가 약 500m이며 바다 쪽으로도 500m 정도 뻗어 있다. 모래는 흑·백·적·황·회색의 5색으로 되어 있다. 수만 년 동안 조개껍질이 부서지면서 생겼다. 낮에는 햇살과 밤에는 달빛과 어우러져 우리의 발길을 유혹한다.

백사장 동쪽 끝에는 멋진 궁궐처럼 우뚝 솟은 바위가 백사장의 경관을 더욱 돋보이게 한다. 이곳에 길이가 6m쯤 되는 동굴이 있는데 여기서 바다를 배경으로 하여 찍는 사진 풍경의 아름다움은 말로 표현할 수 없다. 그래서 해수욕객의 편의시설이 들어서기 전에는 사진 찍는 곳으로 인기 높았었다.

쪽빛 물결 위에, 눈부시게 파란 하늘 아래서 흰색의 크루저 요트가 시간을 멈추고 세월을 멈추며 추억 여행을 하고 있다. 수상레저기구인 모터보트·패러세일·워터슬래드가 물살을 가르며 우리를 유혹한다. 모래사장에서 보고 있노라면 현실을 잊어버리고 환상 속으로 빠져들게 한다.

바다를 알고 싶으면 중문해수욕장을 끼고 도는 해수욕장 위 산책로를 걸어보라. 어디에서도 찾아볼 수 없는 바다의 황홀경에 빠져 넋을 놓을 뿐이다. 시원한 남태평양의 바다가 한달음에 안긴다. 막혔던 가슴이 탁 트이도록 시원스레 부서지는 파도. 코발트빛 물결이 어서 오라고 손짓하고 하얀 물보라를 이루며 달려오는 파도소리에 누구나 가 시인이 되고 가수가 된다. 걷다 쉬리의 언덕에 있는 벤치에 앉아 솔바람 향기를 맡으며 이국적인 아름다운 바다를 감상하다 보며 자신도 모르게 멋진 영화 속의 주인공인 양 착각에 빠져 든다.

중문단지는 바다만 아름다운 것이 아니다.

천제연 계곡 산책로를 걸어보라. 천제연 계곡 낭떠러지를 옆구리에 끼고 성천봉 비탈 따라 나 있는 꼬불꼬불 아담한 산책로. 무엇엔가 홀린 듯 이끌려 무작정 걷게 되고 홀딱 반해 굽이굽이마다 마음이 빼앗긴다.

3단으로 된 천제연 폭포는 옛날부터 물이 맑기로 유명하다. 하도 맑아 옥황상제를 모시는 선녀들이 달 밝은 밤이면 내려와 목욕을 하고 간다는 이야기가 전해지는 곳이다. 사실 수심이 21m가 되는데 바닥이 보인다. 그러니 얼마나 물이 맑지 아니한가. 그래서 옛날부터 사람들은 달 밝은 밤 천제연을 찾았는지 모른다. 선녀를 만나러! 인연이 닿으면 하늘에서 내려와 목욕하는 선녀를 볼 수 있으리라 하며. 어쩌면 선녀와 나무꾼처럼 둘이 인연이 맺어질지도 모른다 하여 설레는 가슴을 안고 달빛 속을 걸었을 것이다.

우람하게 자란 나무들이 우거진 계곡 따라 난 산책로를 걷다 보면 나뭇가지 사이로 떨어지는 폭포가 아슴푸레하게 보이며 눈길을 떼지 못하게 한다. 그런가 하면 흘러가는 물줄기 따라 자신도 모르게 추억여행을 한다. 개구쟁이 시절 물장구치며 놀던 때가 아른거리고 사랑하는 사람과 도란도란 이야기하는 착각에 빠져든다.

산책로 중간 못 미친 곳에 '만지샘'이라는 물이 나는 곳이 있다. 아무리 가물어도 샘이 마르는 일이 없다. 예부터 신령스러운 물이라 하여 집안에 제를 지낼 때 이 물을 길어다 썼다. 그러니 지나다 여기서 물 한 모금 마시며 자신의 소원을 정성스럽게 기원 해보는 것도 괜찮으리라. 지난 날 중문지역 사람들은 이 물을 식수로 사용하기도 했다. 나도 자주 물 길러 왔던 곳이라 나의 어린 시절 추억이 배어있는 곳이다.

걷다 보면 바위나 나무를 덧씌운 푸른 이끼가 자연의 깊은 아름다움을 깨우쳐준다. 산책로의 정취에 빠지고 물소리에 넋을 놓고 청아한 새소리는 리듬이 있어 일상에 차인 신경을 안정시키고 마음을 편안하게 한다. 그러다 보면 어느새 성천봉 아래 포구에 닿는다.

야트막한 초가지붕, 동글동글하고 정감이 넘치는 돌담, 그리고 울창한 숲을 뒤로한 한편의 서정시와 같은 작은 포구다. 옛날에는 돛단배 두어 척이 물결에 하늘거리고 갈매기가 물결 따라 넘나들며 12가구가 오순도순 살았다. 관광단지가 개발되면서 12가구는 떠나고 지금은 크루저 요트가 정박하고 수상 보트들이 우리에게 물살을 가르며 바다에서 한바탕 신명나게 놀아보자고 한다.

중문단지는 천혜의 자연경관만 우리를 유혹하는 게 아니라 신이 만들어 낸 풍광 사이로 들어선 관광시설들이 우리의 꿈을 한껏 부풀게 한다. 동화 속의 아름다운 궁전처럼 한라산과 바다를 배경으로 들어선 호텔은 여행자의 발걸음을 한결 가볍게 한다. 파도 소리와 야자수와 어우러진 호텔의 야경은 누구나 동화 나라의 왕자와 공주로 만든다. 박물관은 요술 나라의 정령으로 우리를 변화시킨다. 돌고래와 물개의 묘기를 보다 보면 어느새 너나 할 것 없이 동심으로 돌아가 까르르 깔깔 웃고 떠든다. 해안을 낀 골프장은 자신도 모르게 "나이스 샷!"하고 소리를 지르게 한다.

국내 최초로 전설상의 오작교 형태로 꾸민 선임교는 양쪽 옆면에 천제연 폭포 전설의 주인공 칠선녀를 조각한 다리다. 야간에 100개 난간 사이에 34개의 석등에 오색으로 불을 밝혀 다리를 거니는 이들에게 매혹적인 분위기를 안겨 준다. 일상에 채인 몸과 마음을 공중에서 선녀가 타는 은은한 비파 소리에 내려놓는 즐거움을 놓쳐서는 안 되리라.

무엇보다도 중문단지에서 보는 바다는 우리를 곤혹스럽게 한다. 하늘과 바다가 한 가지 색이다보니 어느 게 하늘이고 바다인지 구분이 안 된다. 하나다! 야자수가 끝나는 길가에서 그대로 걷고 싶은 충동을 일으키게 한다.

언제나 추억과 낭만이 감도는 곳. 바다가, 바람이, 사람이 쉬어가는 곳. 중문단지에 지친 일상사를 내려놓으면 우리는 어느새 바다가 되고 촉촉한 물결이 되고 결 좋은 바람이 된다.

중문단지는 술이 없어도 취한다.

바다에 취하고

달빛에 취하고

별빛에 취하고

그대의 눈빛에 취한다.

중문단지는 소리에 감탄한다.

바람 소리에

파도소리에

새소리에

그대 사랑의 밀어에 감탄한다.

중문단지 어느 곳에서나 들려오는 파도소리, 바람소리, 새소리……. 그 소리를 따라가면 다정하게 다독이는 손길이 있다. 눈길이 있다. 보는 즐거움, 듣는 즐거움, 꿈꾸는 즐거움이 있다. 그렇게 중문단지는 오늘도 우리를 반긴다.

신(神)들이 숨겨 놓았던 땅, 중문단지

옛날 옛적 제주에는 18,000 신들이 살며 세상의 일들을 맡았다. 신들 중에 '설문대 할망'이라는 여신이 있었다. 설문대 할망은 얼마나 거구였던지 한라산을 베개 삼아 누우면 다리가 제주시 앞 관탈섬에 걸쳐졌다. 빨래를 할 때면 한라산을 엉덩이로 깔고 앉아 오른쪽 다리는 서귀포 앞바다 지귀섬에 디디고 왼쪽 다리는 관탈섬에 디뎌 우도를 빨래판으로 삼아 빨래를 했다고 한다.

이처럼 설문대 할망은 키가 너무 커서 옷을 제대로 해 입을 수가 없었다. 그래서 설문대 할망은 제주 사람들에게 속옷 한 벌만 만들어주면 사람들의 숙원이던 육지까지 다리를 놓아주겠다고 했다.

육지까지 다리를 놓아준다는 말에 사람들은 제주섬 안에 있는 명주를 모두 모았다. 그런데 너무나 몸이 컸기 때문에 속옷을 만드는 데 명주 100동(1동50필)이 있어야 하는데 99동 밖에 되지 않았다. 그래서 속옷을 만들다가 완성되지 않으니 여신은 다리를 놓다가 중단해 버렸다.

다리를 놓을 때 할망은 치마폭에 흙을 가득 퍼 날랐는데 찢어진 치마구멍 사이로는 끊임없이 흙부스러기들이 떨어졌다. 한라산의 군졸처럼 제주도 이곳저곳에 있는 오름들은 이때 떨어진 흙들이 군데군데 모여 되었다고도 한다.

설문대 할망은 제주 사람들이 약속을 지키지 못하자 옥황상제만 즐길 수 있는 천하제일의 경승지를 만들어 옥황상제께 소원을 빌기로 했다. 떨어진 흙부스러기들을 주물럭거리니 천제연 3단 폭포가 생기고 중문해수욕장, 주상절리대를 비롯한 해안가 기암기석들이 만들어졌다.

이를 본 옥황상제는 너무나 아름다워 먼 훗날 이곳이 세상의 모든 사람들이 찾는 지상 최대의 보물이 될 것을 알아 뭇 신들에게 그때가 올 때까지 잘 지키도록 했다. 아무도 침범하지 못하게 동으로는 호랑이(범섬)를 서로는 군대(군산)를 주둔 시키고 북으로는 오백장군(영실기암), 남으로는 바다를 이루어 지키며 때를 기다리도록 했다. 그리고 바람으로 사람들의 접근을 막았다.

1978년 관광공사가 이곳을 관광단지로 만들기 전까지만 해도 농사도 잘 안 되고 바람만 많아 사람들이 그다지 중요하게 생각하지 않았다. 그러나 지금은 옥황상제가 말 한대로 세계인이 찾는 관광지로 변했다.

신들이 보호하는 천혜의 자연경관이었던 땅이 이국적인 풍경을 주는 야자수와 쭉쭉 뻗은 도로 사이사이로 최고 수준의 특급호텔과 골프장, 관광시설들이 어우러져 세계인들이 선망하는 명승지가 된 것이다. 가끔 바람이 심하게 불지만 신들이 지켜주는 바람이라 생각하면 즐거운 상상의 날개가 무한정으로 펼쳐지게 하는 곳이다.

신들의 땅에서, 인간의 휴식처로

1970년대에 들어서면서 제주도의 관광개발은 국가적인 과제로 떠올랐다. 당시만 해도 국내에서 유일하게 비행기를 타고 갈 수 있는 관광지라는 차별성 때문에 제주도는 신혼여행지로 수학여행지로 선망의 대상이 됐다. 이와 함께 1966년 10만 명을 돌파한 이후 꾸준히 증가하고 있는 관광객들에게도 제주도는 분명 매력적인 관광지였다.

1971년에는 천제연폭포·용연·만장굴·안덕계곡·정방폭포 5개 지구가 '지정관광지'로 선정되어 관광지 정비 및 시설확충에 정부의 지원을 받게 됐다. 이때 중문지역 일대 16.45㎢를 관광지로 지정하여 제주도 관광개발에 대한 의지를 실천에 옮기기 시작했다.

1972년 2월 박정희 대통령은 제주도 초도순시 때 내국인 신혼여행지로 각광받고 있던 제주도를 외국인을 상대로 한 국제관광지로 개발할 결심을 하고 청와대 비서실에 제주도관광종합개발계획의 입안을 지시했다.

대통령의 지시에 따라 청와대 관광개발기획단을 구성하고 제3경제수석비서실·교통부·건설부·제주도 등의 협조를 얻어 그해 12월까지 계획안을 마련했다. 이 계획안은 이듬해인 1973년 2월 16일 대통령의 제주도 연두순시에서 보고된 후 제주도관광종합개발계획(1973~1982)으로 확정됐다.

이 계획은 제주도 관광개발의 전기가 되었으며 중문관광단지·제주시 주변관광지구·서귀포시 주변관광지구·산악·해안·동굴·문화관광지구 등의 개발계획이 수립되었다.

이 계획의 핵심 개념은 관광개발을 통해 지역경제 성장을 도모하고 거점식 개발로 파급 효과를 제고하기 위해 제주시에서 중문에 이르는 관광도로의 건설과 함께 국제 수준의 위락관광지로서 중문지구를 관광단지로 조성한다는 것이었다.

또한 중문을 국제 수준의 위락 관광지로 조성해 적정 규모의 관광호텔과 해수욕장, 오락 및 유흥시설 등이 있는 관광단지로 조성하는 한편, 제주시에는 각종 정보를 비롯한 서비스 기능을 수행하는 관광종합센터와 민속 문화센터를 건립해 제주도 관광 전반의 중추적 기능지로 조성한다는 구상이 포함됐다.

당시 중문은 제주시에서 40여km밖에 안 되는 거리에 위치해 있는데다가 천혜의 자연자원을 갖고 있었다. 옥황상제를 모시는 칠선녀가 내려와 맑은 물에 미역 감고 노닐다가 올라갔다는 천제연 3단 폭포, 병풍처럼 둘러쳐진 수직 절벽 밑에 흑·백·적·황·회색빛을 띤 고운 모래동산 아래로 에메랄드 물결이 넘실거리는 해수욕장이 있다. 해안가는 신들의 궁전이라 격찬하는 주상절리대로 수려한 기암절벽을 자랑한다.

그뿐만 아니라 인근에 있는 천지연 폭포·정방폭포·외돌개 및 안덕계곡·산방산·용머리 해안 등 제주도 그 어느 곳보다도 빼어난 경승지가 20분 이내 거리에 몰려 있어 제주도 관광의 중심지가 되기에 부족함이 없는 조건을 갖추었다.

그러므로 천혜의 자연경관으로 관광입지 조건을 갖춘 중문지구를 관광단지로 개발하는 것이 이 지역의 토지이용 가치를 극대화하고 주변 일대를 발전시킬 수 있는 계기가 됨은 물론 제주도 관광개발의 선도적 역할 및 기폭제로 활용되기 때문에 국제 수준의 위락관광지로 조성하는 계획을 수립하게 된 것이다. 이어서 중문은 '제주 중문지구 종합개발 기본계획'이 수립되어 본격적으로 개발을 한 것이다.

시원하게 뚫린 야자수 길

중문단지에 들어서는 순간 가슴이 '뺑' 뚫린다. 세상살이에 갑갑했던 가슴이 언제 그랬느냐는 듯 시원하다. 우람하게 자란 야자수가 하늘을 받치며 쭉쭉 뻗은 도로가 앞이 탁 트여서 막힌 데가 없기 때문이다.

살면서 살아가는 길이 환하게 뚫리기만 한다면 얼마나 좋으랴. 어릴 적 꿈꾸던 세상이 살아갈수록 막히기만 한다. 나이가 들어갈수록 어깨가 무겁기만 하다. 그만큼 세상살이에 부대꼈다. 무엇에 한눈 팔며 힘들게 걸어 왔는가? 버릴 것은 버려야 하는데 버리지 못해 그렁저렁 걸어오기만 했음을 알겠다.

살아간다는 것은 선택의 연속이다. 매일 이거? 저거? 비교하며 수많은 선택을 하면서 살아간다. 어느 길을 선택해야 할지 선뜻 내키지 않아 한참을 망설일 때도 있고, 그 선택의 결과에 따라 기뻐하거나 후회하며 하루를 보낸다. 그러면서 나는 선택하지 않은 것에 대한 미련에 언제나 갈등을 겪는다. '그걸 놔두고 왜 이걸 했지?' 하며 매일 수십 번 되뇐다. 선택하는 마음은 생각보다 쉽지는 않다. 그러니 어깨에 짐만 쌓여 간다.

선택한 것에는 후회가 없어야 한다. 선택한 것을 존중해야 한다. 비록 그것이 내가 원하는 결과가 아니어도 원망을 해서는 안 된다.

내가 한 잘못된 선택으로 말미암아 좌절하거나 희망을 버리기보다, 그 덕분에 더욱 힘찬 발돋움을 해서 보다 나은 미래를 향해 나갈 용기를 얻어야 할 것이다. 나는 살아갈수록 무수한 시행착오를 겪으면서 깨달음을 얻게 되고 소중함을 알게 됨에 늘 고마워한다.

누구나가 인생이란 길을 걸으며 가지 않은 길에 미련을 갖는다. 그 길에 대한 미련을 떨쳐 버리지 못해 뒤돌아보기도 한다. 내가 선택해서 가는 길이 정말 옳은지 하며 때론 불안해하기도 한다. 정말 잘 선택했는지 하며 자신이 없어 하기도 한다. 그러며 가지 않은 길에 대한 아쉬움으로 가끔은 방황하기도 한다. 그러나 방황은 짧아야 한다. 선택하지 않은 미련으로 더 소중하고 보람 있는 일들을 놓치며 살아가서는 안 되리라.

취하고 버리는 것에서 우리는 평생 자유롭지 못할 것이다. 삶은 갈등과 방황을 극복하는 것이며 갈등과 방황은 나의 선택에서 오는 것이다. 그러니 갈등과 방황에서 자유롭지 못해 갑갑한 가슴을 안고 살아가고 있는 것인지도 모른다. 내일의 가벼움을 위해 그 길에서 잠깐 벗어나 탁 트인 길에서 숨을 한번 고르면 어떨까.

중문단지 야자수 길은 그 갑갑함을 떨쳐낼 수 있어 좋다. 우선 보는 것만으로도 시원하다. 걸림이 없다. 거기에다 그 길 끝이 하늘인지 바다인지 분간을 못하게 한다. 어디를 가도 쪽빛 바다가 반긴다. 이처럼 야자수 길은 에메랄드 바다와 바닷바람을 마음껏 보고 맞을 수 있는 길이다. 하얀 파도, 파도소리에 바다 쪽으로 시선을 떼지 못한다. 걷다 보면 하늘과 바다를 구분 못한다. 하늘이 바다고 바다가 하늘이다. 야자수 길만이 갖고 있는 특권이다.

야자수를 가로수로 한 곳은 중문단지가 전국 최초다. 아열대 식물인 워싱톤 야자·카나리아 야자를 가로수로 선정할 때는 우려반기대반이었다. 기후가 안 맞아 자라지 못하면 어쩌나 했지만 지금은 중문단지의 명물로 자리 잡았다. 현재 제주도의 도로를 비롯해 곳곳에 심어져 제주를 이국적인 섬으로 풍광을 자랑하도록 한몫을 하고 있는 야자수들은 모두 중문단지에 식재한 워싱톤 야자수를 벤치마킹한 것이다.

이 길 초입은 옛날에 '감수로 길'이라 했다. 옛날 어느 목사가 행차하다가 이곳에서 쉬면서 목이 말라 물을 찾자 마을 주민이 근처에 있던 샘물을 떠다 드렸다. 물을 한 모금 마신 목사는 '물이 참 달구나! 감로수가 따로 없구나!' 하였다.

그 후 주민들은 목사가 샘물의 맛이 달아 감로수라 했다하여 이 샘물을 '감수물'이라 하고 목사가 쉬었던 길을 '감수로 길'이라 했다고 한다. 아쉽게도 옛날 샘이 있던 자리는 중문골프장이 개발되면서 사라지고 흔적만 남아 세월의 무상함을 알려 준다. 골프장 2홀 티 박스 서쪽 1홀 경계선상에 샘물의 흔적을 볼 수 있다.

중문단지 길은 야자수를 따른다. 중간 중간에 야자수 사이로 호텔이 보이고 골프장이 보이고 계곡이 보이고 바다가 보인다. 그리운 사람이 반기듯 가슴 속으로 파고든다. 무거웠던 몸이 어느 새 솜털 같음을 알 수 있다.

나는 이 길이 좋아 걸어 출퇴근을 한다. 이 길을 걸으면 그냥 몸과 마음이 즐겁기에. 야자수와 한들거리며 노니는 바람을 보는가 하면 야자수 밑으로 내려와 살며시 들려주는 바람 소리가 내 귀를 즐겁게 하고 발걸음을 가볍게 한다. 무엇보다도 그 길가 곳곳에 이 길을 만든 동료들의 손길이 나에게 항상 힘내라 응원을 해주기에 이 길을 걷기를 좋아한다.

이 길에는 무거움도 답답함도 없다. 오로지 날아오를 듯 가벼움과 시원함만 있을 뿐이다. 거기에다 가슴 속 어디엔가 잊어있던 추억과 낭만이 되살아난다. 어릴 적 동무들이 손짓한다. 살며 잊었던 얼굴들이 환하게 웃으며 반긴다. 이 길을 걸어야 할 이유가 여기에 있는지도 모른다.

걷다 보면 지나는 차량들이 무턱대고 달린다. 무엇이 급한가. 여기에 와서도 그리 바쁜 삶의 굴레를 벗어나지 못한다면 참으로 불행한 일이다. 달리는 차창으로 이 길을 보는 것이 아니라 당연히 걸어야 한다. 이 길이 주는 특권과 호사스러움을 모르는 그들이 안쓰럽기만 하다.

누구나 가는 길, 어떻게 가도 좋지만 중문단지 야자수 길에서는 모든 것을 내려놓고 걷는 것이 좋다. 바닷바람이 전하는 짭조름한 냄새를 맡기도 하고, 야자수 사아사이로 손짓하는 동무들을 보기도 하며. 그러기에 중문단지 야자수 길은 낭만과 추억·사랑으로 함께 가는 길이다.

하늘의 쉰녀가 목욕하는 천제연 폭포

중문단지 중심부에 천제연 계곡이 있다. 3단 폭포가 만들어낸 계곡으로 천연기념물 제182-7호로 지정된 문화재 보호 구역이다. 천제연 폭포는 물이 맑고 경관만 뛰어난 것이 아니라 천제연 계곡은 제주도기념물 14호로 지정된 담팔수의 자생지이며, 우리나라의 희귀식물 가운데 하나인 솔잎난이 자라고 있다. 또한, 난대림이 형성된 아름다운 계곡이어서 많은 사람들이 찾는 관광명소다.

제1폭포는 '웃소'라 하며 절벽의 높이가 22m 되며, 깊이는 21m로 물이 동굴과 밑바닥으로도 솟아나서 코발트빛의 맑은 용소를 이루고 있다. 여기에서 밑으로 70여 m 내려가면 25m 높이의 제2폭포 '알소'가 있다. 여기를 어떤 이는 '행기소'라 부르는데 행기란 놋사발을 말함이다. 다시 150여m 내려가면 제3폭포가 12m 높이에서 많은 물이 한줄기 되어 곤두박질쳐 용소를 이루는데 '고래소'라고 한다.

울창한 천제연 난대림지대 사이로 웅장한 3단 폭포가 떨어지는 모습은 실로 장관인데 제1폭포에서 떨어져 수심 21m의 못을 이루고, 이 물은 다시 제2폭포, 제3폭포를 거쳐 바다로 흘러 들어간다.

특히 제1폭포가 떨어지는 절벽 동쪽의 암석동굴 천정에서 떨어지는 여러 갈래의 차가운 물줄기는 석간수여서 식수로 사용되고 있다. 예로부터 백중과 처서에 이물을 맞으면 만병통치가 된다고 전해져 오기도 한다. 그래서 지역 주민들은 백중날 가족들과 물 맞으러 가곤 했다. 물론 우리 가족도 물 맞으며 더위를 잊곤 했다.

백중(음력 7월 15일)은 우란분절이라도 하며 불교에서 유래한다. 스님들이 하안거를 마친 뒤 대중 앞에서 석 달의 수행기간 동안 자신의 허물을 말하고 대중에게 참회를 구하는 날이기 때문에 백중(百衆)이라고 한다. 그렇지만 세시풍속인 백중은 백종(百種)이라고도 한다. 음력 7월 15일 이때쯤 과일과 채소가 많이 나와 100가지 곡식의 씨앗을 갖췄다고 해서 유래한다. 농사일을 멈추고 모두가 쉬면서 그해에 새로 난 과일이나 농산물을 먼저 돌아가신 조상의 신위(神位)에 올리는 천신의례 및 잔치를 벌여 일의 지루함을 달래고, 더위로 인해 쇠약해지는 건강을 회복하고자 했다.

그래서 주민들은 이날 가족끼리, 친구끼리 폭포를 찾아 물을 맞으며 그간의 피로도 풀고 더위도 잊었다. 중문단지가 개발되기 전까지는 주민들이 폭포에서 수영을 즐기기도 했는데 지금은 수영이 금지되어 있다.

1단 폭포는 수심이 21m나 되지만 밑바닥이 보일 정도로 물이 맑다. 하도 물이 맑아 옛날부터 달 밝은 밤이면 하늘의 옥황상제를 모시는 칠선녀가 영롱한 자주빛 구름다리를 타고 옥피리 불며 내려와 맑은 물에 미역 감고 노닐다 올라간다는 이야기가 전해져 내려온다. 관광공사는 이 전설에 따라 일곱 선녀상을 조각한 선임교라는 아치형 다리와 다리 너머에 '천제루'라고 불리는 8각정을 세워 천제연 설화를 관광상품화했다. 즉 일곱 선녀가 옥피리를 비롯한 각기 다른 악기를 연주하며 천제연에 내려와 미역을 감으며 노닐고, 옥황상제가 지긋한 눈으로 선녀들을 바라보며 앉아 있던 천제루, 인간이 받을 수 있는 모든 복(福)을 받게 하는 5복천으로 스토리를 만든 것이다.

천제연 폭포는 이 지역 중문 사람들에게는 마음의 고향이다. 고향을 떠나도 항상 마음속에 품고 산다. 걸음마를 뗄 때부터 찾아 물장구를 치며 자라고 친구들과 시간만 나면 여기서 놀며 성장한 곳이기에 잊을 수가 없는 곳이다. 중문초등학교 교가에도 천제연 폭포를 노래하고 있다.

나는 매일 출퇴근하며 천제연 다리를 지난다. 가끔 지난 시절 폭포 물에 친구들과 놀던 추억을 떠올리는 재미에 혼자 웃곤 한다. 개헤엄을 치거나 큰 바위에서 물속으로 뛰어들거나 졸졸 흐르는 물길에 종이나 나뭇잎으로 만든 배를 띄우며 물과 벗 삼고 친구들과 우정을 쌓던 기억을 더듬는 재미가 쏠쏠하다. 훌러덩 옷을 벗고 재잘거리는 아이들의 소리가 발걸음을 총총거리게 하고 귓바퀴를 움찔거리게 한다. 지나고 보니 그 시절이 가장 좋았다. 순수함을 가지고 세상을 있는 그대로 볼 수 있어서.

천제연(天帝淵)이란 말을 처음으로 사용한 사람은 조선시대 백호(白湖) 임제(林悌)로 1577년 제주도여행기인 남명소승에 나온다. 백호 임제는 평안도 도사로 임명되어 가는 길에 기생 황진이의 무덤을 지나며 읊은 '청초(靑草) 우거진 골에 자난다 누웠난다 / 홍안(紅顔)을 어디 두고 백골(白骨)만 묻혔난다 / 잔(盞) 잡아 권할 이 없으니 그를 슬퍼하노라' 시조를 지었다가 임지에 당도하기 전에 파직됐던 임제는 조선시대 최고의 한량이었다.

1577년(선조 10년) 알성문과 급제 후 인사차 제주목사였던 아버지를 만나기 위해 제주에 건너왔다. 4개월 동안 제주에 머무르면서 기행문 '남명소승(지리·풍속·언어·수산물·국방 등 제주의 역사)'을 썼다. 여기에 보면 백호가 천제연 폭포에 이르러 그 웅장함과 맑은 물을 보고는 옥황상제를 모시는 선녀들이 목욕을 하는 하늘의 연못이라 하여 천제연이라 불렀음을 알 수가 있다.

백호의 선녀를 사모하는 마음이 그 후 평안도사로 부임하여 가다 선녀의 화신이라 불리던 황진이의 무덤 앞에서 넋을 달래며 제문을 짓고 제를 지냈다 파직을 당하게 된 것이다. 그 후 수많은 기녀들과의 러브스토리, 숱한 일화로 세상을 떠들썩하게 했는데 이는 천제연 폭포에서 선녀를 사모하기 시작했기 때문이리라.

폭포가 있는 곳은 언제나 사람의 발길이 잦는다. 특히 경치가 뛰어난 곳은 몸살을 앓는다. 천하제일의 절경이라 부르는 천제연 폭포는 세삼 말할 필요가 없다. 옛날 조선시대 제주목사가 순력 중 이곳에 이르러 휴식을 취하면서 활쏘기 놀이를 했다고 한다.

정확한 위치는 알 수 없으나, 천제연 2단 폭포 부근으로 추정된다. 활쏘기 놀이를 할 때는 계곡 건너 서쪽(현재 천제루 쪽)에 과녁을 설치했는데, 계곡을 가로질러 동쪽에서 서쪽까지 밧줄을 묶고 추인(짚인형)을 이용해 화살을 옮겨 오도록 했다. 계곡 서쪽에 있는 표적인 사후(射侯)에는 동물의 머리를 그려 넣었다. 사후에 그려지는 동물의 머리는 신분에 따라 달랐는데, 왕족이 활을 쏠 때는 곰의 머리를 그린 사후였고 관리들이 활을 쏠 때는 사슴의 머리가 그려진 사후를, 일반 유생들이 활을 쏠 때는 돼지머리가 그려진 사후를 사용했다. 1702년 이형상 목사의 『탐라순력도(耽羅巡歷圖)』의 「현폭사후(懸瀑 射侯)」에는 중문 천제연에서 활 쏘는 모습이 자세히 그려져 있다.

또한 조선 영·정조 시대 문신 임관주가 제주에 유배 왔다가 이 광경을 읊은 시가 천제연 1단 폭포 서북쪽 벽에 마애명으로 남아있다.

任觀周 詩 天帝淵磨崖銘

天地開闢大暴流　천지개벽대폭류
移來叢石浮深湫　이래총석부심추
空中負箭夠人步　공중부전추인보
第一奇觀此射鍭　제일기관차사후

천지 열린 곳에 큰 폭포 흘러내리고
무더기 돌과 절벽이 옮겨와 깊은 소에 떠있네
공중에는 살과 꼴을 짊어진 사람이 걷고
제주 제일의 신기한 경관이 살을(과녁)을 쏘는 것이다

이처럼 옛날부터 시인 묵객은 물론, 벼슬아치에서 일반 백성 모두가 사랑한 천제연 폭포. 중문단지에서 선녀를 만나고 싶으면 달 밝은 밤 천체연 폭포에 가보라. 인연이 닿으면 하늘에서 내려와 목욕하는 선녀를 볼 수 있을 것이다. 어쩌면 선녀와 나무꾼처럼 둘이 인연이 맺어질지도 모르니 선남선녀에게 이보다 더 좋은 곳은 없으리라.

비파를 타며 선녀가 거니는 선임교

중문단지의 시원한 야자수 길을 따라 해수욕장 쪽으로 가다 보면 하늘에 선녀가 춤을 추고 있는 것을 볼 수 있다. 바로 천제연 2단 폭포 밑에 계곡을 동서로 잇는 선임교다.

천제연 폭포에는 옛날부터 달 밝은 밤이면 하늘의 옥황상제를 모시는 칠선녀가 영롱한 자주 빛 구름다리를 타고 옥피리 불며 내려와 맑은 물에 미역 감고 노닐다 올라간다는 이야기가 전해져 내려온다. 선임교는 천제연 설화의 칠선녀를 조각한 다리로 일명 '칠선녀 다리'라고도 한다. 지금은 중문단지의 명물로 많은 사람들의 사랑을 받고 있지만 가슴 아픈 사연이 숨어 있다.

다리 건설 준공을 눈앞에 둔 1981년 12월 17일 천제연 동측 앙카레이지 아이바 볼트의 파손으로 동쪽 타워 전복 및 가설된 교량 트라스가 와르르 무너졌다. 다리가 50m 밑의 계곡으로 추락하여 작업 중이던 인부 11명이 사망하고 8명의 부상자가 발생한 대형 사고였다.

지금도 기억이 선명하다. '우르르, 쾅!' 사무실에 들려온 소리. 마른 날에 천둥벼락 소리가 따로 없다. 사무실 유리창이 크게 흔들거렸다. 연말이라 다른 때보다 오후의 업무에 분주하던 나는 일손을 멈추고 한 순간 멍했다. 심장이 발딱거리기만 했다. 이어서 다리가 무너졌다며 경비가 사무실로 허겁지겁 뛰어들었다.

누가 먼저랄 것도 없이 모두가 뛰쳐나갔다. 위용을 드러내던 다리가 반쪽은 엿가락처럼 휘어졌으며 반쪽은 50여 미터 계곡 밑으로 처박혔다. 철골조들이 엿가락처럼 휘어지고 꼬인 속에 살려달라는 외침과 신음으로 현장은 아수라장이었다.

구조작업을 하면서 나는 순간이나마 죽음이라는 두려움에 몸을 떨었다. 언제 죽을지 모르는 목숨. 생명은 영원할 것이라는 착각 속에 살고 있음에 치가 떨렸다.

하필이면 사고가 나자마자 비까지 내려 구조 작업은 더디고 모두의 가슴을 메이게 했다. 비에 젖어 추운 겨울 날씨지만 여기저기 치우며 생명 살리기에 여념이 없었다. 구조 작업이 끝나니 밤 2시가 넘었다. 집에 돌아와 보니 옷은 피와 빗물에 젖어 있었다. 아마도 그날의 비는 옥황상제께서 비통에 잠긴 눈물이리라.

이날 현수교가 무너진 사고는 중문단지 개발 현장에서 일어난 최대 사고이며, 천제연 계곡이 형성된 이래 최초이자 최대의 참사였다. 당시 국내에서도 찾기 힘든 대형사고로 모든 언론이 집중 조명했다. 아이러니하게도 이때 중문단지가 전국에 알려져 국민들의 관심거리가 됐다.

선임교는 붕괴사고 후 당초의 흔들리는 현수교에서 고정식 다리로 변경됐다. 새로운 다리는 우리나라 신화와 전설에 등장하는 선녀를 조각하여 전통과 전설이 담긴 오작교형 교량으로 천제연의 절경에 신비로움을 자아내게 했다. 숱한 화제와 우여곡절 끝에 드디어 1984년 12월 24일 오작교 건설공사가 준공되고, 이어서 1985년 1월 다리를 개통하여 현재의 중문단지의 명물인 선임교가 탄생된 것이다.

중문단지 개발사에 최대의 붕괴사고를 거치며 탄생한 다리 선임교. 계곡을 가로지르는 다리의 높이와 규모, 오작교 모양의 다리 형태와 각각 다른 악기를 든 옆면의 칠선녀 조각은 보는 사람의 탄성을 자아내게 한다.

다리 위에 서면 멀리 하늘 아래 우뚝 솟은 한라산과 바로 눈앞에 남태평양의 바다가 한걸음에 안긴다. 밤에는 100개 난간 사이에 34개의 석등에 오색으로 불을 밝혀 다리를 거니는 이들에게 매혹적인 분위기를 안겨 준다.

오작교라는 다리 자체가 어찌 보면 슬픈 뜻을 내포하고 있다. 오작교는 칠월칠석날에 견우와 직녀가 만날 수 있도록 까막까치가 은하에 놓는다는 전설상의 다리다. 서로 그리워하다 일 년에 한 번 까막까치가 다리를 놓아야 만날 수 있으니 어찌 슬프지 않겠는가. 허나 현실에서는 더욱 비통한 다리다. 11명이 생명을 받쳐 다리를 놓아 우리가 거닐고 있으니 왜 아니 슬프겠는가. 나는 다리를 지날 때마다 그들에게 위로와 감사의 뜻을 전한다. 그들이 있었기에 더욱더 멋진 다리가 되었음을 말이다. 그들이 있었기에 천제연 계곡의 아름다움을 편안하게 볼 수 있게 되었음을 말이다.

라인강에 미라보 다리가 있다면 천제연 계곡엔 선임교가 있다. 사랑을 이루고 싶으면 선임교를 걸어야 한다. 무엇보다도 일상에 채인 몸과 마음을 공중에서 선녀가 타는 은은한 비파 소리에 내려놓는 즐거움을 놓쳐서는 안 될 것이다.

성천포구, 삶의 터전은 물결로 남기고

성천포구의 바람은 낮게 분다. 어느 날 갑자기 떠난 이 그리워 낮게 분다. 하늘거리는 부뚜막의 연기가 그리워 낮게 분다. 그래서 성천포구는 더욱 애틋하기만 하다.

성천포구는 중문관광단지 천제연 폭포 하류에 있다. 민물과 바닷물이 만나는 곳으로 플랑크톤이 풍부하여 어류와 해산물이 많은 곳이다. 그래서 마을 사람들은 틈만 나면 가족이나 친구랑 물놀이겸 낚시, 해산물을 채취하기 위해 즐겨 찾았다. 어른들은 고기도 잡고 해산물도 채취한 후 술 한잔을 하며 세상사를 푼다. 애들은 물장구 치며 놀다 게나 고동을 잡기도 하고 구멍 낚시를 하기도 하며 우정을 키워나갔다.

지금은 요트가 정박하는 마리나 항구지만, 옛날에는 평화로운 어촌이었다. '베릿내'라 불리며 12가구 20여 명이 살았다. 어민과 해녀의 삶의 터전이었다. 중문단지가 개발되면서 개발지구로 포함되어 26년 전 어느 날 주민들은 대책 없이 떠나야만 했다. 그들이 살던 지역이 공유수면이라는 이유로 보상비도 제대로 받지 못한 채 삶의 터전을 잃고 뿔뿔이 흩어졌다.

조상대대로 살아왔던 정든 땅을 떠나는 심정이 얼마나 기가 막혔을까. 오순도순 지내던 이웃들이 뿔뿔이 흩어져야 하는 울분이 얼마나 컸을까. 그들의 한숨은 파도가 되고 눈물은 물결이 되어 일렁거리며 한을 달래고 있다.

오랜 세월이 흐른 지금도 삶의 터전을 잃고 떠난 그들의 입은 피해가 아픈 상처로 남아 짙은 그늘에서 벗어나지 못하고 있다. 시간이 갈수록 왜소해지는 존재로 전락해 갈뿐이다. 떠난 그들의 '후일담'은 개발 과정에서 소외되고 땅에서 밀려난 그늘진 주민들의 모습을 상징한다.

주민들이 떠나기 전까지만 해도 포구는 한 편의 서정시와 같은 작은 마을이었다. 야트막한 초가지붕, 동글동글하고 정감이 넘치는 돌담, 그리고 단아한 성천봉이 바로 뒤에 있고 포구엔 작은 어선 대여섯 척이 물결에 하늘거렸다. 서로의 애증은 일렁이는 물결에 묻어 버리고 행복은 한 보시기인양 그날 하루 닻을 내리며 살포시 웃던 마을. 한 폭의 그림이었다.

세월은 무정하다. 슬픔과 고통을 잊게 하고 빛바래게 한다. 포구의 옛 모습은 없고 수상레저 기구들인 모터보트·패러세일·워터슬래드를 이용하려는 관광객들로 왁자하다. 그들은 여기에 있다 떠난 사람들의 아픔을 알기나 할까. 바람이 낮게 불어오며 옷자락을 잡는다.

나는 포구를 볼 때마다 가슴이 아린다. 포구가 추억 속의 마을로 물결 위에 있기 때문이다. 추억이 되기 전 포구는 모두를 품었으나 지금은 관광객만 품어 나를 더욱 아프게 한다. 어린 시절 나는 시간만 나면 쪼르르 포구로 갔다. 동무들과 물장구를 치다 물 밑 세상이 궁금하여 이리저리 다니며 살피곤 했다. 게를 잡다 손가락을 물려 어쩔 줄을 몰라 안절부절 했지만 즐겁기만 했다. 일렁이는 물결 따라 나의 꿈도 넓고 깊어 갔다. 포구는 또 다른 세상이었다.

포구에는 또 하나 아픈 상처가 있다. 돌에 걸린 낚시를 떼러 바다 속에 들어갔다 파도에 휩쓸리며 성게 가시에 발바닥을 온통 찔려 한 달여를 앓아 끙끙거렸다. 그 때 이후로 나는 물이 무서워졌다. 물속에 들어가기가 두려워 물을 멀리 하기 시작했다. 친구들은 물속을 제집 안방 드나들 듯 하고 난 물 주위만 겉돌며 구경하는 신세가 됐다. 물결에 파도가 밀려왔다 멀어져 가듯.

물에 대한 두려움 때문에 가족들과 해수욕장에 가본 일이 없다. 그러니 애들과 물장구 한번 쳐보지 못했다. 아빠로서 애들에게 추억 하나 만들어 주지 못해 늘 미안한 마음 품고 살다 보니 어느새 머리에 하얀 물결이 일렁인다. 가끔 아내에게 푸념을 들을 때마다 발바닥에 가시가 박히던 때를 원망하지만 물은 이미 내게서 멀어진 것을 어찌하랴.

그렇게 나에게 다른 세상을 보여 주며 꿈을 키우기도 하고 물에 대한 두려움을 안겨준 아픈 상처가 있는 성천포구. 삶이 어깨를 짓누를 때마다 종종 포구를 찾는다. 그럴 때마다 어린 시절의 포구는 사라져 낯설기만 하다. 파도만, 물결만 그 시절의 추억을 가져다줄 뿐이다.

바다는 아직도 동심인데 동무들은 어디서 무얼 하며 사는지 파도만 넘실거린다. 포구가 사라지면서 가슴에 아픈 상처하나를 달고 흩어진 동무들. 그들도 어디에선가 바다를 보면 나처럼 어린 시절을 떠올리며 빙그레 웃고 있을 것이다. 포구에 닿는 물결이 그렇다고 하얗게 웃으며 전해준다.

　포구에 부는 바람이 낮게 운다. 살림살이 두어 개 챙기고 내쫓기듯 그리 떠날 줄 몰라 오늘도 울고 있다. 떠난 이 그리워 오늘도 갈래갈래 찢겨진 바다. 하얀 신음소리만 내고 바람은 낮은 포복으로 운다. 세월이 흘러도 성천포구에 느는 건 술병이고 쌓이는 건 한숨뿐이다.

　그래서인지 성천포구는 잠만 잔다. 바다도 파도도 고기도 잠만 잔다. 뱃길을 잃고 뱃노래를 잊은 후 캄캄하게 어두운 바다. 물이 되지 못해 물처럼 흐르지 못해 잠만 잔다. 그 위로 오늘도 갈매기만 날고 있다.

　고깃배 빼앗긴지 사반세기. 바다는 뱃길을 기다리고 파도는 뱃노래를 기다리지만 떠난 사람은 바람으로 돌아온다. 성천포구에는 이승과 저승이 따로 없다. 민물이 이승되어 저승 되고 바닷물이 저승되어 이승된다. 눈에서 눈으로, 손에서 손으로 숨결 따라 어울리다 바람 되어 떠난 그 사람이 그리워 낮이나 밤이나 바다는 침묵인데 떠난 사람의 영혼은 바람 따라 바다로 흘러가고 갈매기만 울고 간다. 산자는 소리로 파도를 넘고 죽은 자는 바람으로 파도를 넘는다.

　성천포구에 가면 늘, 가슴이 아프다. 떠난 이 그리워 바람은 낮게 불어 가슴이 아프고 바다는 바람 부는 대로 살아 가슴이 아프다. 나는 물결 따라 가슴속 빛바랜 동무가 그리워 가슴이 아프다. 어서 오라며 넘실거리는 물결을 보며 아내는 물론 애들이랑 물장구 한번 쳐보지 못한 지난 세월에 가슴이 아린다. 그리움이 깊으면 바다가 되고 사랑이 깊으면 파도가 된다.

신들이 노래하며 춤추는 주상절리

푸른 하늘 아래 검푸른 바다가 숨을 죽였는데 하얀 파도가 춤을 추며 어서 오라 손짓한다. 바람과 비, 더위와 추위도 아랑곳 않고 중문단지 해안은 사시사철 사람들로 북적거린다. 남태평양 푸른 물결이 시원하게 달려와 가슴을 열어주는 곳, 신들이 숨겼던 천혜의 절경 주상절리를 보러오는 수많은 사람들의 발걸음 때문이다.

이곳 중문·대포해안 주상절리대는 제주국제컨벤션센터 남쪽 해안에 있다. 중문단지가 개발되면서 세상에 드러났다. 그 전에는 '지삿개바위'라 불리며 주민들이 낚시하거나, 간혹 이곳을 아는 택시기사가 관광객을 태우고 한적하게 찾던 곳이었다.

세상에 드러난 후 점점 제주에서 꼭 들려야 하는 곳으로 입소문이 나면서 많은 사람들이 찾기 시작했으며, 2005년 1월 6일 천연기념물 제443호로 지정됐다.

주상절리(柱狀節理)는 용암이 화구로부터 흘러나와 급격히 식으면서 발생하는 수축작용으로 형성된다고 한다. 여기 주상절리는 높이가 20m 내외로 발달하며 상부에서 하부에 이르기까지 깨끗하고 다양한 형태의 석주들을 보여주고 있다. 4~6각형으로 해식애를 따라 발달한 주상절리는 서로 인접하여 밀접하게 붙어서 마치 석공이 정교하게 다듬은 조각 작품과 같은 모습을 보인다.

여기에 오면 나는 입이 딱 벌어진다. 시원스레 부서지는 파도와 정교하고 겹겹이 쌓인 검붉은 돌기둥이 병풍처럼 펼쳐져 나도 모르게 아! 하고 신음 소리를 낸다. 파도가 부서지는 곳에 우뚝 솟은 돌기둥과 기암괴석. 절리 사이로 하늘을 향해 용틀임 하듯 솟구치다 부서지는 파도의 향연. 기계로 잘라도 저렇게 반듯하게 자를 수가 없을 정도로 정교한 단면들. 모진풍상을 견디며 기암괴석에 뿌리를 내린 해송들의 고고함. 웅장함과 시원함이 어우러지는 대자연의 조화에 탄성만 있을 뿐이지 뭐라 표현할 수가 없다. 만약 신들이 노래하고 춤춘다면 바로 여기 이 모습일 것이다. 신비로움 그 자체다.

세상사 희로애락이 대단하더냐며 쉼 없이 밀려오는 파도가 주상절리에 부딪히며 하얀 포말을 토해낸다. 일상에 갑갑하던 가슴이 탁 트인다. 잔바람에 휘둘리기만 했음에 부끄러워진다. 부끄러워진 나를 달래듯 물결위에 햇살이 정겹게 웃는다. 철석거리는 파도 소리가 나를 편안하게 한다.

자연의 신비에 감탄하다 눈을 돌리면 빼어난 절경은 해안선 따라 이어진다. 중문해수욕장 끄트머리에 우뚝 솟은 갯깍 주상절리, 그 너머로 군산·월라봉·산방산·송악산은 물론 형제섬·가파도가 마치 학들이 날아오르는 것 같다. 눈이 시리도록 파란 바다가 하늘과 맞닿은 곳에 우리나라 최남단 마라도가 마치 고래가 물 위로 떠오른 것처럼 보인다. 한 폭의 동양화를 보는 것 같다. 아름다움은 본래 흔들림이 없는가 보다. 영겁의 세월을 말없이 보듬어 안은 아름다움에 나는 어느새 주상절리에 빠져들고 자연과 하나가 된다.

정적인 아름다움만 있는 게 아니다. 어쩌면 여기는 동적인 아름다움이 더 매력적인 곳이다. 바람이 센 날 와 보면 그 이유를 알 수 있다. 거친 파도가 주상절리 단애와 부딪치면서 거대한 물줄기가 높이 20m 이상 공중으로 용솟음치는 모습에 입이 딱 벌어지고 놀랍기만 할 뿐이다.

주상절리대 앞에 서면 세상살이에 허우적거리는 내가 참, 부끄럽기만 하다. 회로애락에 버겁기만 한 내가 한심스럽다. 영겁의 세월 속에 묵묵히 자리를 지켜온 바위. 모진 해풍을 견디고 바닷가 절벽을 꿋꿋이 지키고 선 나무의 고고함. 철석거리는 파도소리와 이름 모를 새들의 소리가 한데 어우러져 절묘한 조화를 이루며 청각을 마비시킨다. 그동안 잔바람에 찌든 나의 때를 벗겨낸다. 홀가분하다.

새하얗게 부서지는 포말 속에 석수장이의 애달픈 사연이라도 금방 실려 오는 듯하다. 나는 잠시 일상을 내려놓고 자연의 오묘한 섭리를 새삼 되새겨 본다. 여유를 가질 수 있는 행복함이 나를 기쁘게 한다. 파도가 아름다운 노래를 부르고 나뭇가지가 춤을 추고 있다.

바다의 품격을 알 수 있는 해안산책로

중문단지 바다는 참, 아름답다. 하늘인지 바다인지 구별을 못한다. 바다가 파란 색이면 하늘이 파란 색이고, 바다가 회색이면 하늘이 회색이다. 바다와 하늘, 색을 구별 못하기 때문이다. 이 세상 모든 색의 동체대비가 만들어내는 아름다움을 볼 수 있다.

제주도는 사면이 바다라 어디에서라도 바다를 볼 수 있다. 어디에 선들 거기서 보는 바다의 아름다움에 빠져든다. 그러나 중문단지에서 만큼 바다에 취하게 하는 곳이 있을까 싶다.

해안산책로는 탁 트인 바다와 신비한 주상절리를 비롯한 비경을 고스란히 간직하고 있는 코스다. 파도와 길동무하다 길 위에서 또 다른 나를 만나는 산책로다. 하얏트 호텔에서 대포 포구 옆 월드컵 보조 경기장까지 약 3㎞다.

해안선을 따라 자연스럽게 만들어진 산책로는 바닷길이기도 하다. 마음대로 변하는 바다의 색깔을 볼 수 있는 곳이다. 쪽빛이가 하면 감청색으로 연두색으로, 흰색이 보이는가 싶더니 연초록색이 보이고, 하늘색인가 싶더니 짙푸른 색으로 변한다. 빛에 따라 색채대비는 더욱 두드러진다. 바다 색깔이 절묘하기만 하다. 푸른색 계통이 만들어 낼 수 있는 모든 색이 바다에서 만들어진다.

나는 시간만 되면 종종 이곳을 찾는다. 바닷바람 맞으며 모래해변이 눈 아래로 바다와 더불어 시원하게 조망되는 산책로를 걷는 호사를 놓치고 싶지 않기 때문이다. 나는 바다보다 산을 더 좋아하지만, 이곳의 아름다움은 나를 바닷가로 향하게 한다. 그리고 어디에서도 찾아볼 수 없는 바다의 황홀경에 빠져 넋을 놓는다.

여기서는 높고 낮음, 좋고 나쁨이 없다. 오직 자연의 아름다움만이 있을 뿐이다. 사랑하는 사람끼리, 다정한 친구끼리 아니면 혼자서라도 반드시 가야 할 곳이다. 연인끼리는 사랑을 무르익게 하고 친구끼리는 우정을 깊게 한다. 비록 혼자 가더라도 일상에 지친 몸과 마음을 내려놓기에 이만한 곳도 없으리라.

산책로를 걸으면 시원한 남태평양의 바다가 한달음에 안긴다. 막혔던 가슴이 탁 트이도록 시원스레 부서지는 파도. 코발트빛 물결이 어서 오라고 손짓하고 하얀 물보라를 이루며 달려오는 파도소리에 누구나가 시인이 되고 가수가 된다. 걷다 쉬리의 언덕에 있는 벤치에 앉아 솔바람 향기를 맡으며 이국적인 아름다운 바다를 감상하다 보며 나도 모르게 멋진 영화 속의 주인공이 된 것처럼 착각에 빠져 들기도 한다.

파도와 길동무하며 걷다 보면 동쪽의 범섬과 고근산이, 서쪽으로 송악산·산방산, 가파도·형제섬이 한 폭의 동양화처럼 다가온다. 우리나라 최남단 섬인 마라도가 점하나로 보이다 바로 눈앞에 다가 오기도 한다. 조약돌과 바다가 은밀히 사랑을 나누는 달콤한 말이 사랑과 낭만, 추억을 불러일으킨다.

걷다보면 가슴속으로 밀려드는 하얀 파도 소리에 발걸음은 늦어지기만 한다. 그러니 중문단지에 가면 바닷바람 맞으며 기암괴석과 모래해변이 눈 아래로 바다와 더불어 시원하게 조망되는 산책로를 걷는 호사를 놓쳐서는 안 되리라. 눈에 들어오는 풍광과 몸으로 느끼는 매력에 푹 빠져 들것이다. 내가 걷는지 길이 걷는지 모른다. 그냥 일상을 잊고 지금 이 순간을 즐길 뿐이다.

산들바람에 몸을 맡기는 천제연 산책로

중문단지는 바다만 아름다운 것이 아니다.

천제연 계곡 산책로를 걸어보라. 천제연 계곡 낭떠러지를 옆구리에 끼고 성천봉 비탈 따라 나 있는 꼬불꼬불 아담한 산책로. 무엇엔가 홀린 듯 이끌려 무작정 걷게 되고 홀딱 반해 굽이굽이마다 마음이 빼앗긴다.

산책로에 들어서면 향긋한 냄새가 코를 자극한다. 물소리·새소리가 귀를 맑게 한다. 우람하게 자란 나무들이 우거진 계곡을 따라 난 산책로를 걷다 보면 나뭇가지 사이로 떨어지는 폭포가 아슴푸레하게 보이며 눈길을 떼지 못하게 한다. 그런가 하면 흘러가는 물줄기를 따라 자신도 모르게 추억여행을 한다. 개구쟁이 시절 물장구치며 놀던 때가 아른거리고 사랑하는 사람과 도란도란 이야기하는 착각에 빠져든다.

산책로는 100여 년 전에 성천봉 앞 땅에서 쌀을 생산하기 위해 주민들이 바위를 뚫고 만든 관개도수로를 따라 만들어졌다. 중문에 살던 전 대정군수 채구석이 천제연 물을 이용해 주민들의 삶의 질을 높이려는 애민정신이 주민들을 움직여 도수로를 만들게 했다. 지형이 험하고 군데군데 암반으로 되어 있어 매우 어려운 일이었으나 모두가 쌀 생산지를 만들겠다는 한 마음으로 바위를 부수고 뚫어 약

1.9㎞ 정도의 물골을 완성한 것이다.

걸으며 물을 이용해 주민들의 삶을 향상 시키려 했던 조상들의 슬기와 지혜를 생각해보는 것도 좋을 것이다. 각박한 지금의 세상살이에 힘과 용기를 안겨 주기 때문이다.

산책로 중간에 천제사와 광명사라는 사찰이 서로 이웃하고 있으며 세속에 찌든 우리의 몸과 마음을 경건하게 해준다. 천제사는 조계종, 광명사는 태고종 산하 사찰이다. 특히 천제사에 '만지샘'이라는 샘물이 있다. 아무리 가물어도 샘이 마르는 일이 없다. 마을 주민들이 식수로 사용하기도 했는데, 예부터 신령스러운 물이라 하여 집안에 제를 지낼 때 이 물을 길어다 썼다. 그러니 지나다 여기서 물 한 모금 마시며 자신이 바라는 바에 대해 정성스럽게 기원을 해보는 것도 괜찮으리라.

샘물가 주변은 이 지역에서 가장 따뜻한 곳이다. 그러기에 가장 먼저 봄을 알려준다. 동네 아주머니들이 따스한 햇살을 등에 지고 모여 앉아 빨래를 하며 흘러가는 물줄기에 도란도란 이야기를 띄워 보내던 곳이다.

나는 어린 시절 집에서 키우던 소와 말을 이끌고 이곳에 물 먹이러 오곤 했었다. 소와 말들을 물가에 놔두고 살짝 웃으며 반겨주는 이름 모를 들꽃에 넋을 놓는 것이 다반사였다. 따스한 햇살에 몸을 맡기고 들꽃을 마냥 바라보다 소와 말을 잃어버려 허둥지둥 하던 꼬마가 지금은 하얀 머리에 얼굴에 깊은 주름살을 안고 그 흔적을 찾으러 간혹 들를 뿐이다. 걷다 보면 바위나 나무를 덧씌운 푸른 이끼가 자연의 깊은 아름다움을 깨우쳐준다. 산책로의 정취에 빠지고 물소리에 넋을 놓고 청아한 새소리는 리듬이 있어 일상에 치인 신경을 안정시키고 마음을 편안하게 한다. 걷는지 숲속에 서 있는지 혼란스럽다. 소리에 취해 향에 취해 몸과 마음이 가물가물하다 시야가 활짝 트이는 곳에 닿는다. 성천봉 아래 바로 성천포구가 발아래 놓이는 곳이다.

다이내믹한 풍광으로 눈이 놀란다. 감탄사로 입을 벌리게 한다. 남태평양의 수평선이 곧게 선을 그어 하늘과 바다를 갈라놓으려 애쓰지만 구분이 안 된다. 하얀 요트가 물결에 몸을 맡겨 시간을 잊고 있다. 최남단 마라도가 고래등처럼 수평선에 떠올라 반긴다. 가파도·형제섬·범섬, 송악산·산방산·군산이 해안선 마을 따라 품안으로 달려 와 안 긴다. 별천지의 풍경에 넋을 잃을 수밖에 없다.

더구나 이곳에서는 해넘이를 놓쳐서는 안 된다. 하얀 물보라가 이는 바다가 붉게 물 들으며 황홀하게 연출하는 해안가 능선의 파노라마! 군산을 주봉으로 한 해안 능선 따라 넘어가는 일몰의 풍경은 선택 받은 사람만이 누릴 수 있다 하겠다.

길 속의 소리와 향기에 놀라고 길 밖의 경치에 놀라는 곳이 바로 여기다. 여기서는 번다한 일상의 근심걱정이 없다. 그저 마음이 상쾌할 뿐이다. 동심으로 돌아가 걸을 뿐이다. 나뭇잎을 스치는 바람결 소리·물소리·새소리가 세상살이에 찌든 몸과 마음을 위로해 준다. 더구나 나무에서 내뿜는 피톤치드와 음이온·새소리는 일상에 지쳐 쌓여있는 스트레스를 줄이고 심신을 이완시켜 면역력을 높여주니 이

보다 더 좋을 수가 없다. 거기에다 나뭇잎에 춤추는 햇살은 물론 훈훈한 바람결이 콧노래를 부르게 하니 이래저래 좋기만 하다. 그러니 산책로에 들어서는 순간 자연과 하나가 되니 기분이 좋을 수밖에 없는 것이다.

별들이 노래하는 성천봉

중문단지에 가면 단지 중심부에 있는 성천봉에 먼저 오르는 게 좋다. 그리 높지도 않아 계단 따라 걷다 숨이 차다고 생각 들 때면 정상이다. 정상에 서면 한껏 싱그러움을 뽐내는 쪽빛 바다가 한달음에 달려와 안긴다. 온몸이 시원하다.

상쾌함을 느끼며 정상에 서면 동쪽으로 범섬과 고근산이, 서쪽으로 저 멀리 마라도와 가파도, 송악산과 산방산이 한 폭의 동양화처럼 다가온다. 그 능선 뒤로 해가 뜨는 일출과 지는 낙조의 모습과 저녁노을은 언제 봐도 장관이다.

잠시 숨을 고르고 뒤돌아보면 한라산이 한눈에 들어온다. 능선 따라 오밀조밀한 오름을 거느리고 환하게 웃으며 달려온다. 풍성함이란 바로 이런 것일 것이다. 그 산자락 밑 마을들이 평화롭기만 하다. 그러기에 중문단지에 가면 안주인 노릇을 하며 언제나 우리를 반기는 성천봉에서 바다와 산과 중문단지를 감상하는 게 첫 순서이다.

성천봉은 오름 형태가 세 개의 봉우리로 된 삼태성형인데다 옆에 은하수처럼 내가 흐르고 있다 하여 '성천봉(星川峰)'이라 한다. 혹은 '베릿내 오름'이라고도 하는데 '베리'는 벼루의 제주어로서 벼랑을 말한다. 천제연의 양쪽언덕이 절벽 낭떠러지를 이루고 있어 '베릿내'라고 부른 것이다.

성천봉은 삼태성형이라 했듯이 세 봉우리로 이루어져 각각 동오름·섯오름·만지샘 오름으로 부르고 있다. 동오름은 북쪽기슭 자락이 중문마을 쪽으로 펼쳐지고, 그 사이에 얕게 화구가 벌어져 있다. 주봉이라 할 수 있는 섯오름은 서사면이 그대로 천제연 계곡으로 내려지르고, 남서쪽 기슭에는 성천포구가 있다. 북서부분의 만지샘 오름은 천제연쪽으로 화구가 벌어져 있다. 섯오름과의 사이에 광명사(光明寺-태고종), 천제사(天帝寺-조계종)가 이웃해 있으며 천제사 옆 바위틈에서 흘러나오는 약수터가 만지샘이다. 만지샘 오름은 이 만지샘이 있어 붙여진 것이다.

동오름의 얕게 화구가 벌어진 곳은 원주원씨홍천공묘역(原州元氏洪川公墓域)이다. 널찍하고 포근하여 지난 날 동네 꼬마들이 즐겨 찾아 노는 곳이었다. 지금처럼 유치원이나 놀이터가 없던 시절이라 동네 조무래기들은 동네 공터나 들로 돌아다니며 놀았다. 그래서일까 성천봉을 '노는산'이라 부르기도 했다.

나도 어릴 적 동네 친구들이랑 여기서 봉분을 오르내리고 뛰어 놀았다. 우린 보름달이 훤히 뜨는 밤에도 이곳을 찾아 뛰어 놀며 우정을 쌓아 갔다. 그때의 꼬마들이 지금은 모두가 머리가 세어지고 얼굴에 굵은 주름이 보이기 시작하니 세월이 덧없기만 하다.

성천봉은 제주의 어느 오름과 달리 수수한 형태지만 이 오름이 없었더라면 천하의 경승 천제연 폭포도 생겨나지 못했으리라. 3단 폭포를 이루며 흐르는 계곡의 아름다움. 울창한 난대림과 벼랑 틈에서 흘러나오는 물줄기가 어울려 극치를 이룬다.

달 밝은 밤, 이곳에 오르면 밤하늘의 무수한 별들이 초롱초롱 빛나며 바로 눈앞에 있는 듯 가깝게 보인다. 그래서 옛날부터 사람들은 하늘나라의 별들과 이야기를 나누고 싶으면 성천봉에 올랐다. 무엇보다도 여기서 사람의 수명을 맡은 남극성을 볼 수 있다 한다. 남극성은 하늘과 인연이 닿은 사람만이 볼 수 있다. 한 번 보면 10년을 더 산다나. 오래 살고 싶은 사람의 욕망. 그래서 사람들은 밤이면 이 별을 보려고 성천봉을 찾는지 모른다. 그런가 하면 산비탈면이 바로 천제연 계곡 낭떠러지로 그 밑에 흐르는 물소리와 폭포의 물안개가 한데 어우러져 별천지에 온 것처럼 느끼게 한다.

성천봉에 가면 꿈과 동경을 안겨준다. 잃어버렸던 꿈을 찾게 해준다. 어릴 때의 동화를 떠올리게 한다. 성천봉에서 바라보는 바다는 넉넉하고 편안하다. 어머니의 눈처럼 자애롭다. 코끝을 간질이는 바람. 짭조름한 바다 내음이 바람에 실려 온다.

사랑과 낭만이 피어나는 중문해수욕장

병풍처럼 둘러쳐진 절벽 앞에 커다란 모래 동산이 있는 아늑하고 로맨틱한 중문해수욕장!

활처럼 굽은 백사장이다. 동서 길이가 약 500m이며 바다 쪽으로도 500m 정도 뻗어 있다. 모래는 흑·백·적·황·회색의 5색으로 되어 있다. 수 만 년 동안 조개껍질이 부서지면서 생겼다. 낮에는 햇살, 밤에는 달빛과 어우러져 사람들을 유혹한다.

25여 년 전까지만 해도 백사장 동쪽에는 큰 모래동산, 서쪽에는 작은 모래동산이 있어 중문해수욕장은 매우 아름다웠다. 그래서인지 이 지역 초·중학교에서 자주 소풍 장소로 이용했으며, 학생들은 모래동산 위에서 아래로 구르며 즐겼다. 또한 여기를 찾는 연인들이 손잡고 구르거나 뛰어 놀며 사랑을 쌓아가는 모습을 자주 볼 수 있었다. 하지만 지금은 큰 모래동산만 있으며 그것도 모래가 많이 유실되어 겨우 명성만 이어가고 있다. 남아 있는 모래동산을 보호하기 위해 출입금지 팻말이 사람들을 맞이하고 있다. 볼수록 안타깝기만 하다.

옛날에는 바닷물이 빠져 나가면 모래바닥을 파헤치며 비단 모시조개를 잡기도 하고, 하얀 모래 게를 잡기도 했다. 여름철에 모살치를 잡으려 낚시하는 사람들로 북적이기도 했다. 뿐만 아니라 수만 년 동안 조개껍질이 부서지면서 생긴 형형색색의 아름다운 조개껍데기가 1980년대 초까지 참 많았다. 그러나 관광단지가 개발되면서 많은 관광객들이 오가는 동안 자취도 없이 사라졌다.

해수욕장 진입로는 어떤가. 지금은 방파제를 만들어 다니기가 편리하지만 그 전에는 둥글넓적한 돌을 밟으며 백사장을 넘나들었다. 한 두 사람이 겨우 넘나들 폭이었다. 파도가 밀려나가기를 기다리다 물이 빠지면 넘나들었는데 간혹 물때를 잘못 맞추어 파도에 젖기도 했다. 그렇지만 백사장이 보여 주는 황홀경에 옷이 젖은 것도 잊고 다만 감탄만 할 뿐이었다.

나도 어린 시절 동무들이랑 백사장에 갈 때마다 간혹 바위를 치는 파도의 잔물결에 옷이 젖기도 했다. 그래도 나는 모래동산에 구르는 재미에 옷이 젖어도 파도를 맞으며 넘나들며 깔깔거렸다. 가끔은 그 시절 동무들이랑 웃던 기억을 떠올리며 백사장을 바라본다. 이처럼 평화롭기만 했던 옛 모습은 찾을 길이 없어 가슴을 아프게 한다.

백사장 동쪽 끝에는 멋진 궁궐처럼 우뚝 솟은 바위가 백사장의 경관을 더욱 돋보이게 한다. 이곳에 길이가 6m쯤 되는 동굴이 있는데 아주 오래 전 바닷물이 이곳까지 밀려 거친 파도에 뚫린 바다의 산물이다. 여기서 바다를 배경으로 하여 찍는 사진 풍경의 아름다움은 말로 표현할 수 없다. 그래서 신혼부부를 비롯해 많은 사람들이 사진 찍는 곳으로 인기가 높았다. 그러나 지금 이곳에는 해상 안전을 위한 안전요원들의 사무실 및 해수욕객의 편의시설이 들어서 풍광을 흐리게 하고 있다. 너무 아쉬울 뿐이다.

중문해수욕장은 '진모살'이라고도 불리는데, 진모살은 길게 모래 사장이 이어졌다고 하여 붙인 이름이다. 여름철이면 약간 물살이 거친 편이라 젊음과 야성의 바다라고 할 수 있다. 퍼시픽랜드 남서쪽에는 물이 감도는 현상이 일어나므로 조심해야 한다. 많은 사람들이 여기서 명을 달리했으며 지금도 종종 안타까운 소식이 들려오는 곳이다.

백사장은 중문단지 중심부에 있어 휴양시설들로 둘러져 휴양 겸 피서를 함께 즐기기에 좋은 곳이다. 이곳에서 코발트빛 바닷물에 해수욕을 하다가, 모래에 앉아 윈드서핑, 수상스키, 패러세일링을 즐기는 것을 보며 감미로운 바람과 철썩거리는 파도의 이중창을 들어 보라. 마치 영화 속의 한 장면이 파노라마로 펼쳐질 것이다.

그리고 여기는 해양수산부가 전국의 해수욕장의 운영상태·수질관리·경관·안전 등 4개 분야에 대해 평가한 결과 전국 최우수 해수욕장으로 선정됐다. 특히 평가부분 전 분야에 대하여 단독 또는 공동1위를 차지했다고 한다.

또한, 이곳은 국제 희귀종 왕바다 거북이 부화하는 곳으로 확인됐다. 1999년 10월 18일 세계적인 희귀종인 왕바다 거북이 국내에서 처음으로 산란, 부화된 새끼거북 100여 마리가 바다로 기어 나가는 것이 발견됐다. 멸종위기 종에 대한 국제협약으로 보호를 받고 있는 이 거북은 태평양과 대서양 연안의 열대 및 온대지역에 주로 서식하는데, 북방 한계선인 중문해수욕장에 올라와 알을 낳은 것이다. 바다 거북이 국내에서 산란하거나 부화하는 것이 확인된 것은 처음이다.

2002년 6월 20일 산란 장면이 다시 확인되었다. 거북은 회귀성이 있기 때문에 보전구역으로 정해 산란 시기에는 사람의 접근을 막아야 할 것이다.

이곳 바다를 더 알고 싶으면 해수욕장 위 산책로를 걸어보라. 어디에서도 찾아볼 수 없는 바다의 황홀경에 빠져 넋을 놓을 것이다. 시원한 남태평양의 바다가 한달음에 안긴다. 막혔던 가슴이 탁 트이도록 시원스레 부서지는 파도. 코발트빛 물결이 어서 오라고 손짓하고 하얀 물보라를 이루며 달려오는 파도소리에 누구나가 시인이 되고 가수가 된다.

해수욕장 서쪽 하얏트 호텔과 중문골프장 사이에 조른 모살이라 불리는 해수욕장이 있다. 조른 모살은 짧다는 뜻이다. 모래는 거무스름하다. 뒤편의 병풍바위 주상절리대는 만물상을 닮은 천혜의 절경으로 자연학습장이다. 주상절리의 높이 약 40m, 폭 약 200m에 이르며, 수직절리의 발달에 따른 수평결절과 주상절리의 침식에 따른 기암의 발달이 특징적이다.

풍광만 아름다운 것이 아니라 자연생태계의 보고이기도 한 중문해수욕장. 바다거북의 산란은 새로운 생명의 탄생을 의미한다. 생명의 탄생은 우리가 존중하고 지켜할 아름다운 것이다. 생명의 태어나는 백사장을 잘 보전해야할 의무가 백사장을 찾는 모두에게 있다고 하겠다. 더불어 남아 있는 모래동산을 잘 지키고 복원하여 자연과 함께 즐기며 낭만을 키워나가야 할 곳이 중문해수욕장이다.

만남과 기원의 장소, 오복천

로마에 트레비 분수가 있다면 중문단지에는 오복천 분수가 있다.

오복천 분수는 사람들이 천제연 전설에 좀 더 친밀할 수 있도록 하기 위해 1985년도에 만들어졌다. 천제연 계곡의 선임교와 여미지 식물원 사이에 있는데 관광객들과 특히, 신혼부부나 연인들이 앞날의 소원 성취를 기원하면서 사랑과 낭만의 추억을 간직할 수 있는 상징적인 조형물이다.

오복천은 동양의 오행철학을 바탕으로 한다. 첫째 화강암 면에는 영원한 희망과 발전을 기원하는 용머리가 동쪽을 향해 있으며(貴), 둘째 면에는 관용과 평화 그리고 순결을 나타나게 꾸민 원앙을 새겨 놓았다(愛). 셋째 면에는 부의 상징인 돼지를(富), 넷째 동남 칸에는 장수의 상징인 거북을(壽), 다섯째 동북 칸에는 잉어를 새겨(子) 민족 번영과 자유 무궁함을 상징하고 있다. 여기에다 한가운데 福 주머니를 만들어 관광객들이 五福(壽·富·貴·愛·子)을 기원하면서 동전을 던지도록 꾸며 놓은 것이다.

오복천은 가로 8m, 세로 6m의 타원형으로 된 분수로 하얀 물줄기가 하늘로 치솟으며 사람들을 반긴다. 여기를 찾은 사람들은 모두가 하얀 물줄기 사이로 동전을 던지며 소원을 빈다. 자신과 가족의 건강과 사랑을 위해 10원, 50원, 100원, 500원 주화를 가리지 않고 던지면서 '옥황상제께 五福을 내려 주십사'한다. 사람들이 소원을 빌며 던져진 동전은 관광공사에서 매일 수거하여 적립하였다가 매년 말 관내 생활보호 대상자와 사회복지단체 등 각계에 불우이웃돕기 성금 으로 기탁하고 있으며, 지금까지 25년 동안 110,750천원이 전달됐다.

여기를 다녀가는 관광객은 하루에 줄잡아 3천여 명. 이들 관광객 들은 시원하게 하늘로 치솟는 분수를 바라보며 세속의 잡사와 오욕 칠정(五慾 : 色·聲·香·味·觸. 七情 : 喜·怒·哀·樂·愛·惡·慾)을 씻어내 고 있다.

이제는 모든 사람에게 "福의 샘"으로 자리하고 있는 오복천. 파란 하늘을 향해 치솟는 분수가 가슴을 시원하게 한다. 일상에 탁 막힌 가슴이 시원하게 뚫린다. 무언가 이루어질 것 같은 신비로움에 젖게 한다. 첫사랑이 이루어질 같은 아주 특별한 로맨스가 꿈꾸어지는 곳 이다.

나이스 샷! 중문골프장

중문골프클럽은 1989년 5월 31일 개장됐다. 개장당시 해안절벽을 낀 국내 유일의 해안코스, 국제규모의 연중 푸르고 쾌적한 코스를 자랑했다. 골프장은 관광객을 위해 비회원제로 운영하고 있다. 당초 등록 당시에는 회원제 골프장으로 등록했으나 관광단지에 있으므로 관광객과 외국인들이 편리하게 이용할 수 있도록 1989년 3월 대통령 지시에 따라 비회원제로 운영하기로 한 것이다.

중문골프장은 개장 이후 중문단지의 중추적 시설로 자리매김을 하여 중문단지 개발 활성화를 가져오게 했다. 뿐만 아니라 지역 내 고용 창출에 앞장서서 지역 경제 활성화와 제주 관광 진흥에 지대한 공헌을 해왔다. 더욱이 외국인 골프 관광객 이용률이 전국 최고로 외화획득에 크게 이바지 하고 있다.

중문골프장이 세계에 알려지기 시작한 것은 1995년 조니워커스킨스 게임이 개최되면서부터다. 당시 세계랭킹 1위인 호주의 백상어 그랙노먼, 피지의 흑진주 비제이싱을 비롯해 정상급 선수들이 참가했는데 선수들이 코스에 감탄하고 골프장 풍광에 놀라 경기 내내 연신 '굿!'을 외치기만 했다.

그리고 아시아 최초의 미PGA Tour 공인대회인 '2004 PGA Tour 신한 코리아골프챔피언쉽 대회'가 2004년 11월 개최됐다. 대회는 36

명의 세계적인 프로골프 선수가 참가했는데 매우 성공적이었다.

참가 선수들은 코스에 감탄하고 풍광에 놀라 연신 굿!을 외쳤다. 물론 갤러리를 비롯해 TV로 경기를 시청한 전 세계 골프팬들도 중문골프장의 풍광에 넋을 놓아버렸다. 이 대회를 계기로 중문골프장은 세계 명문 골프장으로 우뚝 섰으며, 전 세계 골퍼들의 가슴에 한 번은 다녀갈 로망으로 남았다.

당시 제주 특유의 북서풍으로 선수들마다 고전했던 한라산 코스 5번 홀이 이듬해에는 세계 최초로 윈드해저드 홀(※)로 지정됐다. 이로 인하여 중문골프장은 골프장 이용객에게 골퍼들의 로망 PGA 규격코스와 윈드해저드 홀에서 경기할 수 있는 체험기회를 제공하고 있다(윈드 해저드홀: 초속 13m 이상의 북서풍(맞바람)으로 티샷이 영향을 받을 경우 무벌타로 다시 쳐 두 개의 볼 중 플레이어가 원하는 볼로 경기를 진행).

중문골프장은 제주에서 세 번째로 개장된 곳이다. 오라·아라 골프장만 있던 제주도가 중문골프장이 개장되면서 골프천국으로 발돋움하게 된 것이다.

나는 골프장을 볼 때마다 개장요원으로 발령받아 무척 곤혹스럽고 당황하던 기억이 떠오른다. 그땐 골프장에 대해 전혀 아는 게 없었기 때문이다. 내가 맡은 부서는 영업파트였다. 어디서부터 어떻게 해야 하는지 도무지 감도 잡히지 않아 한숨만 내쉬기도 하고 하늘만 쳐다보기도 했었다.

골프장의 시스템을 알아보기 위해 서울 근교의 골프장에 견학을

갔을 때다. 관계자가 골프 경기를 직접 하면서 보아야 안다고 하며 운동을 같이 하자고 한다. 나는 당황하며 골프를 치지 못한다고 말하자 상대방이 놀란다. 골프를 모르면서 어떻게 개장을 하고 시스템을 정상화할 것인지 난감해 한다. 뿐만 아니라 자문을 받기 위해 골프잡지사에 들렀을 때, 제주의 바닷바람에 얼굴이 트고 까만 나를 보며 어디 아프리카에서 온 사람인양 의아하게 쳐다보며 골프를 모르면서 어떻게 개장하려나 하던 모습이 떠오른다. 갸우뚱 거리던 그들의 얼굴을 지금도 생각하면 입가에 미소를 감돌게 한다.

골프에 대해 일자무식한 내가 골프장 개장에 차질이 없도록 나를 도와 준 그때 동료들이 늘 고맙기만 하다. 그들이 있어 오늘의 중문 골프장이 탄생되었기 때문이다. 어렵고 힘들었지만 아픔과 즐거움을 같이 하던 그 얼굴 그 이름들은 내 가슴 속 깊이 간직되어 오늘도 골프장을 보며 고맙다고 되뇐다. 더불어 개장 당시 함께 고생한 동료들의 얼굴이 코스를 따라 숨바꼭질한다.

지금은 국내외에 명문 골프장으로 널리 알려져 있지만 골프장으로 만들기 전에 이곳은 지역주민들의 삶의 터전이었다. 비록 돌과 바람이 많았으나 주민들이 피땀을 흘리며 일군 농토다. 골프장으로 개발할 때 지역주민들이 반대도 많았으나 개발 논리와 개발 후 부가가치에 핑크빛으로 부푼 가슴들을 안아 골프장은 조성됐다.

바닷가를 낀 해안코스라 누구나 감탄한다. 한 번 다녀간 골퍼들은 이곳의 풍광을 못 잊어 자주 찾아온다. 찾아오는 만큼 얼마나 지역민들의 가슴을 따뜻하게 하는지는 모르겠다. 찾아올수록 지역민들에게 고마움을 가졌으면 해 본다.

골프장으로 조성된 지도 24년여, 골퍼들은 즐거워하지만 지역의 아픔은 지금도 회자되고 있다. 아직도 자신들의 삶의 터전이었던 이곳을 바라보는 지역민들의 가슴은 아프기만 하고 초라해진 자신들의 모습을 보며 바람에 한숨을 날려 보내는 사람들이 있기 때문이다.

오늘도 한라산은 자애로운 모습으로, 바다는 햇살에 반짝이는 물결로, 야자수는 바람에 한들거리며 골퍼들을 맞이하고 있다. 나이스 샷! 외치는 그들의 목소리만큼 옛날의 농토를 바라보는 지역민들의 마음도 장쾌했으면 할 뿐이다.

중문단지의 수호신 군산

중문단지에 들어서면 서쪽에 우뚝 솟은 산이 있다. 군산이다.

중문골프장 바로 서쪽에서 중문단지를 지키는 군산은 계절 따라 자연이 얼마만큼 화려할 수 있는지를 침묵으로 보여 준다. 자연그대로의 풍경이 파노마로 이어진다. 한라산 백록담에서 한눈에 달려오는 풍광이 바다에서 절정을 이룬다.

오름의 모양새가 군대가 집결하여 군막(軍幕)을 친 것 같다 하여 '군뫼'라 하며, 고려목종 10년(1007년)에 화산이 폭발하여 생겼다. 그러나 군산이 생긴 전설이 내려온다.

아주 먼 옛날에는 창고내(창고천)는 많은 물이 흐르고 있어서 언제나 물 흐르는 소리가 시끄러울 정도였다고 한다. 창고내의 남쪽에는 10여개 가구가 있는 작은 마을에 학문이 높고 덕망이 있는 강씨 성을 가진 훈장이 살고 있었다. 인근 마을은 물론 멀리서도 소문을 듣고 글을 배우러 오는 제자도 있었는데 그 제자들 중에는 동해용왕의 셋째 아들도 있었다.

3년여, 용왕의 아들이 강 훈장에게 글을 배운 후 고마움을 표시하기 위해 평소 훈장의 귀를 거슬리던 서당 앞 창고천 물줄기를 돌리기 위해 산을 만들었다고 한다.

그런가 하면 중국에 서산(瑞山)이란 작은 산이 있었다. 얼마나 아름다운지 중국인들의 사랑을 받았다. 그런데 어느 날 갑자기 산이 사라져 중국인들이 안타까워했는데 언젠가 중국 사신이 우리나라에 왔다가 돌아가다가 제주도에 보니 사라진 서산이 있어 무척 반가워하며 돌아갔다. 그 후부터 중국의 아름다운 산인 서산이 날아와 생겼다 하여 서산이라 부르기도 한다.

군산은 '산'이다. 제주도에는 한라산을 빼고 360여개의 기생화산인 오름이 있는데 '산'이라 불리는 곳은 9개다. 이곳 군산 말고 송악산·산방산·단산·고근산·미악산·영주산·대록산·소록산이다.

군산은 해안가에 위치하여 표고가 334m에 불과하지만 비고는 280m다. 동서로 길게 가로누운 형태로 남사면은 대평리를 병풍처럼 에워싸고 있다. 행정구역상 안덕면 창천리에 속하나 주변에 감산리를 비롯해서 창천리·대평리·서귀포시 상예1동과 상예2동 등 5개 마을이 인접해 있으며 산기슭에는 각 부락의 농지와 목축지가 있고 인근 마을의 묘지가 산재해 있어서 행정구역상 특정 리(里)에 속해 있을 뿐 인근 5개 마을 모두가 밀접한 관계를 가지고 있다.

군산에 오르는 길은 여러 갈래의 길이 있으나, 상예 2동에서 올라가는 길이 좋다. 일주도로 입구에서는 40분, 중간 갈림길에서는 25분 정도면 오른다. 완만한 오르막으로 누구나 쉽게 오를 수 있어 많은 사람들이 찾고 있다.

군산의 매력은 정상의 쌍봉우리다. 봉긋 솟은 두 꼭지가 너무나도 매력적이다. 여인의 젖꼭지처럼 솟아 늘 가슴을 두근거리게 한다. 쌍봉우리를 중심으로 좌우로 길게 뻗은 능선은 중문단지 어디에서든 매끈하게 보이며 유연한 곡선의 아름다움을 자랑한다. 묘하게도 중문 쪽에서만 매끈하게 보인다. 다른 쪽에서는 울퉁불퉁하여 볼품이 없다. 아마도 산이 생길 때 먼 훗날 중문관광단지가 생겨날 것을 미리 알았나 보다. 자연의 신비에 고개가 절로 숙여진다.

예부터 군산 정상부 일대는 '쌍선망월형(雙仙望月形)'이라 하여 명당으로 알려졌지만, 이곳에 묘를 쓰면 산 아래 마을이 크게 가문다고 하여 금장지로 되어왔다. 하지만 산 중턱엔 후손들이 발복을 염원하며 조상들을 묻은 묘들이 집단을 이루고 있다. 좋은 묏자리를 찾는 조상이나 후손들의 염원이 골고루 나누어졌으면 해본다.

명당의 기운이 있는 곳엔 약수가 있는 법. 이 산 중턱에 '구지물'이란 약수가 있다. 바위틈에서, 이끼를 타고 똑, 똑 한 방울씩 떨어지는 물은 1년 내내 떨어진다. 아무리 가뭄이 들어도 여기 약수는 멈추는 일이 없다. 그래서인지 옛날부터 주민들은 집안의 제를 지낼 때 이 물을 길어다 제사를 지냈다고 한다. 또한 이 물을 먹으면 아들을 얻는다 하여 아들을 원하는 집안에서도 이 물을 길어다 먹었다고 한다. 어찌했거나 여기서 물 한 모금을 마시며 산 아래를 바라보면 가슴이 탁 트이고 마음이 편안하면서도 몸에 새로운 힘이 솟는 느낌을 받는다. 하여 나는 여기에 올 때마다 약수 한 모금을 꼭 먹는다. 물을 먹을 때마다 새로운 생명력을 느끼면서.

군산의 맛과 멋은 정상에서 바라보는 빼어난 경관이다. 제주 오름 중 최고라 하겠다. 한라산 백록담에서 동쪽으로 출발한 능선이 성판악을 거쳐 서귀포 앞바다 섶섬까지 매끈하게 이어졌다. 서쪽으로는 한경면 해안까지 올록볼록한 오름의 능선이 화려하다. 마치 용틀임하는 것 같다. 북쪽으로 한라산과 영실기암을 비롯하여 그 주변의 크고 작은 오름과 드넓은 벌판지대가 한눈에 들어온다. 가까이에는 고근산과 녹하지악·산방산·단산·모슬봉·중문단지·화순항이 환하게 웃고 있다.

바다는 어떤가. 서귀포 앞 섶섬에서 달려오는 바다의 파노라마가 범섬·형제섬·가파도로 이어지고 우리나라 최남단인 마라도에서 절정을 이룬다. 섬인지 점인지 분간이 안 된다. 그와 더불어 실루엣처럼 이어지는 해안가 마을의 아름다움은 그저 한 폭의 동양화라고할 수 밖에.

이처럼 숨이 멎을 것 같은 조망권은 언제 봐도 늘 새롭다. 하여 나는 주말 별다른 일이 없으면 군산을 찾는다. 나는 군산의 맛과 매력에 헤어나지 못하여 주말이 오기만을 기다린다.

군산의 매력에 푹 빠져들지만 아픔이 있는 것도 사실이다. 너무 아름다우면 아픔은 깊어지는가 보다. 군산 정상에 오를 때 마다 마음한 구석에 고통이 나의 발걸음을 무겁게 한다. 군산이 또 다른 아픔을 간직하고 있기 때문이다. 산의 정상과 허리 여기저기에 일본군이만든 갱도가 있다. 태평양전쟁 말기 패전 위기에 몰린 일본군이 군사요새화하기 위해 주민들을 강제 동원해 파놓은 갱도진지다. 그때 동원된 주민들의 한숨소리, 나라 잃어 겪는 고통의 신음소리가 아직도바람이 되어 떠도는 것 같아 마음이 안쓰럽기만 한다. 그래서일까.군산에 올 때마다 산을 감고 부는 바람이 애잔하다.

바위에 물길을 낸 성천답 관개 유적

천제연 산책로를 따라 좌측으로 약 100년 전에 시설된 관개 도수로가 있다. 험한 절벽을 파헤쳐 만든 도수로인데 대정군수를 지낸 채구석의 주창으로 지역주민들이 시설한 도수로다.

채구석은 조선말기인 1901년 4월 제주도 서부지역에서 발생한 민란인 이재수 난에 연루되어 대정군수 자리에서 물러난 후 중문마을에 살게 됐다. 공은 천제연 물을 보며 "이 물을 끌어내려서 논농사에 이용한다면 만인을 살릴 수 있을 것이다"라고 주창하고 토지주들과 의논하여 공사비는 토지주들이 소유토지 반은 공사비로 내고 반은 논을 관리하기로 결정하여 도수로를 만들었다.

천제연의 암벽은 단단한 조면암으로 이루어지고 주변은 낭떠러지이어서 물을 흘려보낼 도수로를 만들기가 참 어려운 형편이었다. 채구석과 토지주들은 이에 굴하지 않고 당시로서는 엄두도 못 낼 엄청난 토목공사를 1906년에 착공하여 1908년에 완공했다. 도수로 길이는 1,889m, 성천봉 앞 5만여 평의 땅을 옥답으로 만들어 참으로 귀한 쌀을 생산하게 된 것이다.

도수로를 만드는 과정에서 이들의 크나큰 희생이 따랐다. 굴착기도 없던 시절이라 주민들은 오직 곡괭이와 정과 돌 끌로 바위를 뚫어야 했기에 엄청난 곤욕을 치렀다. 단단한 바위를 만나면 바위 위에 장작불을 뜨겁게 지펴 바위를 가열 시킨 후 다시 독한 소주(고소리술)를 부어 더욱 뜨겁게 가열한 다음 찬물을 부어 급속하게 냉각시켜 폭발하도록 했으며, 급경사지대는 통나무를 파 홈을 만들어 도수로에 연결하고 송이지대는 물이 새나가지 못하게 찰흙으로 다지면서 도수로를 만들었다 한다. 가장 어려운 공사 구간 156m에는 '창구목'과 '화폭목'이라 이름까지 붙여 지금까지 보존되고 있다. 도수로 공사비로 지불하여 만든 도수로 부지와 시설물에 대한 관리는 수감(水監)을 두어 관광단지에 편입되기 전까지 관리하여 왔다.

당시 유일한 쌀 생산지였던 옥토가 1991년 중문단지 2차 개발지구로 편입되면서 지금은 성천봉 밑에 계단식 논의 형태로 흔적만 남아 있을 뿐이다. 애민정신과 상부상조하는 마을 사람들의 훈훈한 마음을 아는 사람들이 지금은 별로 없다. 다행이도 당시 도수로 공사에 참여한 토지주 후손들의 모임인 성천답회에서 2003년 2월 26일에 천제사 밑에 당시의 일을 기록한 유적비를 세워 조상들의 넋을 위로하고 가끔 찾는 길손들에게 알려 주고 있을 뿐이다. 가슴에 시린 바람이 분다. 비록 유적비로나마 척박한 자연을 개척한 조상들의 피땀 어린 흔적을 후손들에게 전할 수 있어 다행이라고나 할까.

갯깍 주상절리대와 선사유적 동굴

갯깍 주상절리대와 선사유적 동굴은 중문골프장 14홀 밑 해안가에 있다. 제주올레 8코스 해병대 길이 여기서 시작된다. 갯깍은 바다의 끄트머리라는 뜻의 제주어다. 따라서 갯깍주상절리대는 바다 끝에 있는 주상절리라는 말이다. 최대 높이 40m, 폭 약 1km에 달하여 중문대포해안 주상절리대와 더불어 국내 최대 규모를 자랑한다.

정교하게 겹겹이 쌓인 검붉은 사각, 육모꼴의 돌기둥이 하늘을 찌를 듯 수직으로 뻗어 있어 보는 이의 입을 벌리게 한다. 누구나가 웅장함에 놀라고 예술가가 빚어 놓은 듯 정교한 아름다움에 두 번 놀란다.

깎아지른 듯한 기암절벽은 이 섬의 시작을 알리는지도 모른다. 거친 기괴함과 부드러운 오묘함이 어우러져 바위마다 그만의 나이테가 있다. 마치 바위가 꽃을 피운 듯, 석화는 태고의 신비를 이야기하는 것만 같다.

중문대포해안 주상절리대는 손으로 만져보고 몸으로 느낄 수 없는 반면에 갯깍 주상절리대는 직접 손으로 만져보고 체험해 봄으로써 자연의 신비를 알아 가는데 귀중한 도움이 되는 곳이다.

제주도의 해변은 대부분 시커먼 암석인 현무암으로 이루어져 있고 용암이 급격히 식은 터라 그 끝이 상당히 날카롭게 되어 있다. 그런데 특이하게도 갯깍 주상절리대의 앞 해변은 제주도에서 드물게 둥근 자갈로 이루어져 있는 해변이다. 그래서 주민들은 '알작지해변'이라고 부른다.

이곳에 해식동굴이 있다. 하나는 '들렁궤'다. 높게 들려 있는 것처럼 보여 들렁궤라 부르는데 이 동굴은 터널형으로 길이가 25m로 주상절리 절벽을 사이에 두고 양쪽으로 트여 있다. 동쪽 편에서 서쪽 편으로 나가면서 바다를 바라보는 풍광이 압권이다. 그러나 이 동굴을 지날 때는 조심해야 한다. 평소 세상에 상처를 많이 주고 죄를 지은 사람은 천정에서 떨어지는 돌을 맞을 수 있기 때문이다. 죄의 무겁고 가벼움에 따라 돌에 맞을 확률은 다를 것이다. 그러므로 동굴을 지나려면 먼저 자신의 죄를 뉘우치고 용서를 빌고 가야 한다.

또 하나의 해식동굴은 길이 201m, 너비 3.5m, 입구높이 3.7m의 굴로 「다람쥐굴」이라 부른다. 다람쥐는 박쥐를 말하는데 박쥐가 많이 사는 곳이라 하여 다람쥐굴인 것이다. 이곳에서 적갈색 무문토기편들이 출토됐다.

이 유적은 1985년 지역주민에 의해 입이 넓은 '광구외반구연' 항아리의 토기편 등 10점의 유물이 출토되면서 공개됐다. 조사결과 토기편은 선사시대 사람들이 쓰던 유물로 확인됐다. 그러므로 이 동굴은 탐라국 시대(서기 1~500년)에 선주민(先住民)들의 주거생활을 살펴볼 수 있는 향토기념물이다. 이처럼 이 일대는 선사시대의 흔적을 볼 수 있는 곳으로 그 어느 유적보다 깊은 숨결을 간직한 곳이다.

나를 디자인하자

관광지는 즐거움과 웃음이 있어야 한다. 보는 즐거움과 듣는 즐거움이 있어야 매력적인 관광지가 되고 가슴속에 살아 있는 관광지가 되기 때문이다.

중문단지는 지난 30년 동안 기반조성 공사와 민자 유치 등 인프라 확충에만 매달렸다. 그러다 보니 보고 느끼는 정적인 관광지가 됐다. 그러나 조성계획상 사업이 완료된 2010년 지금, 중문단지는 변화가 요구되고 있다. 즉 천혜의 자연경관만 단순히 보고 느끼는 중문단지가 아니라 생태체험이나 문화체험 등을 통해 보는 즐거움과 듣는 즐거움을 함께 할 수 있는 요즘 관광패턴에 맞는 관광지로의 변화를 관광객들은 원하고 있다.

변화의 시점에서 관광단지를 관리·운영하는 구성원들은 어떻게 해야 할까를 생각해본다. 물론 요즘 관광패턴에 맞는 시설들을 개발하고 스토리텔링을 개발하는 것이 먼저겠지만 고민이 있다. 그것은 구성원들이 경직되어 있기 때문이다. 고객이 원하는 중문단지가 되려면 구성원들이 먼저 생각이 자유로워야 하고 행동이 유연해야 한다. 그래야 반짝이는 아이디어가 나오고 살아있는 스토리가 나온다.

구성원들은 지난 30년의 개발 업무의 속성에 젖어 있는 것이 사실이다. 그러다 보니 모든 게 무겁기만 하다. 마치 견고한 성 속에 갇혀 있는 분위기라고 하면 지나치다고 할까. 오로지 자신에게 익숙한 것, 지금까지 쭉 해온 것에만 집착하려는 성향이 짙다. 누구보다도 먼저 중문단지에 활력을 불어넣어야 할 구성원들의 얼굴이 굳어 있고, 말이 굳어 있고 행동은 유연하지 못하다. 구성원들의 이러한 분위기부터 바꿀 때 새로 요구되는 중문단지의 변신이 성공하리라 본다.

그러면 어떻게 해야 할까.

우선 내가 먼저 웃자. 내가 먼저 웃을 때 너와 나, 우리들 사이에 웃음꽃이 피어난다. 상대방을 먼저 받아들이는 것, 다른 것을 인정하고 받아들이는 것 결코 쉽지 않은 일이다. 그러나 거기서부터 남에 대한 배려가 시작된다. 다른 것은 틀린 것이 아니기 때문이다. 다름을 찾지 말고 틀림을 따지려하는 것을 버려야 한다.

그리고 내가 먼저 상대방을 칭찬하자. 동료든 고객이든 내가 먼저 칭찬을 하자. 사람이 감동을 받거나 즐거우면 행복감을 느낀다고 한다. 우리는 생각지도 못했던 일에 쉽게 감동받는다. 특히나 누가 나를 칭찬해주면 그렇게 기분이 좋을 수 없어한다. 그러니 누구에게나 칭찬을 잘하는 사람이 되자. 칭찬은 돈이 드는 것도 아니다. 말한마디로 얼마든지 할 수 있는 게 칭찬이다. 칭찬할수록 나는 즐거워지고 상대방은 감동을 받는다. 우리는 실제 일상에서 칭찬을 하거나 받기보다 잘못을 꼬집거나 질책하거나 받은 적이 더 많을지 모른다. 칭찬을 먼저 할 때 우리의 일상이 달라진다. 칭찬을 생활화 하자. 나가 바뀌고, 회사가 달라지고, 중문단지가 활력이 넘치기 시작한다.

다음은 말을 할 때 상대가 거부감을 느끼지 않을 정도로 말을 잘 하자.

'말을 잘 한다'는 건 구체적으로 어떤 의미일까. 청산유수처럼 막 히지 않고 말하는 것? 아니면 듣기 좋은 음성에 표준어로 말하는 것? 물론 그럴 수도 있다. 하지만 훌륭한 화술은 곧 남을 배려하는 것이다. 우리는 대부분 자기 위주의 말이나 남을 공격하거나 헐뜯는 말을 한다. 말은 남을 짓누르기 위한 것이 아니라 의사소통을 위한 도구다. 상대를 배려하는 말은 단순히 아름다운 말이 아니라 진심이 나 정이 담긴 말이다. 그러니 말하는 습관을 바꿔야 한다. 말이 변하 기 위해서는 남을 배려하는 자세부터가 필요하다.

그와 더불어 행동을 유연하게 하자. 경직된 자세와 모습은 서로에 게 어색한 느낌만 안겨 준다. 거부감을 안겨줄 뿐이다. 상대방의 눈 높이에서 행동하자. 대등한 입장은 편안하고 즐거움을 안겨준다. 상 대방을 배려하는 자세에서 신뢰가 쌓이고 믿음이 간다.

이처럼 내가 먼저 변해야 중문단지가 달라진다. 내가 변해야 고객 의 눈으로 볼 수 있고 관광객들이 원하는 관광지로 다가설 수 있다. 지금은 관광객들이 오감(五感)을 추구한다. 시각(Sight)·맛(Taste)·향 기(Smell)·음향(Sound)·접촉(Touch)의 오감을 동시에 즐기거나 공유 한다. 오감을 추구하며 즐거워하고 웃는다. 관광객들이 중문단지에 왔을 때 오감을 만족할 수 있도록 해야 한다. 그것은 구성원들이 변 해야 가능하다. 나부터 먼저 디자인하자. 생각을 디자인하고, 말을 디자인 하고, 행동을 디자인할 때 중문단지가 변한다. 나의 생각과 말과 행동을 바꿀 때 중문단지는 즐거움과 웃음꽃이 피어난다. 더불어 관광객들이 감동을 받고 잊어지지 않는 관광지가 된다. 그래야 중문단지가 살 수 있다. 나를 디자인 할 때 중문단지의 미래가 열릴 것이다.

발 빠르게 움직이자

　중문단지를 찾는 관광객들이 실망하고 있다. 재방문을 하는 사람들일수록 실망감은 더 크다. 몇 년 전이나 지금이나 변함없는 단지 모습에 체념한다. 툭하면 달라진 게 없다고 푸념하고, 처음 오는 관광객도 별다른 게 없다 하며 실망스러움을 감추지 않는다.

　이처럼 관광객이 식상함을 느끼고 있다. 반면에 우리는 그들이 원하는 것이 무엇인지 파악하지 못하고 있다. 오는가 보다, 왔구나 하는 식의 생각만 하고 있다면 지나친 것일까. 제도가 그러니까, 관습이 그러니까, 방법이 없으니 어떻게 할 수 없지 않나 하며 주저앉고 머뭇거리고 있다고 하면 나만의 생각일까.

　중문단지를 둘러보면 아쉽다. 우리의 관심이 좀 부족하지 않은가 하는 생각이 든다. 보도 블럭이 깨어지거나, 길이 파여 있다. 우수맨홀에 흙이 쌓여 있거나 막혀 있다. 산책로의 계단은 구분이 안 되어 발을 헛디디기 쉽고 나뭇잎이 쌓여 미끄러지기 쉽다(올레꾼들은 구석구석 다닌다!). 군데군데 야자수 사이에 현수막이 걸려 있거나 떨어져 바람에 날리고 있다. 퇴색하거나 찌그러진 표시판, 낡은 쉼터 의자 등등. 거기에가 주말이나 연휴 때면 테디베어 앞 3거리는 교통 혼잡으로 운전자나 도보객 모두가 짜증을 내고 있다. 간혹 시설물들을 이용해 보면 퉁명스러운 말, 경직된 자세에 친절 서비스가 부족함을 느낀다. 관광객들이 어떤 생각을 할까?

지금 중문단지는, 쾌적하고 편리한 청정단지 이미지가 실종되고 있다. 꿈과 낭만이 어우러진 낭만단지는 깨어지고 있다. 다이내믹하고 안전한 안전단지는 요원하기만 하다. 국제 경쟁력을 갖춘 희망단지는 멀어지고 있다.

어떻게 해야 할까? 중문단지가 변하기 위해, 달라진 중문단지를 보여주기 위해서 나는 평소에 '나를 디자인하자'고 했다. 생각을 디자인하고, 말을 디자인 하고, 행동을 디자인 할 때 중문단지가 변한다고 주장했다.

오늘은 여기에다 2가지를 더 말하고자 한다.

첫째는 '새로운 태도'다. '사람들이 거기 새로운 게 없어'라고 생각하는 분야에서 새로운 걸 찾으려는 태도다. 둘째는 '새로운 행동'이다. 기존 질서를 버려야 한다. 창의적인 아이디어를 실현하려면 기존에 하던 제도와 관습에서 벗어나야 한다. 편안한 울타리 안에서 나와야 변화된 중문단지의 길을 찾을 수 있다.

현재 중문단지는 기로에 서 있다. 그저 그런 관광지로 전락되어 관광객들로부터 소외되거나, 한 단계 업그레이드 하여 다시 오고 싶은 관광지로 각광 받거나 하는 갈림길에 있다. 그러니 발 빠르게 움직이자. 관광객들의 마음은 고정된 게 아니라 끊임없이 변화한다. 제도니 관행이니 고정관념에서 벗어나야 한다. 나의 작은 행동 하나가, 나의 작은 생각 하나가 중문단지를 변화시킨다. 단 1mm의 변화가 큰 차이를 낳는다. 나를 디자인 하고 우리가 변할 때 중문단지가 사랑 받는다.

중문단지에 대한 단상

관광단지는 뭐라 해도 관광객을 사로잡아야 명품 관광단지라 할 수 있겠다. 어떻게 하면 관광객을 사로잡을 수 있을까. 무엇보다도 관광객의 감성을 잡는 것이다. 시대는 정서 지능을 요구하고 있다. 그에 따라 사람들의 공감 능력이 넓어지고 있다. 생활 전반에 색채 감각이 드러나고 있다. 또한 요즘 사람들은 단순히 기능성과 조형미를 만족시키는 것에서 탈피하고 있다. 일상에서 구매를 결정할 때 가격과 성능·기능만 봤다면, 이제는 디자인도 결정적인 역할을 하고 있다. 사람들의 생활습관부터 바뀌고 있다. 여기에 주목해야 할 것이다.

색은 우리의 상상력을 자극하고 이미지를 규정하는 중요한 요소로 작용한다. 중문단지는 선녀가 목욕하는 천제연 폭포, 쪽빛바다, 신의 걸작 주상절리, 5색의 모래사장인 해수욕장, 이국의 정취를 돋우는 야자수가 어우러져 로맨틱한 분위기로 사람들을 유혹하고 있다. 여기에 색을 입혀 사람들의 상상력을 무한대로 이끌어낸다면 그야말로 환상적인 관광지가 아니고 무엇이겠는가? 자유로운 상상력의 밑바탕이 된 색은 중문단지를 입체적이고 동화 속에 있는 것 같게 해준다.

중문단지에 색을 입히는 상상을 해 본다. 중문단지 하늘색, 성천봉 초록색, 돌담 진흙색, 산책로 황금 들녘색. 단어만 들어도 단지의 아름다운 풍경이 손에 잡힐 듯 떠오르는 서정적인 색 이름. 정감어린 입말을 닮은 색 이름은 우리에게 공감각적 감동을 준다.

단지 진입로, 산책로, 관광센터, 천제2교, 성천봉, 오복천 광장, 골프장 등 단지를 시설별 또는 구간별로 특화해 상징색을 지정하여 색을 입히면 어떨까. 아마도 단지가 새로운 모습으로 다가올 것이다. 같은 풍경을 봐도 '성천봉 초록색' '산책로 황금 들녘색'이라는 단어로 묘사된 풍경은 보다 명확한 이미지로 기억에 남을 것이기 때문이다.

색채는 단순히 시각적으로 전해지는 정보 이상의 의미를 갖는다. 사람들은 색채의 지시에 따라 움직인다고 해도 과언이 아니다. 식당의 벽지 색을 바꾸자 매출이 부쩍 늘었다는 연구 결과도 있듯이 색채의 영향력은 크다. 색채의 지시를 전달하는 색을 다채롭게 입히는 것은 중문단지 의미를 보다 풍성하게 할 것이다.

또 하나. 각종 표시판과 쓰레기통의 디자인을 바꾸면 어떨까 생각해본다. 퇴색도 했지만 너무 경직되고 주위와 어울리지 못하다는 느낌을 받는다. 관광객들도 '아직도 저런 게……' 하며 눈살을 찌푸리고 고개를 갸웃거리는 것을 가끔 본다.

디자인도 하나의 관광 요소다. 21세기의 여가는 교육 수준과 경제력이 높아지기 때문에 사람들은 디자인 문화에 더 많은 관심을 갖고 있다. 아울러 미래의 관광휴양지 경쟁력은 바로 관광 이미지와 시설 디자인에 있다. 중문단지가 명품 관광단지가 되려면 중문단지만이 갖고 있는 독특한 디자인을 개발해야 한다.

제주는 바람이 많다. 더구나 중문단지는 경사가 심해 바람이 잦은 곳이다. 바람의 역동성을 어디보다도 잘 알 수 있다. 그리고 단지의 스카이라인은 도자기의 곡선처럼 아름답다. 바람의 역동성과 스카이라인의 아름다움에 착안해 디자인을 '역동성과 유연성'에 중점을 두고 개발하면 어떨까 생각해 본다.

고객만족감이 제공된 서비스가 더 많아야 관광객을 사로잡는다. 중문단지에서 부가가치를 느끼고 가는 관광객이 많으면 많을수록 중문단지는 발전한다. 관광객들이 중문단지에 왔을 때 흑자를 본다고 생각하도록 관광 인프라를 만들어야 한다. 그래야 사람들을 사로잡는 명품 관광지가 되지 않을까 생각된다. 있는 것을 재창조하자. 거창하게 생각할 필요가 없다. 아주 작은 것부터 사람들의 감성에 맞게 새롭게 바꾸면 될 것이다. 역발상과 실천이 우선이다. 왜 남이섬이 나미나라 공화국인가?